KÖLN KRIMI

9

im Emons Verlag Köln
herausgegeben von Christel Steinmetz

Der Autor: Ralf Günther wurde 1967 in Köln geboren. Er studierte Theater-, Film- und Fernsehwissenschaften in Köln und arbeitet als freier Autor für Rundfunk, Fernsehen und Bühne. Er lebt in Köln und Dresden.

Diese Buch ist ein Roman. Handlungen und Personen sind frei erfunden. Ähnlichkeiten mit lebenden oder toten Personen sind rein zufällig.

Ralf Günther

Kamelle

Emons Verlag Köln

Umschlaggestaltung: Atelier Schaller, Köln
Umschlagzeichnung: Heribert Stragholz
Umschlaglithografie: Klaus Iller GmbH, Köln
Satzbelichtung: Knipp Satz und Bild digital, Dortmund
Foto Ralf Günther: Moritz Netenjakob
Druck und Bindung: Clausen & Bosse GmbH, Leck
Printed in Germany 2001
ISBN 3-924491-39-9

www.emons-verlag.de

»Heribert, ich flehe dich an, fahr nicht so schnell!« Hermine Posser hatte sich mit beiden Händen fest in die Seitenpolster des Beifahrersitzes verkrallt. Ihre Augen waren starr auf die Straße geheftet.

»Wir verpassen noch die Fähre!« sagte ihr Mann und trat das Gaspedal bis zum Anschlag. Er wandte sich halb zu seiner Tochter auf der Rückbank um.

»Wann fährt das verdammte Schiff?«

»Häh?« Sabine riß den Walkman-Stöpsel aus dem Ohr.

»Wann legt die Fähre ab?«

»Siebzehnuhrdreißig. Zum hundertsten Mal!«

Posser trat verzweifelt das Pedal durch.

»Aus der Kiste muß doch mehr herauszuholen sein!«

»Ich finde hundertachtzig für die Landstraße absolut ausreichend!« Hermine wagte nicht, ihre Augen von der Straße abzuwenden. In einiger Entfernung hatte sie einen weißen Fiat Panda ausgemacht.

»Heribert! Siehst du den Fiat?!« rief sie. Der weiße Wagen stand halb auf der Straße und halb im Graben und war offenbar liegengeblieben. Ein junger, sonnengebräunter Italiener, Zigarette im Mundwinkel, schritt ratlos um ihn herum.

»Heribert! Du siehst doch den Fiat?« schrie Hermine.

Heribert kniff die Augen zusammen. Er war kurzsichtig wie eine Schildkröte, weigerte sich aber aus Eitelkeit, eine Brille zu tragen.

Der Italiener hockte sich neben sein Auto und machte sich am Vorderreifen zu schaffen. Posser ließ die Hupe dröhnen.

Der Kopf des Jünglings flog herum. Hermine sah das Entsetzen in den dunkelbraunen Augen. Die Zigarette fiel ihm aus dem Mund. Mit einem Sprung über die Motorhaube schaffte er es gerade noch, sich vor dem heranrauschenden Mercedes in Sicherheit zu bringen. Schotter spritzte auf und prasselte gegen den Fiat. Der Luftzug zerrte an dem zierlichen Gefährt.

Posser grinste in den Rückspiegel.

»Wenn diese Itacker unbedingt mit ihren Schrottkarren durch die Gegend fahren müssen, bitte schön, ihr Problem. Aber wenn die Kiste dann liegenbleibt, sollen sie sie gefälligst von der Straße schaffen!«

Sabine ließ von hinten ein »Yeah« vernehmen. Hermine hoffte, daß es der Musik galt. Sie löste ihre Augen für einen kurzen Moment von der Fahrbahn, um zu prüfen, ob ihr Mann noch menschliche Züge trug.

Die zurückliegenden Stunden hatten tiefe Spuren in Heriberts Gesicht gegraben. Die Falten um den Mund, die ihm für gewöhnlich das Aussehen eines Pekinesen verliehen, waren tiefe Täler geworden. Schweißbäche flossen über das Gesicht, nur die Stupsnase ragte daraus hervor. Die Augen waren schmale, graue Striche unter den buschigen Brauen, und das stoppelig-graue Haupthaar stand wild vom Kopf ab. Die Hände mit den ersten Altersflecken hatten sich nach der Abfahrt in Köln unbarmherzig wie mittelalterliche Folterzangen um das Lenkrad gelegt. Drei Staus hatten ihren Griff nicht lockern können.

Hermine fiel die Aufgabe zu, ihm vom Beifahrersitz aus von Zeit zu Zeit Nahrung einzuflößen, oder ihm mit einem Handtuch Gesicht und Arme zu trocknen.

»Toll, dieses Automatikgetriebe! Man fährt viel entspannter, weil man sich ganz aufs Lenken konzentrieren kann!« preßte Heribert von Zeit zu Zeit hervor. Hermine nickte ergeben und fragte sich insgeheim, ob man die Hände jemals wieder vom Lenkrad losbekommen würde.

Die Staus hatten ihren Zeitplan derart durcheinandergeworfen, daß sich Heribert entschlossen hatte, die *autostrada* zu verlassen und den Weg nach Livorno über die Landstraße fortzusetzen. Und tatsächlich kamen sie hier schneller voran. Hermine war überzeugt, daß sie, wenn sie nicht ihr Leben auf offener Landstraße aushauchten, die Fähre rechtzeitig erreichen würden. Heribert verpaßte nie einen Termin, koste es, was es wolle.

Hermine hatte ihre Aufmerksamkeit wieder der Straße zugewandt. Zum Glück war weit und breit kein gegnerisches Auto zu sehen. Lediglich einen unbeschrankten Bahnübergang konnte sie in einiger Entfernung auf einer Anhöhe ausmachen. Das hätte sie nicht weiter beunruhigt, hätte sie nicht gleichzeitig das Pfeifen eines Zuges vernommen.

»Heribert?«

Heribert war vollauf damit beschäftigt, den Wagen in der Mitte der Straße zu halten.

»Heribert, hörst du das?«

»Was?«

»Da pfeift ein Zug!«

Der Mercedes preschte mit unverminderter Geschwindigkeit auf den Bahnübergang zu. Die roten Signallampen leuchteten auf. Heribert preßte die Lippen zusammen. Hermine bohrte ihre Finger tiefer in das Polster. »Heribert, halt an!«

Hermine suchte verzweifelt die Gleise ab. Nach links war die Trasse gut einzusehen. Weit und breit kein Zug in Sicht. Nach rechts versperrte allerdings ein krüppeliges Gehölz den Blick auf die Schienen. Die stampfenden Geräusche wurden lauter. Ein gellender Pfiff. Der Zug schoß aus dem Gehölz hervor. Hermine schloß die Augen. Sie riß den Mund auf, um einen letzten Schrei auszustoßen, doch alles, was sie hörte, war ein Stampfen und metallisch-durchdringendes Quietschen. Dann nahm sie eine Erschütterung wahr, gefolgt von dem Gefühl zu fliegen. Ein Aufprall und ein sanftes Nachfedern. Rhythmisches Rauschen im Rücken. Schließlich verlor sich das Stampfen des Zuges in der Ferne.

Jetzt erst hörte Hermine ihren eigenen Schrei. Ein nicht mehr menschlicher Ton, der ihr fremd war, obwohl er aus ihrer Kehle kam. Sie ließ den Schrei ersticken, wagte aber nicht, die Augen zu öffnen. Der Wagen rollte langsam aus.

»Yeah!« klang es atemlos von der Rückbank.

Hermine riß die Augen auf und wandte sich zur Tochter um. Sabine saß stocksteif auf der Rückbank, als hätte sie ihre Taufkerze verschluckt. Dumpf knallte Heriberts Stirn auf das Lenkrad.

»Wo ist die Karte?« fragte er, ohne den Kopf zu heben.

Hermine war nicht in der Lage zu antworten. Sabine brachte nur ein »Häh?« heraus.

Heribert hob mühsam den Kopf. Er drehte ihn seiner Frau zu. Zum ersten Mal, seit ihrer Abfahrt.

Kaum hörbar formten Hermines Lippen die Worte.

»Ich habe keine Karte.«

Heribert schüttelte den Kopf und beugte sich zum Handschuhfach. Über ihren bebenden Körper hinweg fingerte er im Fach herum und zog schließlich triumphierend die Straßenkarte hervor.

»Noch zwei Stunden«, meldete Sabine.

»Das weiß ich auch, mach mich jetzt nicht jeck!« raunzte Heribert und entfaltete die Karte. Sabine ließ sich schmollend in den Sitz zurückfallen und stopfte sich die Musik wieder in die Ohren.

»Lies mir mal vor, was da hinten auf den Schildern steht!«

»Civago, Abetone, Sestola«, las Hermine stockend.

Heribert suchte die Orte auf seiner Karte.

»Civago. Abetone. Sestola.« Er sprach die Namen leise vor sich hin, während sein Zeigefinger kreuz und quer über die Karte fuhr.

»Wie schreibt man Civago?«

»Ich glaube, Abetone ist richtig«, erinnerte sich Hermine.

»Wenn wir hier noch lange rumstehen, brauchen wir gar nicht mehr weiterfahren. Dann ist die Fähre nämlich weg!« sagte Sabine. Sie wußte, was sie sagte. Sie hatte schließlich die Überfahrt gebucht. Heribert schleuderte die Karte in Hermines Schoß.

»Nie wieder Italien!«

Heribert zündete den Motor und setzte gerade den Blinker, als neben ihm mit quietschenden Reifen ein weißer Fiat zum Stehen kam. Der Fahrer beugte sich herüber und ließ durch das offene Beifahrerfenster einen eindrucksvollen Wortschwall vom Stapel, begleitet von unfreundlichen Gesten.

Posser drehte sich verwundert zu seiner Frau um. »Was will der?«

»Ich glaube, das ist der von vorhin.«

»Der von vorhin?«

»Den du beinahe überfahren hättest«, sagte Hermine.

Posser schüttelte verständnislos den Kopf.

»Fahr endlich weiter, du Drisskopp! Nix verstehn!« Posser ballte die Faust. Der Italiener verstummte. Sein Gesichtsausdruck wurde freundlich, fast friedlich. Ein Lächeln machte sich auf seinem Bronzegesicht breit. Zu guter Letzt spitzte er die Lippen und hauchte einen Kuß herüber. Dann fuhr er davon.

»Man muß sie nur anzupacken wissen«, sagte Posser und gab Gas.

Auf der Rückbank ließ Sabine ihr Seiden-Top wieder herunterfallen.

*

»Ah, Signor Possär! 'abe Sie ge'abt eine gute Fahrt?« Mario Bastone lief ihm mit ausgebreiteten Armen entgegen. Unter dem grau-stichigen Oberlippenbärtchen strahlte ein breites Lächeln. Der Italiener begrub Posser unter seiner Umarmung. Er war gut zwei Köpfe größer als Heribert. Das schwarze Haar, hier und da von grauen Strähnen durchsetzt, glänzte in der Mittelmeersonne. Er trug einen strahlend weißen Anzug, sogar seine Schuhe leuchteten wie der Schnee auf dem Ätna.

Hermine und Sabine befreiten sich aus ihren Sitzen. Augenblicklich ließ Bastone von Heribert ab und eilte auf Mutter und Tochter zu. Zwei tiefbraune Hände streckten sich aus und griffen nach Hermines schweißnasser Hand.

»Darf ich vorstellen: meine Frau und meine Tochter Sabine«, sagte Posser.

Der Italiener verbeugte sich vor Hermine und plazierte einen Handkuß. Sabine trat ein wenig verlegen von einem Bein aufs andere. Hermine war entzückt.

»Willkommä in Sicilia! Fühle Sie sich wie zu 'ause!«

Bastone lenkte mit einer weitschweifigen Armbewegung das Augenmerk auf die Villa, die sich hinter ihm auf einer Felskuppe erhob.

Hermine hob die Hand über ihre Augen, um besser sehen zu können. Im Gegenlicht der gleißenden Sonne zerflossen die weißschillernden Umrisse eines Traumschlosses. Die Villa war im maurischen Stil erbaut. Flach streckte sie sich über den Felsen hinweg. Ab und an wölbte sich eine sanfte Kuppel in den tiefblauen Himmel. Wohin man auch sah, überall flossen weiche, runde Linien ineinander. Das Anwesen schien keine Kanten zu kennen.

»Interessante Architektur«, lobte Posser, obwohl es nicht dem Stil der Bürobauten entsprach, die er mit seiner Firma finanzierte. Ganz und gar nicht.

»Sehen Sie«, sagte Bastone und lächelte, daß sich sein Schnurrbart in kühnem Bogen von Wange zu Wange schwang. »Diese 'ügel 'at vollendete Form von weibliche Brust. Man kann nicht baue brutale 'auskaste auf weiche Frauenbrust! Deshalb ich 'abe gebaut nur sanfte Forme! Soll sein wie ein zärtliche 'and, das streichelt Frauenbrust.« Der Italiener schloß die Augen und streichelte die Luft.

»Was ist mit unserem Gepäck?« fragte Heribert.

Bastone öffnete die Augen. »Komme Sie mit. Keine Sorge um Gepäck!«

Er drehte sich knirschend auf dem Absatz seiner weißen Schuhe und ging mit elastischen Schritten zum Eingangsportal hinauf. Von irgendwoher erschienen zwei Bedienstete in weißen Livreen. Posser, der Mühe hatte, dem tänzelnden Schritt des Italieners zu folgen, schaute ihnen mißtrauisch nach. »Die werden mir doch keine Kratzer ans Auto machen!« flüsterte er Hermine zu. Doch Hermine hörte ihn nicht. Sie war fasziniert von den geschmeidigen Bewegungen Bastones und verfolgte gebannt jeden seiner Schritte.

»Das isse meine kleine Paradiso«, schwärmte Bastone und stieß das elfenbeinfarbene Portal auf. Erfrischend kühle Luft, die ganz sachte nach Zedernwald duftete, strömte ihnen entgegen. Die Possers gaben sich stummer Bewunderung hin.

Die Eingangshalle, in der sie standen, ging fließend in einen säulenbestückten Saal über. Der Fußboden war aus weißem Marmor. An einer Seitenwand hing ein prächtiger Gobelin mit der Darstellung einer Jagdszene. Die andere Seite schmückten einige Zeichnungen von Dali, wie Hermine sofort feststellen konnte. In die Mitte des Fußbodens war ein Brunnenbecken eingelassen. Ein einzelner Wasserstrahl plätscherte leise vor sich hin. Ledersofas luden ein zum Räkeln.

Die Meerseite war eine einzige Panoramafront. Die gläsernen Schiebetüren waren geöffnet. Über eine rotleuchtende Terrakottaterrasse konnte man den Blick bis in das postkartenblaue Meer gleiten lassen. Das ferne Rauschen der Brandung bot einen reizvollen Kontrast zum leisen Plätschern des Springbrunnens.

Eine leichte Brise verirrte sich in den Saal, tanzte zwischen den Säulen, spielte mit den Blumen in den chinesischen Vasen und schob sich schließlich unter den Gobelin. Der schwere Stoff hob sich sanft wogend von der Wand. Die Hirschkuh straffte ihre Glieder, sprang herunter auf den Marmorboden und setzte ihren

Jägern davon. Die Vögel schüttelten ihr Gefieder, hüpften von den Ästen und flatterten zwischen den Säulen umher.

»Wunderschön«, seufzte Hermine.

Bastone lächelte. »Aber die Schönheit von Paradiso isse erst vollkommen durch Anwesen'eit von eine schöne Frau.« Bastone drückte sanft Hermines Arm.

»Apropos, wo ist eigentlich ihre Gattin?« fragte Heribert.

Bastones Miene fiel in tiefe Trauer.

»Sie müssen entschuldigen. Frau isse eine bisse krank, musse bleibe zu 'ause inne Palermo!«

Hermine befreite sich aus Marios Griff. Sie breitete die Arme aus, rannte durch die Säulenhalle hinaus auf die Terrasse und drehte sich im Meereswind. Der schweißdurchtränkte Stoff ihrer Bluse flatterte mühsam. Marios Blicke ruhten bewundernd auf ihr.

»Yeah«, kommentierte Sabine und schaute sich nach den Bediensteten um.

»Die lange Fahrt hat sie doch etwas mitgenommen«, sagte Heribert trocken. Bastone legte den Arm um seine Schultern und führte ihn fort. »Komme Sie. Ich zeige Ihne Ihre Zimmer.«

*

In der Firma sagte man Margot Herbst nach, sie könne Anrufer am Klingeln erkennen. Aber in der Firma wurden viele Legenden um sie gesponnen.

»Kutscher und Söhne, Herbst am Telefon.«

»'allo? Spresche ich mitte Frau Margot 'erbst?«

»Allerdings. Was wünschen Sie?«

»Ich möchte mich treffe mit Ihne.«

Margot runzelte die Stirn. Sie hatte schon lange keine Kontaktanzeige mehr aufgegeben. Sie fragte sich, welcher Nationalität der geheimnisvolle Anrufer wohl angehören möge. Sie tippte auf einen Italiener.

»Wer sind Sie denn?« fragte sie amüsiert.

»Eine Freund«, hauchte die Stimme.

Margot überlegte, wann sie sich das letzte Mal mit einem Fremden verabredet hatte. Es war lange her. Da war vor Jahren dieser

Verrückte gewesen, der sie auf dem Hauptbahnhof in der Menge entdeckt hatte und ihr dann unbemerkt bis nach Bayenthal gefolgt war, um sie am nächsten Tag anzurufen und ihr zu sagen, daß er sich unsterblich in sie verliebt habe. Sie hatte ihn erst für einen hoffnungslosen Romantiker gehalten. Beim ersten Treffen entpuppte er sich aber dann als hoffnungsloser Neurotiker, der jeden Tag auf dem Hauptbahnhof herumlungerte, um sich unsterblich zu verlieben. Dieser hier klang wie ein Draufgänger. Und wenn man zweiundfünfzig ist, trifft man nur noch selten auf Draufgänger ...

»Also mein Freund, hör mir gut zu«, Margot stützte sich auf ihre Ellenbogen, »morgen abend, halb acht, im Biergarten vom Küppers Brauhaus. Weißt du, wo das ist?«

»Chiaro«, bestätigte die Stimme.

Italiener! dachte Margot. Seit sie vor zwölf Jahren nach Bayenthal gezogen war, hatte sie italienische Nachbarn.

»Wenn du eine Sekunde zu spät kommst, hast du deine Chance vertan!«

»Si. Ich werde sein punktlich.«

»Gut.« Margot legte auf. Kopfschüttelnd raffte sie ein paar Papiere zusammen, griff nach der schweinsledernen Unterschriftenmappe und erhob sich. Die hölzernen Stufen der weitgeschwungenen Treppe knarrten unter ihren Schritten. Die wichtigsten Etappen der Firmengeschichte hingen, fotografisch verewigt, an der Wand und begleiteten ihren Aufstieg. Von der ersten Karamellküche des Firmengründers Wilhelm Kutscher, die noch große Ähnlichkeit mit einer Alchemistenstube hatte, über die erste Massenproduktionsanlage in Köln-Ehrenfeld, die im Krieg zerstört wurde, ging es hinauf bis zur hochtechnisierten Produktionsstraße im Rodenkirchener Industriegebiet, die die profanen Zutaten beinah ohne menschliches Zutun in feine, hygienisch verpackte Kau- und Lutschwaren verwandelte. Margot hatte sie selbst mit eingeweiht. Aber da war sie noch ein junges Mädchen gewesen ... Sie wandte den Kopf ab. Sie hatte die letzte Stufe erklommen und trat heftig auf. Das war das übliche Warnzeichen für Friedrich Kutscher, den jüngsten Sproß der Kau- und Lutschwarenfabrikantenfamilie. Es gab ihm genügend Zeit, das Comic-Heft, über dem er für gewöhnlich brütete, in einer Schublade verschwinden zu lassen. Die ganze Firma wußte, daß Friedrich dort den lieben langen Tag hinter seinem Schreibtisch saß und nichts anderes tat, als Comics zu lesen. Die ganze Firma wußte, daß es Margot war, die statt Friedrich den Laden schmiß, seitdem Wilhelm Adolf, Friedrichs Vater, das Zeitliche gesegnet hatte. Und die ganze Firma wußte, daß es zu dem Spiel gehörte, daß Friedrich den Schein wahrte. Margot klopfte an.

»Klein' Moment noch«, hörte sie Friedrich von drinnen rufen.

Sie zählte langsam bis fünf. Das war die äußerste Frist, die sie Friedrich einräumte. Sie strich ihren Rock glatt, zupfte die Rüschen ihrer champagnerfarbenen Bluse zurecht und trat ein.

Friedrich war hinter dem mächtigen Schreibtisch verschwunden. Margot ärgerte sich. Sie hatte ihm verdammt nochmal genug Zeit gegeben! Doch als sein leuchtendroter Haarschopf, gefolgt von einem schamhaft verzerrt grinsenden Gesicht hinter dem wuchtigen Eichenholzmöbel auftauchte, da durchfuhr sie das immer gleiche, immer gleich überwältigende Mitleid mit diesem vierunddreißigjährigen Jungen.

Er rückte ein paar Alibi-Papiere zurecht, die immer auf dem Schreibtisch bereitlagen.

»Was gibt's?« fragte er mit ehrlich überraschter Miene.

»Die Unterschriften.«

»Ah, die Unterschriften. Geben Sie nur her, Fräulein Herbst.« Friedrich wiederholte diese Worte Tag für Tag so, wie er sie seinem Vater abgelauscht hatte. Das allabendliche Unterschreiben der Geschäftskorrespondenz war die einzige Tätigkeit, die er als Firmeninhaber ausübte. Mit kindlichem Eifer schlug Friedrich die abgewetzte Ledermappe auseinander, die noch aus den Zeiten des Großvaters stammte. Dann machte er sich den üblichen Spaß daraus, ohne den Text zu lesen, die Stelle zu erraten, an die er seinen Namenszug setzen mußte.

»Hier?« fragte er dann, und wenn Margot nickte, machte er sich sorgfältig daran, sein krakeliges *Friedrich Kutscher* aufs Papier zu malen. Die Zunge fuhr dabei rastlos auf der Oberlippe hin und her.

Margot warf seufzend einen Blick zu Wilhelm Adolf Kutscher, Friedrichs Vater. Ein Ölporträt, das seine strengen Züge erschreckend lebendig getroffen hatte, hing an der Wand.

Margot sehnte sich zurück nach den Zeiten seines preußischen Regiments, das die Firma im Gleichschritt durch die schwierigen Kriegs- und Nachkriegsjahre, und dann, in den Fünfzigern, zu neuem, nie gekannten Wohlstand geführt hatte. Eine weite Strecke des Weges hatten sie gemeinsam zurückgelegt. Als sie Neunzehnhundertneunundfünfzig als Lehrmädchen in die Dienste der Firma trat, war sie fünfzehn Jahre alt. Die Firma hatte damals noch ihren Sitz in der Helmholtzstraße in Ehrenfeld, unweit Margots Elternhaus.

»Hier?« fragte Friedrich. Margot nickte.

Neunzehnhundertneunundfünfzig war auch das Jahr, in dem Friedrich geboren wurde. Friedrichs Geburt machte damals großes Aufsehen in der Firma. Endlich der langersehnte Nachwuchs. Der Fortbestand der Dynastie schien gesichert! Die Mutter, eine ewig kränkelnde Frau von zierlichem Wuchs, starb allerdings bei der Geburt. Friedrich wurde der Obhut einer Amme überlassen. Als Friedrich das Volksschulalter erreicht hatte, entließ Wilhelm Adolf die Amme, und von nun an oblag es der Belegschaft, den kleinen, blassen Rotschopf zu erziehen.

Margot war inzwischen zu Wilhelm Adolfs persönlicher Sekretärin avanciert. So große Schwierigkeiten Friedrichs Vater auch hatte, zu seinen Mitmenschen ein wie auch immer geartetes Verhältnis zu entwickeln, so hatte er doch das Talent, die begabten Menschen von den unbegabten zu unterscheiden. Margot besaß, abgesehen von ihrem wachen und neugierigen Geist, eine Begabung, die den unnahbaren Führungsstil ihres Chefs angenehm entschärfte: kölsche Herzlichkeit. Als Kind eines kölschen Bahnarbeiters und einer weitherzigen Mutter polnischer Abstammung, fehlte ihr nur der rein-rheinische Dialekt. Ansonsten hatte sie alle Vorzüge, die man den Rheinländern zuspricht. In der Firma bürgerte sich daher eine Arbeitsteilung zwischen dem Chef und seiner Vertrauten ein: Wilhelm Adolf thronte, unantastbar wie ein Gott, in seiner Eichenholzfestung, und Margot hielt den Kontakt zur Welt, war Kummerkasten der Belegschaft und verlängerter Arm des Chefs und wußte einige Schläge, die er austeilen wollte, bisweilen in sanfte Klapse zu verwandeln. Als eine Pflicht unter vielen oblag ihr auch die Sorge für den kleinen Friedrich.

»Hier?« fragte er. Margot nickte.

Wilhelm Adolf wurde mit seinem Sohn nicht glücklich. Mag sein, daß er ihn zu schnell als unbegabt abgeschrieben hatte. Mag sein, daß ihn Friedrich zu sehr an die ewig sieche Gattin erinnerte. Mag auch sein, daß Wilhelm Adolf grundsätzlich nichts mit Kindern anzufangen wußte. Tatsache war, daß sich seine Art der Erziehung auf das ständige Wiederholen von Verboten und Ermahnungen beschränkte. So war es dem kleinen Rotschopf verboten, Bonbons zu naschen. Das war natürlich in einem Betrieb, in dem es von Bonbons und anderen Leckereien nur so wimmelte, schwerlich aufrechtzuerhalten. Keiner der Mitarbeiter und vor allem der Mitarbeiterinnen konnte lange widerstehen, wenn die blaßgrünen, von roten Wimpern zart umrahmten Augen um Gnade baten. Auch Margot steckte Friedrich hin und wieder eine Packung *Süßes Allerlei* zu, stets verbunden mit der Warnung vor den Folgen. Zu häufig war Margot Zeugin der grausamen Prozedur geworden, die unweigerlich folgte, wenn der Chef seinen Sohn in flagranti erwischte. Dann wurde der trotzig zusammengepreßte Mund erbarmungslos Millimeter um Millimeter aufgestemmt, die langen, klauenartigen Finger des Vaters bahnten sich ihren Weg bis tief in den letzten Winkel des kleinen Mundes hinein und förderten, wenn Friedrich es bis dahin noch nicht hinuntergeschluckt hatte, das corpus delicti unweigerlich zutage. Schließlich landete es unter Tränen im nächsten Abfalleimer.

»Wir lutschen keine Bonbons, wir verkaufen sie!« pflegte Wilhelm Adolf bei dieser Gelegenheit mit erhobenem Finger auszurufen. Friedrich rannte dann weinend davon, und meistens flüchtete er sich an Margots weiche, tröstende Brust.

Margot seufzte wieder. Friedrich schlug die Mappe zu.

»Geschafft!« triumphierte er und rutschte unruhig auf dem viel zu großen Sessel hin und her. Margot wußte, daß er es nicht erwarten konnte, bis sie wieder aus seinem Büro verschwunden war. Gierig würde er sich auf eines dieser Heftchen stürzen, die für sie der Inbegriff des Schwachsinns waren.

Friedrich streckte ihr die Mappe entgegen. Margot nahm sie. Zögernd blieb sie vor dem Schreibtisch stehen.

»Herr Kutscher«, begann sie, doch Friedrich war schon wieder hinter dem Schreibtisch abgetaucht. Eine Schublade quietschte, Friedrich wühlte bereits in seinem Vorrat.

»Rutsch mir doch den Buckel runter«, sagte sie und machte sich mit wütenden Schritten davon.

»Jaja«, hörte sie Friedrich noch murmeln, dann fiel die Tür ins Schloß. Sie stand noch einen Moment unschlüssig auf der Galerie herum, die die Büros des oberen Stockwerks miteinander verband. Durch die Holzbalustrade hindurch konnte sie ihren verwaisten Arbeitsplatz unten in der Halle sehen, ihren Schreibtisch, übervoll mit Lieferbescheinigungen, Rechnungen, Lohnauszügen, Produktionszahlen, konnte ihren alten, durchgesessenen Drehstuhl sehen, dessen Armlehnen schon lange vor Altersschwäche abgefallen waren, und der hilflos vor den Aktenbergen stand.

Ein Gefühl der Sinnlosigkeit machte sich breit. Sie schüttelte den Kopf, um es zu vertreiben. Augenblicklich tauchte an gleicher Stelle eine Sehnsucht auf. Die Sehnsucht nach einem helfenden Arm, einer starken Schulter, einem unerschütterlichen Halt. Sie kannte diese Sehnsucht nur zu gut und hatte jahrelang Techniken entwickelt, sie zu überlisten. Sie atmete tief durch. Sie klemmte die Mappe fest unter ihren Arm und ballte die Fäuste. Schon spürte sie diese trügerische Kraft aus dem Nichts in sie hineinströmen. Dann ging sie hinunter, an die Arbeit.

*

»Iche liebe sie!« rief Bastone aus und schaute Hermine Posser so tief in die Augen, daß ihr das Blut zu Kopf schoß.

»Iche liebe Ihre Stadt! Salute Colonia!« Er hob das Glas.

Heribert standen die Tränen in den Augen. Er wollte aufstehen, um Mario für diese leidenschaftliche Liebeserklärung an die Stadt am Rhein, seine Heimatstadt, zu danken, fiel aber benommen in den Sessel zurück. Das Korbgeflecht knarrte.

Posser war, im Gegensatz zu den meisten Karnevalisten, kein Trinker. Nur wenn der Anlaß es erforderte, trank er alkoholfreies Bier. Der schwere sizilianische Rotwein hatte daher schon nach wenigen Gläsern eine verheerende Wirkung entfaltet.

Als die schwarzen Engel des Hauses, die überall gleichzeitig und immer gerade da waren, wo man sie brauchte, damit begannen, die Terrassenmöbel mit den Köstlichkeiten der sizilianischen

Küche zu beladen, war Possers Hirn schon ziemlich benebelt. Zu diesem Zeitpunkt interessierte es ihn schon nicht mehr, was er gerade zu sich nahm. Bastone wurde nicht müde, die Köstlichkeiten, die in silberglänzenden Gefäßen und auf holzgeschnitzten Platten den Tisch bedeckten, beim Namen zu nennen und sie anzupreisen. Posser aß alles, was sich ihm darbot. Von den Scampis, die ihm vertraut waren, bis zum panierten Ziegenhirn, das er im nüchternen Zustand nicht von weitem angesehen hätte.

Auch Hermine kostete von allem. Das charmant im Zaum gehaltene Lächeln, mit dem Bastone ihr die Delikatessen unter die Nase hielt, machte jeden Versuch der Ablehnung zunichte. Hermine dankte stillschweigend ihren Eltern, die ihr eine ausgezeichnete Verdauung vererbt hatten. Den verhängnisvollen Wein genoß sie tröpfchenweise. Sie wollte ihr Bewußtsein nur so weit als nötig verlieren. Im flackernden Kerzenschein der Mittelmeernacht erschien ihr das Lächeln Bastones wie eine Botschaft aus einer verführerischen, verloren geglaubten Märchenwelt. Seine warmen, dunklen Augen ließen ihr Herz in neuem Rhythmus schlagen. Die schlanken Arme unter dem zarten, schwarzen Pelz jagten ihr Schauer über den Rücken, waren sie doch eine Verheißung auf einen junggebliebenen Körper.

Hermine zwang sich, hin und wieder einen Blick auf die andere Seite des Tisches zu werfen, wo sich ihr Ehemann im Korbsessel lümmelte. Anfangs, als es um Köln und den Karneval ging, hatte er sich noch rege am Gespräch beteiligt. Nun aber, da man auf Dinge zu sprechen kam, die Hermine interessierten, schwieg Heribert. Er scherte sich nicht um arabische Einflüsse auf die Sitten und Gebräuche Siziliens, und schon gar nicht interessierten ihn die Berufsaussichten der jungen Mädchen hier auf der Insel. Stattdessen gab er sich dem Rausch hin, wälzte sich in seinem knarrenden Stuhl hin und her, schwitzend, mit hochrotem Gesicht, wie ein magenkranker Pottwal. Hin und wieder zuckten seine Arme unkoordiniert durch die Luft, wohl auf der Jagd nach Mücken und ähnlichem Getier, das nur in seiner Einbildung existierte. Der laue Wind, der vom Land hinaus aufs Meer zog, trug alles Ungeziefer mit sich fort.

Sabine war schon lange verschwunden. Sie hatte nur hier und da genascht, ihre Aufmerksamkeit weniger den Speisen als deren

Überbringern gewidmet. Ihre Augen weilten genüßlich auf den Dienern, wann immer sie sich blicken ließen. Mit geschultem Blick fing sie vor allem die Stellen der Haut ein, wo das Spiel der Muskeln und Sehnen immer neue, samtig dunkle Schattenspiele hervorrief. Gespannt verfolgte sie das stetige Straffen und Erschlaffen unter dem weißen Livreestoff, bewunderte die Stämmigkeit der Hälse, die stolz die dunklen Häupter trugen, und ließ ihren Blick schließlich auf den schweigsamen Lippen ruhen.

Als sich das Mahl dem Ende neigte, süßer Espresso und Käse aufgetragen waren, da hatte es Sabine nicht länger in ihrem Sitz gehalten. Sie war einem der Diener in das endlos verschwiegene Labyrinth der Villa gefolgt und seitdem verschwunden geblieben.

»Wos einklisch Sbine?« lallte Heribert.

Als er keine Antwort bekam, bemühte er sich, den Nebel zu durchstoßen und wenigstens mit Blicken zur anderen Tischseite zu gelangen. Nur ganz allmählich konnte er Hermine und den Italiener ausmachen. Im Laufe des Abends hatten sich ihre Sessel auf magische Weise aufeinander zugeschoben. Heribert kniff die Augen zusammen, um den Gesichtsausdruck seiner Frau zu enträtseln. Dabei kam ihm ein faustgroßes, grünschimmerndes Stück Käse in die Quere. Der süßliche Geruch drang in seine Nase, kroch den Rachen hinunter und machte sich in der Magengrube breit.

»Jeh ma eben nachm Rechtn sssnnn.«

Heribert stemmte sich mühsam aus dem Gestühl.

»Soll Ihne jemand zeige Ihre Zimmer?« hörte er Bastone durch den Nebel fragen. Heribert winkte ab, während er über die erste Hürde, einen flachen Beistelltisch, den er nun wirklich nicht hatte sehen können, hinwegschlug.

»Knnn Prmmmblmmmm.« versicherte er und rappelte sich wieder auf.

Tapfer Haltung bewahrend suchte er den Durchgang in die Säulenhalle nach dem Fliegenprinzip: nachdem er dreimal vergeblich gegen eine Glasscheibe angerannt war, passierte er beim vierten Versuch die Glasfront und wankte direkt auf den Springbrunnen zu, der harmlos vor sich hin plätscherte. Mit dem Kinn schlug er hart auf den Beckenrand und übergab sich der Einfachheit halber in das Brunnenbecken. Nachdem er sich entleert hatte, tapste er weiter, ohne auch nur im entferntesten zu ahnen, in welcher Richtung sein Zimmer lag. Die Brieftauben haben es gut! dachte er. Die finden sogar im Schlaf zurück nach Mekka!

Nach einer Ewigkeit kam Posser an eine Tür, aus der ein zweistimmig-rhythmisches Keuchen drang. Posser schloß mit dem Verstand, der ihm geblieben war, daß dort das Zimmer seiner Tochter sein mußte. Er öffnete daraufhin die benachbarte Tür, ließ sich auf das Bett fallen und schlief augenblicklich ein.

Draußen auf der Terrasse war es kühl geworden. Die Meeresluft war feucht den Hügel heraufgekrochen und durchwob die Nacht mit einem salzigkühlen Schleier.

Mario Bastone hatte eine Stola herbeigezaubert. Als der Stoff um Hermines Schultern sank, verweilten Marios Hände einen kurzen Augenblick auf ihren Schulterblättern.

»Danke«, flüsterte Hermine. »Sie sind ein Gentleman!«

Mario beugte ergeben den Kopf.

Hermine seufzte vernehmbar. »Ihre Frau kann sich glücklich schätzen!«

Mario ließ sich neben ihr in das Korbgeflecht sinken. »Aber Sie 'abe doch eine nette Mann. Eine nette un sehr wichtige Mann!«

Mario lächelte. Hermine sah ihm tief in die Augen.

»Das *nett* lassen wir einmal außer Acht. Und er ist nicht halb so wichtig, wie er sich vorkommt! Hinter vorgehaltener Hand lacht man über ihn. Er betreibt den Karneval wie einen Krämerladen. Mit Kopf und Hintern! Aber der Karneval ist mehr als ein Geschäft! Er hat es nicht verdient, nur verwaltet zu werden! Er muß gelebt werden! Der Karneval ist eine Lebensart, eine Weltanschauung! Für manche Kölsche ist er eine Leidenschaft!« Hermine holte erschöpft Luft.

Mario spitzte die Lippen. »Si. Eine Leidenschaft!«

Hermine verlor sich in seinen dunklen, verträumten Augen. Ihre Hand glitt magisch angezogen zu ihm hinüber und blieb auf seinen Unterarmen liegen.

»Iche liebe die Karnevale«, hauchte Mario. Er schloß die Augen. Hermines Finger wühlten sich kreisend in seinen schwarzen Flaum. Sie atmete schwer.

»Es ist wie ein Rausch. Wie ein Glücksrausch.« Ihre Lippen näherten sich seinem Gesicht.

»Si. Eine Rausche.«

»Man braucht ein Gefühl dafür. Es muß von Herzen kommen.« Hermine öffnete die Lippen.

»Si, eine Gefuhle.«

Sie trank seinen Atem. Die Luft, die noch zwischen ihren Lippen war, vibrierte ...

Sie riß sich los. Mit einem Ruck erhob sie sich. Mario öffnete die Augen und sah bedauernd zu ihr hoch.

»Es findet nur einmal im Jahr statt. Man muß warten können. Das allein macht es so besonders!« Entschlossen ging sie ins Haus. Das geblümte Sommerkleid knisterte auf ihrer Haut. Sie tastete sich im Dunkeln in ihr Zimmer. Mit spitzen Fingern faltete sie zärtlich die Stola zusammen. Das Kleid glitt auf ihre Füße. Sie bebte noch, als sie sich nackt auf das Bett streckte. Erst als sie das kehlige Schnarchen neben sich vernahm, wich die Spannung von ihr.

★

Natürlich kam Margot zu spät zu ihrer Verabredung. In der Firma hatte es Ärger gegeben. Eine Lieferung *Süßes Allerlei* nach Italien war reklamiert worden. Die Spedition hatte die Ladung leichtsinnigerweise ungekühlt gen Süden geschickt. Ein gewöhnlicher Motorschaden mit dreitägiger Reparaturverzögerung hatte ausgereicht, das *Süße Allerlei* in einen undefinierbaren Klumpatsch zu verwandeln. Der Empfänger, eine Firma namens *Mille Bacci*, hatte sich verständlicherweise geweigert, die verdorbene Fracht zu bezahlen. Nur mit Mühe hatte Margot die Spedition auf eine anteilige Begleichung des Schadens festnageln können. Die Firma *Mille Bacci* aber hatten sie wohl als Geschäftspartner verloren. Bedauerlich! dachte Margot. Ein Vertreter dieser Firma hatte ihr vor einigen Monaten ein mehr als großzügiges Angebot unterbreitet: Sie hätte die Geschäftsführerin der Kölner Repräsentanz werden können. Doch Margot hatte ihr Schicksal fest mit *Kutscher und Söhne* verknüpft. Nach über dreißig Jahren an ein und demselben Schreibtisch konnte sie auf einen Neuanfang verzichten, auch wenn die Bedingungen noch so bestechend waren.

Gegen halb acht an diesem 15. August hatte Margot den Sitz der Firma, der sich seit den sechziger Jahren in einer Gründerzeitvilla im Sülzer Siebengebirgsviertel befand, verlassen. Sie hatte sich in ihren schwarzen Fiat-Panda geschwungen, den die Sommersonne auf Hochofentemperatur aufgeheizt hatte. Bis sie den Wagen über den Gürtel bis in die Schönhauser Straße gejagt hatte, war sie zerflossen. Das leichte Make-Up, das sie vor ihrer Abfahrt noch schnell aufgelegt hatte, war in den Kragen ihrer Bluse gesickert. Sie parkte ihr Auto und trat durch das Eingangstor. Ein junger, dunkelhäutiger Mann winkte ihr zu.

»Sind Sie der Freund?« sprach sie ihn an.

Der junge Mann nickte.

»Wenn Sie ein echter Freund sind, dann geben Sie mir fünf Minuten Zeit, damit ich mich wieder in eine Dame verwandeln kann.«

Ohne die Antwort abzuwarten, schritt Margot am bauchigen Kupferkessel, der den imposanten Mittelpunkt des Hofes bildete, vorbei in Richtung Damentoilette.

Was sie dort im Spiegel vorfand, übertraf ihre Erwartungen. Ihre Bluse, die vor gar nicht langer Zeit einmal mintgrün gewesen war, hing schweißnaß von ihren Schultern. Ihr Gesicht glänzte rot, von schwarzen Kajal-Striemen durchzogen. Nur die grauen, auf Igellänge gestutzten Haare hielten sich gerade noch aufrecht.

Margot drehte den Kaltwasserhahn auf und steckte ihre Handgelenke unter den Strahl. Während sie sich langsam abkühlte, rief sie sich das Gesicht des Mannes in Erinnerung. Sie war sich sicher, ihn noch nie in ihrem Leben gesehen zu haben. Er war jung und von einer natürlichen, südländischen Bräune. Er trug gepflegte, aber nicht zu steife Kleidung, seinem Alter angemessen. Im Ausschnitt des Polohemdes hatte sie eine spärliche Brustbehaarung ausgemacht. Er hatte gleichmäßige Gesichtszüge und war sorgfältig rasiert. Der einzige Bruch des Gleichmaßes war die Narbe über der rechten Augenbraue. Die Braue knickte unter der Narbe jäh ab und dünnte zu den Schläfen hin merklich aus. Das war der einzige Makel, der äußerlich an ihm zu entdecken war. Man kam nicht umhin, ihn attraktiv zu nennen. Ein wenig zu attraktiv für Margots Geschmack. Er war von der Sorte Mann, die Margot gemeinhin als Gigolo bezeichnete. Früher hätte sie ihn keines

Blickes gewürdigt. Früher, als sie noch jung war und fünf Verehrer an jeder Hand hatte. Doch diese Zeiten waren vorbei, auch wenn sie nicht unattraktiv geworden war, nein, das konnte man wirklich nicht sagen, sie hatte sich eine beachtliche Figur bewahrt, aber es gab eben nicht viele junge Männer, die auf graue Haare standen... Und sollte es auch ein Gigolo sein, sie würde es darauf ankommen lassen! Immerhin war es gut für das Selbstbewußtsein, so jemanden überhaupt auf die Idee zu bringen.

Margot fuhr sich durch die borstigen Haare und rubbelte sie in Form. Dann zog sie sich kurzerhand die Bluse über den Kopf und hielt sie unter den Wasserstrahl. Die Dame am Nebenbecken, die sich mit Sorgfalt die Lippen rötete, wagte einen neidischen Seitenblick auf Margot. Dann warf sie demonstrativ den Lippenstift in ihr Goldtäschchen, die dunkelbraune Dauerwelle in den Nacken und verließ den Raum.

Margot wusch seelenruhig die Bluse und wrang sie aus. Sie warf einen prüfenden Blick auf ihre Brustansätze, die rosig durch die cremefarbenen Spitzen ihres Büstenhalters schimmerten. Nicht ganz taufrisch, aber doch beachtlich straff! stellte sie fest. Ein wohliger Schauer durchfuhr sie, als der nasse Stoff auf ihre Haut klatschte. Sie wusch sich noch das Gesicht, dann war sie gewappnet. Sie warf ein paar Groschen in die Schale der Aufsicht führenden Klofrau.

»Häst dich jot jehalde, Mädsche«, lobte die Alte mit zahnlosem Lächeln. Sie würde es dem Gigolo schon zeigen!

Entschlossen trat sie an den Tisch heran.

»Eins sag ich Ihnen gleich: Geld ist bei mir nicht zu holen!«

Der Italiener lachte schallend. Es klang ehrlich. Margot schob einen Stuhl zurecht und setzte sich in den Duftkreis seines herben After-Shaves.

»Aber ich will keine Geld von Ihne!«

»Gut. Alles andere kann ich Ihnen geben«, sagte Margot und entwendete dem vorbeihetzenden Köbes zwei große Kölsch. Meine Güte! dachte sie, während sie dem lachenden Jüngling zuprostete, wann hast du das letzte Mal so ein Angebot gemacht?

»Iche möchte Ihne etwas gebe«, sagte der Jüngling augenzwinkernd und rückte näher an sie heran. Margot hielt sich an ihrem Glas fest und schlug die Beine übereinander.

»Iche möchte Ihne gebe gute Ratschlag.« Er senkte die Stimme. »Mache Sie Schluß bei Kutscher! Isse viel Arbeit, wenig Geld!«

Margot wich zurück. »Was geht Sie das denn an?«

»Geht mich nix an«, grinste er. »Geht meine Chefe an. Isse bereit Ihne zu gebe viel Geld ...«

»Wenn es sich um etwas Geschäftliches handelt, kommen Sie besser morgen in mein Büro!« unterbrach Margot. Schade um den schönen Abend! dachte sie. Sie wollte aufstehen und gehen. Doch der Italiener packte sie mit sicherem Griff am Handgelenk. Er zog sie wieder zu sich hinunter.

»Besser zuhöre! Meine Chefe Ihne biete weniger Arbeit und mehr Geld, wenn Sie mache Kundigung bei trottelige Kutscher.«

Margot ballte die Faust. »Was soll das? Ihr Chef kann mir den Buckel runterrutschen!« Sie wand sich in seinem Griff. Der Italiener kostete breit grinsend seine Überlegenheit aus.

»Wenn Sie mich nicht augenblicklich loslassen, dann werde ich hier einen Aufruhr entfachen, an den Sie in der Hölle dankbar zurückdenken werden!« zischte Margot mit aller ihr zur Verfügung stehender Bedrohlichkeit.

Der Italiener gab sie frei. Margot wankte, vorbei an der hämisch grinsenden Goldtäschchendauerwelle in Richtung Ausgang. Unter dem Torbogen kam sie zur Besinnung. Sie würde die Polizei alarmieren! Schließlich hatte der Unbekannte sie vor Hunderten von Zeugen bedroht! Doch als sie sich nach dem Mann mit der Narbe umdrehte, war er verschwunden.

★

Luthor! Was wollen Sie? Ich dachte, Sie haben sich schon längst aus der Stadt gemacht! – Ich habe eine Botschaft für dich, Superman. – Eine Botschaft ... ? – Ja. Die wichtigste Botschaft, die du jemals bekommen hast. Und höchstwahrscheinlich die letzte: Du hast einen Fehler gemacht, Superman. Einen großen Fehler. Einen tödlichen Fehler. Ich bestimme in dieser Stadt, Superman. Metropolis gehört mir. Und die Menschen in dieser Stadt gehören mir auch! Tot oder lebendig, ganz wie's mir paßt.

Friedrich ließ das Heft sinken. Er hielt den Atem an und lauschte. Kein Geräusch war zu hören. Einsam und verlassen lag die Villa, mitten in der Stadt. Er riß sich aus seinem Sessel und zwang sich, zum Fenster zu gehen. Würde er den Anblick ertragen können? Den Anblick lebloser Körper, die mit verdrehten Gliedmaßen und schreckensweit aufgerissenen Augen auf den Gehwegen lagen? Giftschwaden, die durch die Straßenschluchten waberten? Piratenbanden, die plündernd durch Metropolis zogen? In ängstlicher Neugier preßte er seine Nase an die Fensterscheibe und blickte hinaus.

Friedlich lag die Heisterbachstraße in der Abendsonne. Der gelbe VW-Käfer, den der Vater ihm geschenkt hatte, kurz vor seinem Tod, stand leuchtend vor dem Haus. Vom Kinderheim klang gemächlich die Acht-Uhr-Glocke herüber, und die Vögel begrüßten zwitschernd die Dämmerung. Friedrich wandte sich erleichtert ab. Er sank in den Sessel zurück und hob das Heft wieder vor die Augen.

*

»Das ist ja alles hochinteressant«, brüllte Heribert Posser gegen den Lärm der Maschinen an. Bastone nickte.

»Isse vollautomatico! 'ochmoderne Maschine! Schafft mitte drei Mensche Arbeitskraft Tagesproduzione von zehn Tonne!«

Posser wischte sich den Schweiß von der Stirn. Die Hitze war unerträglich. Sie standen vor einem bauchigen Kessel, der sich fast bis zur Decke der Halle hinaufwölbte.

»Sußmasse musse werde er'itzt auf sechzig Grad Celsio!«

»Kaum zu fassen«, keuchte Posser und zurrte an seiner Krawatte. Er verfluchte sich, daß er auf Bastones Angebot eingegangen war, die modernste Bonbonfabrik Siziliens zu besichtigen. Was habe ich mit Süßwaren zu schaffen? fragte er sich immer wieder.

Bastone war bereits weitergeschlendert und winkte Heribert, ihm zu folgen. Bastone schien die Hitze nichts auszumachen. Seine Stirn war staubtrocken. Possers Gedanken wanderten zu Frau und Tochter, während er Bastone hinterhertrottete. Die räkelten sich jetzt bestimmt am Swimming-Pool und ließen sich einen eisgekühlten Cocktail servieren. Posser fächelte sich mit der Krawattenspitze Luft zu.

»Wir mache Bonbone, Kaugumme, Weingumme, tutto completto«, dozierte Bastone. »Aber in diese Fabrike nur Bonbone! Kaugumme e Weingumme, andere Fabrike!«

Sie waren bei den Verpackungsmaschinen angekommen. Der Radau wurde ohrenbetäubend.

»Möchte Sie sehe noch andere Fabrike?« schrie Bastone.

Posser schüttelte panisch den Kopf. »Nicht, daß ich unhöflich sein möchte ... «

Bastone winkte ab. »Komme Sie. Wir trinke kalte Cola und rede ein bisse über Geschäfte.«

Posser folgte dem verlockenden Klang von *kalt* und *Cola*, ohne sich zu fragen, was der zweite Teil des Satzes bedeute. Nachdem sie durch ein Labyrinth fauchender und stampfender Ungetüme gehetzt waren, öffnete Bastone eine unscheinbare Tür, und schon versetzte sie eine wunderbare Zauberkraft in einen blitzsauberen, klimatisierten Bürotrakt. Posser atmete auf. Bastone nahm ihn am Handgelenk und führte ihn in einen großzügigen Empfangsraum. Fröhliche Kindergesichter strahlten von gerahmten Plakaten. Sie waren so fröhlich, weil sie für Süßigkeiten der Marke *Mille Bacci* werben durften. Die schwarzen Lederpolster um einen chromgerahmten Glastisch wirkten kalt und bequem. Künstliche Farne staken in weißen Keramikschüsseln und bemühten sich gar nicht erst, natürlich auszusehen.

Posser ließ sich auf eines der Sofas plumpsen. Der Fabriklärm drang nur noch schwach durch die Wände. Eine rassige Sekretärin mit langen, dunklen Haaren und in schwarzem Lederrock, passend zu den Sofas, kam herein und servierte Halblitergläser Cola mit viel Eis.

»Sie scheinen hier ein gern gesehener Gast zu sein«, wunderte sich Posser.

Bastone brach in helles Lachen aus. Der Schnurrbart tanzte auf der Oberlippe. »Isse normal. Isse meine Fabrike.«

Posser knöpfte sein Hemd wieder zu und zog den Krawattenknoten fest. Er kannte Bastone als Immobilienmakler, der mit Ferienhäusern in Italien und Frankreich handelte. Nie hatte er auch nur ein Wort verlauten lassen, daß er im Süßwarenbereich tätig war.

»Sie meinen, diese Fabrik gehört Ihnen? Und auch die anderen, von denen Sie vorhin gesprochen haben? Alles Ihnen?«

»Si. Alles meine famiglia! Isse Konzerne *Mille Bacci.*« Bastone rollte die *l* ausgiebig. »Meine Sohn Stefano leitet Geschäfte, wenn ich bin in Colonia! Isse adesso in America! Andere Fabrike!«

Posser strich sich nachdenklich über die Haare. Auch er selbst war gewiß nicht das, was man arm nennen konnte. Sein Büro für Baufinanzierung hatte über die Grenzen Kölns hinaus einen Namen. Aber hier tat sich ein Konzern von internationalen Ausmaßen auf! Er maß Bastone von der Seite.

»Sie sind ein reicher Mann!«

»Si.« Bastone zupfte an den Bügelfalten seiner Hose. Posser nippte an seiner Cola. Er fischte mit der Zunge einen Eiswürfel aus dem Glas und lutschte darauf herum.

»Iche will Dir vorschlage eine Geschäfte!«

Posser glitt der Eiswürfel aus dem Mund. Er klatschte auf den Travertinboden und schlitterte durch den Raum, bis er in einer Ecke liegenblieb. Bastone verzog keine Miene.

»Du bist doch große Nummer in Karnevale!«

Posser schluckte und stellte das leere Glas auf den Tisch. Er sah Gewitterwolken aufziehen.

»Tut mir leid, mein Freund. Das ist ganz unmöglich. Das Karnevalsgeschäft ist vollständig in den Händen einer alten Kölner Firma. Verstehst du, ein Familienbetrieb, wie deiner. Nur kleiner. Aber wir sind an diese Firma gebunden, allein schon aus Gründen der Tradition! Ich fürchte, da gibt es selbst für mich, als Präsident des Festkomitees, keine Möglichkeiten ...«

»Isse keine Frage von Möglichkeiten. Isse Frage von Susammenarbeit. Ich will steige in Stiefel von Kutscher. Wirst du mir helfe?«

Posser wand sich. »Ich würde Ihnen wirklich gerne helfen, aber ich fürchte ...«

»Ja oder nein?« Das Lächeln war von Bastones Lippen verschwunden.

Posser hob abwehrend die Hände. »Bedenkzeit!« stieß er keuchend hervor.

»Gut.« sagte Bastone und ließ von ihm ab.
Posser sank in die Polster zurück.

★

»Hallo? Ist da jemand?« Margot tastete nach dem Lichtschalter. Wie jeden Morgen war sie in den immerfeuchten, düsteren Keller der Sülzer Villa gestiegen, um die Sicherungen einzuschalten. Die elektrische Anlage des Hauses war seit den zwanziger Jahren nicht mehr erneuert worden. Aus Gründen der Feuersicherheit mußte daher über Nacht die gesamte Elektrik ausgeschaltet werden.

Margot tastete nach dem Hauptschalter. Ihre Hand fuhr über klamme Staubfäden, dann hatte sie den Hebel gefunden. Das schwache Birnchen im Treppenaufgang flackerte träge auf. Margot klopfte sich den Staub von den Händen. Dann schritt sie über die bröckelnden Stufen wieder nach oben. Als sie drei Viertel des Aufstiegs zurückgelegt hatte, klickte es und der Keller versank von Neuem in der Dunkelheit. Margot stutzte. Es gab zwei Möglichkeiten. Entweder, es hatte irgendwo im Haus einen Kurzschluß gegeben, und die Sicherung war von allein wieder herausgesprungen – oder aber irgend jemand hatte sich daran zu schaffen gemacht ...

Margot tastete sich wieder in die Dunkelheit hinein. Ihre Füße glitten Stufe für Stufe nach unten. »Hallo?«

Ihre Frage wurde von dem undurchdringlichen Dunkel verschluckt. Sie hatte das untrügliche Gefühl, daß da noch jemand im Keller war. »Hallo? Wer ist da?«

Sie hielt den Atem an und lauschte. Plötzlich klickte es wieder und das klägliche Birnchen warf für einen kurzen Augenblick einen Lichtstreif. Dann erlosch es wieder. Der kurze Moment aber hatte ausgereicht, eine Gestalt zu enthüllen. Margot hatte ihn sofort erkannt. Das breite Grinsen und die abgebrochene Augenbraue waren unverkennbar.

»Was wollen Sie von mir?« Margot wunderte sich, daß sie einen Ton herausbekam.

»Meine Chefe will, daß Sie annehme seine Angebot!« Das Zischeln kam näher.

»Ihr Chef hat eine merkwürdige Art, Angebote zu unterbreiten.« Margots Körper spannte sich. Er mochte nur wenige Schritte von ihr entfernt sein.

»Chefe isse gar nicht glücklich ...« zischte er, bevor ihm die Stimme in ein schmerzverzerrtes Stöhnen entglitt. Margot hatte mit voller Wucht in das Dunkel getreten. Offenbar erfolgreich. Im nächsten Augenblick fing sie an zu schreien. Die gellenden Töne fluteten das Gewölbe, prallten von Wand zu Wand, drangen immer tiefer in das alte Gemäuer vor, schwappten wieder zurück und krochen schließlich die Treppe hinauf. Margot spürte etwas an ihrer Kehle und befand, daß es klüger sei, nicht mehr zu schreien. Das kalte und brennende Etwas an ihrer Kehle war eine Messerklinge.

»Lassen Sie mich«, würgte Margot. Sein Atem strich über ihr Gesicht. Er roch nach Zigarrenqualm, vermischt mit dem After-Shave, das ihr schon bei der ersten Begegnung zu herb gewesen war. Die Klinge grub sich tiefer in ihren Hals. Sein Atem schlug an ihr Ohr. »Wir mache keine Spasse, hörst du? Das 'ier isse keine Geschäft mehr fur Fraue, chiaro?«

»Ich verstehe nicht«, brachte Margot heraus, um Zeit zu gewinnen. Irgend jemand mußte sie doch gehört haben ...

»Okay. Zum letzte Male: Du setze dich besser zur Ruhe! Sage deine lächerliche Chefe ciao und mache in Rente! Capito?«

In dem Moment quietschte die Kellertür in den Angeln.

»Fräulein Herbst, sind Sie da unten?«

Die Klinge löste sich vom Hals. Sie wollte ihn festhalten, aber ihre Hände griffen ins Leere. Irgendwo knarrte ein Fenstergitter. Schreiend rannte sie die Treppe hinauf. »Haltet ihn auf! Er klettert aus einem der Kellerfenster!«

Mit den Mutigsten der Belegschaft rannte sie auf die Straße hinaus. Sie durchsuchten den Garten und fanden das offene Fenster. Doch der Italiener war bereits über alle Berge.

★

Sei vorsichtig, John! – Hier ist jemand! Hier drin ist jemand ... Clark! Was suchst du hier? – Hilf mir Pa! Sie wollen mich in

Stücke reißen, Pa! Sie haben sich auf mich gestürzt, haben meine Hosen zerrissen, haben mein Gesicht zerkratzt, wie eine Meute Paviane herumgekeift, es war furchtbar! Jeder will etwas von mir, bloß weil ich anders bin als sie ...

Friedrich ließ das Heft sinken. Vorsichtig suchte er den Blick des Vaters, der rechts von ihm an der Wand hing. »Du wolltest das ja nie verstehen! Ich bin eben anders als du, anders als Großvater ...«

»Laß mich aus dem Spiel«, beschwerte sich der Großvater, der, seinem Sohn gegenüber, an der anderen Wand hing. »Wenn ich deine Erziehung in die Hand genommen hätte, dann wäre etwas Anständiges aus dir geworden, das kannst du wohl glauben!«

Der Spitzbart des Vaters zitterte. Doch er hielt seine Wut im Zaum. »Das sieht dir ähnlich! Schiebst die Schuld wieder auf mich! Hätte ich genug Zeit gehabt, ihn zu erziehen, wäre er nicht so ein Schlappschwanz geworden! Es waren schließlich schwierige Zeiten! Du hast dich ja kurz vor dem Krieg aus der Affäre gezogen!«

Der Großvater war zwei Tage vor Kriegsausbruch an einem Wespenstich gestorben. Er hatte die Angewohnheit, beim Nachdenken ein Bonbon aus eigener Produktion mit geschlossen Augen zwischen den Lippen hin und her zu rollen. Das förderte auf geheimnisvolle Weise den Denkprozeß, so hatte er schon manche günstige Eingebung herbeigeführt. Der verlockende Geruch des Himbeerbonbons *Tausendundeinenacht* führte allerdings auch eine Wespe durch das offene Fenster herbei. In einem günstigen Moment setzte sie sich auf die Spitze des Bonbons, die tiefrosa zwischen den Lippen des Großvaters hervorlugte. Auf diese Weise gelangte die Wespe in seine Kehle, und Wilhelm verstarb qualvoll und vor der Zeit. Wilhelm Adolf, Friedrichs Vater, mußte die Firma dann Hals über Kopf übernehmen, und nur mit großer Mühe hatte er sie unbeschadet durch diese Krise gesteuert. Er war fest entschlossen, seinem Sohn Friedrich dieses Schicksal zu ersparen. Doch Friedrich hatte sich mit dem erzwungenen Jurastudium derart viel Zeit gelassen, daß er gerade erst das erste Staatsexamen bestanden hatte, als Wilhelm Adolf nach bester Familientradition am Schreibtisch seinen letzten Atemzug tat. Ein Hirnschlag erwischte ihn, als er gerade dabei war, die Bestellung von zwanzigtausend Blatt Einwickelpapier für das Sortiment *Süße Überraschung* zu unterschreiben. Er konnte seinen Namenszug nicht einmal mehr vollenden. *Wilhelm Ado* waren seine letzten Worte. Dann brach der schwarze Tintenstrich jäh nach unten aus.

»Großvater hat recht! Du hättest dich mehr um mich kümmern sollen!«

Friedrich mischte sich nicht gerne ein, wenn sich die beiden Alten angifteten.

»Du wärst auch dann mißraten!« beschied der Vater. »Deine Mutter war auch eine Tagträumerin.«

»Aber ich habe meine Mutter doch nie kennengelernt!« verteidigte sich Friedrich.

»Das ist eine Frage des Blutes! Dafür kann keiner etwas!«

»Jaja, red dich nur raus!« stichelte der Großvater. Wilhelm Adolfs Stimme überschlug sich. »Wie oft habe ich ihm denn verboten, diese amerikanischen Schundheftchen zu lesen?! Hat es etwas genützt? Nein. Immer wieder hat er sich irgendwo im Haus versteckt, überall hatte er seine Lager eingerichtet, nur um mich zu ärgern! Aber sein Onkel, der Bruder meiner Frau, Gott hab sie selig, der war genauso! Trotzig und ohne ein Quentchen Verantwortungsgefühl! Und dann ist er auf Nimmerwiedersehen verschwunden, hat nie wieder von sich hören lassen, hat sich gedrückt vor seinen Pflichten! War auch besser so! Wer weiß, wo er heute seinen Unsinn treibt. Wahrscheinlich in Amerika. Er hatte übrigens die gleichen roten Haare wie du, Friedrich. Dieses Anarchistenrot. Nein, mein Sohn, du kannst nichts dafür, die Gene haben sich gegen mich verschworen!«

Friedrich hielt sich mit beiden Händen die Ohren zu. Schon zu Lebzeiten hatte er dieses sirrende Falsett gehaßt, in das der Vater fiel, wenn er wütend war. Er angelte sich mit den Ellenbogen ein Heft vom Schreibtisch, rutschte vom Sessel und machte es sich auf dem Fußboden bequem. Sollten die Alten sich doch ruhig gegenseitig zerfetzen.

Was soll ich tun, Pa? – Stehe zu deiner Verantwortung, mein Sohn!

Ja, die Leier kannte er!

Stehe zu deiner Verantwortung als Bürger der Vereinigten Staaten von Amerika! Du bist anders als sie, gut. Aber du

kannst ihnen nützen in deinem Anderssein. Zeige ihnen, daß *anders sein* nicht heißt *schlechter sein*! Dann werden sie dich respektieren!

So ein Quatsch!

Das Telefon klingelte. Friedrich ließ es klingeln.

Ich ... ich werde meine Kräfte weiterhin nutzen, um anderen zu helfen. Um Menschen zu helfen, die wirklich Hilfe brauchen. Ich werde ein Held sein ...

Es klopfte an der Tür. Friedrich hörte undeutlich, wie sein Name gerufen wurde. Die Tür wurde geöffnet. Er schreckte zusammen.

»Friedrich?« Das war Margots Stimme. »Hier ist jemand, der dich sprechen möchte.«

Friedrich tauchte hinter dem Schreibtisch auf. Sein feuerrotes Haar klebte am Kopf. Er sah aus, als sei er aus einem hundertjährigen Fieberschlaf erwacht. Margot prallte erschrocken zurück. Selbst Kommissar Mannhaupt, ein genügsamer Rheinländer, der kurz vor der Pensionierung stand und im Laufe seines Kriminalistendaseins schon manchen kaputten Typen gesehen hatte, rückte seine Hornbrille zurecht.

»Vielleicht komme ich besser ein andermal wieder«, flüsterte er Margot von hinten zu.

»Was gibt es denn?« fragte Friedrich.

Margot räusperte sich mit Nachdruck. »Das hier ist Kommissar Mannhaupt. Er möchte Sie zu den merkwürdigen Vorfällen der letzten Zeit befragen.«

Friedrich deutete auf den Stuhl, der auf der anderen Seite des Schreibtischs stand. »Nehmen Sie Platz, Officer.«

Mannhaupt lehnte mit einer knappen Handbewegung ab. Er zog es vor, im Zimmer auf und ab zu gehen. Seine Erscheinung war klein und drahtig. Er wirkte jünger, als es das aschweiße Haar auf dem Kopf glauben machen wollte. Die dicke Hornbrille hatte es schwer, sich auf der steilen Hakennase festzuhalten. Die Gläser vergrößerten seine Augen. Groß und scharf lugten sie aus dem Gesicht heraus, wie die Augen einer Eule. Friedrich hätte schwören können, daß es sich um einen ehemaligen Vigilanten handelte.

Margot wollte sich zurückziehen, doch der Kommissar bat sie zu bleiben. Dann wandte er sein Eulengesicht Friedrich zu.

»Sie haben sicherlich von den ungewöhnlichen Vorfällen in Ihrer Firma gehört?«

»Natürlich.«

Margot runzelte die Stirn. Wie konnte er, sie hatte ihm nichts erzählt?

»Können Sie sich vorstellen, wer hinter diesen Vorkommnissen steckt? Haben Sie Feinde?«

Mannhaupt schritt auf das Porträt des Großvaters zu. Sein Kopf wippte beim Gehen vor und zurück. Die Nase durchschnitt wie eine Sichel die Luft. Friedrich beobachtete ihn fasziniert. Mannhaupt machte vor dem Bild des Großvaters halt, kurz bevor seine Nase die Leinwand durchstoßen hätte.

»Nun?« fragte er, während er das Gemälde beschnupperte.

»Wenn man für Recht und Ordnung kämpft, hat man Feinde. Das wissen Sie so gut wie ich!«

Der Kommissar drehte ruckartig den Kopf zu Margot. Sie stand im Türrahmen und zuckte mit den Schultern. Die Nase stichelte auf Friedrich zu.

»Sie kämpfen für Recht und Ordnung?« Mannhaupt verzog den Mund zu einem schiefen Lächeln. »Warum habe ich noch nie von Ihnen gehört? Oder sind Sie etwa der, den man unter dem Namen Robin Hood kennt?«

Friedrich war sich nun sicher, daß es sich um einen Ex-Vigilanten handelte.

»So ungefähr«, lächelte er und zwinkerte ihm zu.

Mannhaupt zog seine Nase zurück.

»Glauben Sie doch meinem debilen Sohn kein Wort!« zischelte Wilhelm Adolf. Mannhaupt ging nicht darauf ein.

»Wer, glauben Sie, steckt hinter diesen, wie soll ich es nennen, Anschlägen?«

»Lex Luthor«, entgegnete Friedrich. »Das wissen Sie doch.«

Der Kommissar legte den Kopf schräg. »Lex Luthor? Wer soll das sein?«

»Officer«, sagte Friedrich und zwinkerte wieder. »Sie wollen mir doch nicht im Ernst erzählen, daß Sie Luthor nicht kennen?!«

»Hmm. Lex Luthor sagen Sie? Hmm. Ich werde das überprüfen.« Der Kommissar warf Friedrich einen strengen Eulenblick zu. Dann verließ er mit wippendem Kopf das Büro.

Vor der Tür wandte er sich an Margot. »Sie sagten, er sei manchmal etwas merkwürdig ... « Mannhaupt nickte vor sich hin, »ich verstehe, was Sie meinten. Aber sagen Sie mir eins, wie schafft es so jemand, eine Firma zu leiten?«

Margots Gesicht spiegelte sich in seiner Brille. Sie seufzte. »Indem er so jemanden hat wie mich.«

★

»Schätzchen?« Posser lag auf dem Bett. Er hatte die Arme hinter dem Kopf verschränkt und starrte an die Decke. Durch die Fensterläden drang das Zirpen der Grillen. Weit entfernt hörte man das Rauschen des Meeres. Hermine saß auf der anderen Seite und las. Sie hatte die Beine zum Schneidersitz untergeschlagen, eine Übung, die Heribert schon lange nicht mehr beherrschte. Ihr langes, braunes Haar umrahmte ihr Gesicht und fiel in leichten Wellen auf das Buch hinab. Auf ihrer Nase saß eine schmale, goldgefaßte Lesebrille. Die Spitzen ihrer Brüste drückten sich sanft gegen den lachsfarbenen Seidenstoff ihres Nachthemdes. Sie roch nach der Lavendelcreme, die ihre Haut über all die Jahre in einem erstaunlich jugendlichen Zustand konserviert hatte. Heribert meinte sogar festzustellen, daß sich in den letzten Tagen ein paar von den Fältchen, die sich um den Mund herumzogen, geglättet hatten. Hermine erschien ihm schöner denn je.

»Hermineschätzchen«, versuchte er es noch einmal. Wenn man ihn nicht beachtete, konnte ihn das zur Weißglut bringen!

»Hermine! Hörst du mich!« brüllte er schließlich, daß die Grillen erschrocken verstummten.

Hermine drehte langsam ihren Kopf und sah ihn über den Brillenrand hinweg an. Dieser lehrerhafte Blick machte Heribert verlegen.

»Hermineschätzchen, ich brauche deinen Rat!«

»So?«

»Was liest du denn da?« Heribert spürte, daß er Boden gutmachen mußte. Wortlos hielt sie ihm den Einband entgegen: Sigmund Freud: *Das Ich, das Es und andere metapsychologische Schriften.*

»Das trifft sich gut. Ich brauche nämliche einen psychologischen Rat von dir«, buhlte Heribert. »Was hältst du von Bastone?«

»Mario?« Sie nahm die Brille ab. Ihr Blick schweifte in die Ferne. »Ein ausnehmend wohlerzogener Mensch. Ein Gentleman vom Scheitel bis zur Sohle. Ein Mensch, der mit sich und der Welt zufrieden ist. Ein Mann, der mit Frauen umzugehen weiß, ihre Bedürfnisse kennt und achtet. Ein Mann, der ...«

»Gut, gut, das reicht. Ich wollte keinen Gefühlsausbruch sondern ein ehrliches Urteil von dir. Meiner Meinung nach«, Heribert senkte die Stimme, »ist der Kerl nämlich ein Gauner.«

Hermine lachte auf. »Das sieht dir ähnlich! Du läßt dich von ihm einladen, kostest seine irrsinnig großzügige Gastfreundschaft bis zum Letzten aus und stellst am Abend vor der Abreise fest, daß er ein Gauner ist! Das ist typisch!«

»Ja glaubst du denn, daß er uns aus reiner Nettigkeit eingeladen hat? Oder nur, weil ich ihm zufällig einen millionenschweren Kunden vermittelt habe, der ein Ferienhaus auf Korsika suchte? Nein ...« Heribert schüttelte den Kopf.

»Warum hat er uns sonst eingeladen?«

»Na, weil er etwas von mir will!«

»Was sollte er von dir wollen? Du hast nichts, was er nicht hat!«

Ihre Mundwinkel zuckten spöttisch. Posser setzte sich auf und nahm Haltung an. »Weil ich der Präsident des Festkomitees Kölner Karneval e. V. bin!«

»Na und? Möchte er Karnevalsprinz werden?«

»Das wär ja noch schöner!« empörte sich Posser. »Nein, er möchte die Süßwarenversorgung übernehmen, den Kutscher verdrängen! Und ich soll ihm bei diesem miesen Spiel zur Hand gehen, deshalb hat er uns eingeladen!«

Hermine schlug die Hand vor den Mund. »Oh, mein Gott! Das klingt ja nach Bestechung! Was machen wir da bloß?«

»Psst, nicht so laut! Vielleicht werden wir belauscht!«

Hermine ließ sich lachend in die Kissen plumpsen, die Beine immer noch überkreuz. »Soll ich mal überlegen, wieviele Leute mir auf Anhieb einfallen, die du bestochen hast? Oder lieber die, die dich bestochen haben?«

»Auf jeden Fall ist er in dieser Sache an den Falschen geraten!

Da könnte ja jeder kommen ...« Heribert kroch unter die Decke und zog sie schmollend bis über den Kopf. Als Hermines Lachen endlich abschwoll, mischte sich ein anderes, sanft aufbegehrendes Geräusch von nebenan dazu. Heribert lupfte die Decke.

»Was ist das?«

»Deine Tochter«, antwortete Hermine trocken.

»Das ist doch nicht zu fassen! Wer hat bloß diese Nymphomanin herangezogen?!« Heribert warf sich auf die Seite und griff nach der Packung Oropax.

»Reg dich nicht auf. Laß ihr doch den Spaß.« Hermine seufzte. »Für den Verzicht bleibt ihr ja später noch genug Zeit!«

★

»Tut mir leid, Fräulein Herbst, ich kann im Moment nichts für Sie tun!« Aus Mannhaupt sprach ehrliches Bedauern. »Solange wir nicht wissen, aus welcher Richtung die Bedrohung kommt, können wir nichts unternehmen.«

»Was ist mit diesem Luthor? Haben Sie das überpüft?«

»Ja. Habe ich. Aber ...« Mannhaupt zögerte, »es handelt sich um eine Comic-Figur.«

»Um eine was?«

»Um eine Comic-Figur. Aus der Superman-Reihe.« Mannhaupt räusperte sich verlegen. »Ich gebe Ihnen einen Rat von Mensch zu Mensch, Fräulein Herbst: Wenn Sie sich bedroht fühlen, dann wechseln Sie die Firma. Die einzig wirkliche Bedrohung sehe ich zur Zeit in Ihrem Chef.«

»Und der Mann mit der Narbe? Auch eine Comic-Figur?«

»Wenn Sie wüßten, wieviele Gauner mit Narben es gibt ...«

Margot ließ den Hörer auf die Gabel sinken. Wie in Trance ordnete sie ein paar Rechnungen, die vor ihr auf dem Schreibtisch lagen.

»Frau Herbst, es gibt wieder Probleme mit der Etikettiermaschine!« rief ihr der Vertriebsleiter vom Ende des Ganges zu.

Margot hörte es nicht. Sie hörte nur das dumpfe Grollen, das sich in ihrem Innern zusammenballte, das sie plötzlich mit einer gewaltigen Wucht aus dem Sessel riß und die Treppe hinaufpeitschte. Ohne Vorwarnung riß sie die Tür auf.

»Friedrich Kutscher, hör mich an!« schrie sie, daß das alte Gemäuer zusammenzuckte. Friedrich schleuderte den Comic weit von sich und versuchte, im Sessel Schutz zu finden.

»Siebenunddreißig Jahre meines Lebens habe ich für diese Scheißfirma geschuftet! Die letzten zehn Jahre habe ich den Laden allein geschmissen, ohne daß du jemals einen einzigen Handschlag mehr als deine bescheuerten Unterschriften geleistet hättest! Weißt du überhaupt, wo du hier sitzt? Das ist das C-H-E-F-Z-I-M-M-E-R!«

Friedrich sah sich entsetzt um. Margot hätte sich nicht gewundert, wenn plötzlich aus dem Nichts eine Stimme erklungen wäre: »Wir bitten die Eltern des kleinen Friedrich, ihren Sohn im Chefzimmer abzuholen!« Sie versuchte vergeblich, das Mitleid zu verdrängen. Ihr Ton wurde milder.

»Gut, du wolltest nie in dieses Zimmer. Dein Vater hatte ein Herz wie ein Kühlschrank. Niemand hat sich jemals richtig um dich gekümmert. Aber Friedrich, wir haben deine Macken akzeptiert, wir haben so getan, als wenn nichts wär, wenn du dich wieder einmal wochenlang nicht hast blicken lassen, wir haben uns ohne deine Hilfe durchgeschlagen! Und jetzt, Friedrich, jetzt geht es uns an den Kragen, das hab ich im Gefühl! Jetzt brauchen wir jede Hand, Friedrich, auch deine!«

Friedrich musterte seine Hände. Margot fuhr sich durch das graue Stoppelhaar. Sie atmete tief durch. »Mach dich nützlich!« sagte sie leise. Dann wandte sie sich ab. Lange konnte sie nicht mehr gegen das Mitleid ankämpfen, das wußte sie. Dieses starke Gefühl, das sie unerbittlich drängte, zu ihm zu hinzugehen, ihn aus diesem Sessel, in dem er fast versank, herauszunehmen und in die Arme zu schließen ...

Als sie auf die Galerie trat, schlug ihr Beifall entgegen. Die Belegschaft hatte sich in der Halle versammelt. Man nickte ihr aufmunternd zu. Langsam schritt sie die Treppe hinunter. Der Beifall ebbte allmählich ab. Man öffnete ihr eine Gasse, geleitete sie zu ihrem Schreibtisch. Bevor sie sich wieder an ihren Platz setzte, warf sie noch einen Blick zurück. Friedrich lehnte an der Eichenholzbrüstung, hatte kaum Kraft, sich auf den Beinen zu halten. Ängstlich starrte er auf die Angestellten herab. Verachtung prallte ihm entgegen. Allmählich begann sich die Menge zu zerstreuen. Ein jeder ging an seine Arbeit zurück. Margot widmete sich ihren Rechnungen. Sie konnte hören, wie Friedrich in sein Zimmer zurückschlurfte, ohne die Tür hinter sich zu schließen.

★

»Ich muß mal dringend telefonieren«, sagte Sabine und sprang aus dem Wagen. Auf Zehenspitzen hüpfte sie durch den strömenden Regen über die Bruchsteinplatten zum Haus hinauf.

»Nimm doch wenigstens deinen Koffer mit«, rief Heribert hinter ihr her, aber da war die vergitterte Eingangstür schon hinter ihr ins Schloß gefallen. Hermine schickte sich an, ihr zu folgen.

»Du könntest ruhig auch etwas tragen«, herrschte Posser sie an. Hermine breitete die Arme aus, legte ihren Kopf weit in den Nakken und bot sich dem Regen dar. So schritt sie zum Haus.

Posser schüttelte den Kopf. Dieser Urlaub hatte sie völlig verwandelt. Der Kofferraum schnappte auf und gab das Chaos der Koffer und Taschen frei. Posser seufzte und zog die Kühltasche und den krokodilledernen Kosmetikkoffer heraus, den er seiner Frau zu Weihnachten geschenkt hatte. Posser trug seine bequemen Schaumstoff-Urlaubs-Bade-Sandalen und mußte aufpassen, daß er auf den regennassen Steinplatten nicht ausglitt. Auf halbem Weg zwischen Kofferraum und Haustür erreichte ihn ein schriller Schrei. So schnell es ging, glitschte er mit den Koffern ins Haus.

Das Wohnzimmer war verdunkelt. Nur undeutlich konnte er Hermine ausmachen, die, eine Hand vor den Mund geschlagen, mit der anderen im Zimmer umherdeutete. Heriberts Augen gewöhnten sich nur langsam an das Dämmerlicht. Allmählich erkannte er Hunderte von Pappkartons, die im Wohnzimmer verteilt aufgestapelt waren. Manche Stapel reichten bis zur Decke. Heribert schaltete das Licht an. Der Kronleuchter flammte auf und enthüllte das ganze Ausmaß der Verwüstung: Einer der höheren Stapel war umgestürzt und hatte im Fallen eine Rokoko-Tänzerin aus Meißner Porzellan zerdeppert. Der Karton war geplatzt und hatte ein gutes Dutzend Pralinenschachteln über den Teppich ergossen, auf denen unter dem munteren Aufdruck *Mille Bacci* ein kirschrot geschminkter Kußmund prangte.

Posser ging im Zimmer umher und klopfte ratlos auf den einen oder anderen Karton. Hermine hockte benommen am Boden. Auf dem moosgrünen Ohrensessel, Hermines Lieblingsplatz, fand Posser eine kunterbunt-überflüssige Botschaft: »Buon Appetito!«

Posser ließ sich in den Sessel fallen.

»Das gibt's doch nicht!«

»Furchtbar süß! Ganz furchtbar süß!« stammelte Hermine und begann damit, die Überreste der teuren Porzellanschönheit einzusammeln. Sabine kam die Treppe hinunter.

»Was ist denn hier passiert?«

»Eine kleine Aufmerksamkeit von unserem Gönner«, bemerkte Posser bitter.

»Yeah!«, sagte Sabine und begab sich wieder auf den Weg zum Telefon, um die Freundin auf den neuesten Stand zu bringen.

Hermine kniete auf dem Chinateppich. Vor sich hatte sie den Meißner Scherbenhaufen versammelt. Sie strich gedankenverloren über den flauschigen Teppich. Wie zufällig blieb sie an einer der goldfolienverpackten Pralinen hängen. Mit spitzen Fingern befreite sie das hellbraune Klümpchen aus seiner Umhüllung. Sie schloß die Augen und öffnete den Mund, gerade so weit, daß das Klümpchen durch die Lippen gleiten konnte. Dann umschlang sie es mit ihrer Zunge.

»Er ist wirklich ein Schatz«, sagte sie lutschend.

»Das ist Einbruch!« sagte Posser. »Und außerdem hat er aus lauter Nettigkeit das gute Porzellan zerdeppert!« Listig schielte er zu seiner Frau hinüber. Das Meißner war ihr Ein und Alles.

Doch Hermines Trauer um das Rokoko-Fräulein hielt sich in Grenzen. Posser trommelte nervös auf der Sessellehne.

»Mich interessiert nur, warum die Alarmanlage nicht angeschlagen hat.«

Hermine erhob sich wortlos und ging hinauf in ihr Schlafzimmer. Posser blickte ihr nach. Dann betrachtete er die braunen Kartons, die sich um den Sessel herumtürmten. Einer der Stapel schien sich bedrohlich zu neigen. Posser kniff die Augen zusammen. Er sah ihn stürzen, sah ihn schon krachend über sich zusammensinken. Er stieß sich aus dem Sessel und floh.

*

Die düstere Villa in der Heisterbachstraße war fast menschenleer. Der Großvater hatte sie damals als Familiendomizil der Kutschers gekauft. In den Sechziger Jahren aber, als die Gebäude in Ehrenfeld zu alt und zu eng geworden waren und man sich entschlossen hatte, nach Rodenkirchen umzuziehen, war die Familie auf Wilhelm Adolf und Friedrich zusammengeschrumpft. Wilhelm Adolf, der seit jeher streng ökonomisch dachte, hatte daher entschieden, Verwaltung und Produktion zu trennen und die Privatvilla als Verwaltungssitz herzurichten. Sich selbst und Friedrich spendierte er eine Mietwohnung in der Landgrafenstraße, in der Friedrich heute noch wohnte.

Es war schon dunkel geworden, aber Margot saß noch immer an ihrem Schreibtisch in der Eingangshalle. Wilhelm Adolf hatte ihr damals, als er noch lebte, angeboten, den zugigen Platz in der Halle, den sie noch aus ihrer Zeit als Empfangsdame besaß, gegen ein Büro im oberen Stockwerk zu tauschen. Margot hatte vehement abgelehnt. Um nichts in der Welt hätte sie diesen strategisch günstigen Platz getauscht. Jeder, der ins Haus kam, mußte an ihr vorbei. Ebenso jeder, der es wieder verließ. Auf diese Weise war Margot immer im Bilde, wer gerade da war und wer nicht. Eine Stechuhr hatte man bei Kutschers nie gebraucht.

Wilhelm Adolf hatte ihr stattdessen eine warme Pelzweste geschenkt, die sie in der Winterzeit bequem bei der Arbeit tragen konnte. Auch der Marmorfußboden in der Halle war im Winter wenig anheimelnd. Margot pflegte daher, sobald es kälter wurde, dicke Socken und pelzgefütterte Stiefel zu tragen. Man nannte sie deshalb auch liebevoll *Eskimargot*.

Eine Reparaturrechnung fiel ihr in die Hände. Die Etikettiermaschine verursachte in letzter Zeit einige Probleme. Auf lange Sicht würden sie wohl nicht umhin kommen, eine neue anzuschaffen. Margot seufzte. Die Finanzlage erlaubte keine großen Investitionen. Vielleicht im nächsten Jahr, wenn das Karnevalsgeschäft gut gelaufen war …

Das Telefon klingelte.

»Kutscher und Söhne, Herbst am Telefon.«

»Sie könnte schon sein lange in Urlaub statt an Schreibtisch.«

Margots Kehle schnürte sich zusammen. Die abgebrochene Braue erschien vor ihrem inneren Auge.

»Was wollen Sie von mir?«

»Ganz einfach«, sagte die Stimme, und Margot sah ihn grinsen.

»Sie schreibe Ihre Chefe eine kleine Kundigung und kriege von uns eine kleine Geschenk, das macht Ihre restliche Lebe etwas mehr angenehme ... «

Margot warf den Hörer auf die Gabel und griff nach der schweinsledernen Mappe. Energisch schritt sie die Treppe hinauf. Die Tür zu Friedrichs Büro stand offen. Das immerhin hatte sich seit Margots Ausbruch verändert, er las jetzt für jedermann sichtbar in seinen Comics.

Margot knallte ihm die Mappe auf das Heft. Friedrich blickte zu ihr auf. Er war etwas blasser als sonst. Die schmale Nase stach spitz aus seinem Gesicht heraus.

»Ah, die Unterschriften, geben Sie nur her, Fräulein Herbst«, sagte er überflüssigerweise.

»Er hat wieder angerufen.«

»Ich weiß«, sagte Friedrich ungerührt und schlug die Mappe auf. »Er wird nicht aufgeben, bis er uns vernichtet hat.«

Margot atmete tief durch. »Und Sie sitzen einfach da und tun gar nichts!«

»Hier?« fragte Friedrich.

Margot nickte. Friedrich krakelte los.

»Ich frage Sie: Was werden Sie dagegen unternehmen?«

»Hier?«

Margot nickte. »Oder wollen Sie einfach rumsitzen und warten, bis er uns vernichtet hat?«

»Wir werden das zu verhindern wissen!« sagte Friedrich mit fester Stimme.

»Wir? Wer ist wir?«

»Sie und ich, Lois ... War das alles?«

»Lois? Wer ist Lois?«

Friedrich schlug die Mappe zu. Der satte Klang hing noch einen Moment in der Luft.

»Ich glaube, Sie sind nicht ganz bei sich!«

»Ich war noch nie so bei mir wie jetzt!«

Friedrich schob die Mappe von sich. Margot stemmte die Hände in die Hüften.

»Na dann machen Sie doch mal'n Vorschlag, wie es weitergehen soll!«

Friedrich strich die Seiten des Heftes glatt. Das Papier knisterte. »Wir ... wir ... müssen Verantwortung ... übernehmen!«

»Gute Idee! Und wie?«

»Helden ... beauftragen.«

Schweißperlen bildeten sich auf seiner Stirn.

»Wen wollen Sie beauftragen?« Margot ließ ihn nicht aus den Augen. Er versuchte ihrem Blick zu entkommen.

»Hilfe ... jemand, der uns hilft ... Erfahrung.«

»Jemand mit Erfahrung? Jemand der uns hilft? Kommissar Mannhaupt?« riet sie.

»Nein ... keine Polizei ... unfähig ... wir brauchen ... Helden ...«

»Wir beauftragen einen Privatdetektiv!« rief sie aus.

Friedrich sank erschöpft zurück. »Ja. Genau.« Er wischte sich den Schweiß von der Stirn.

Margot dachte nach. »Keine schlechte Idee«, murmelte sie, »gar keine schlechte Idee!« Sie warf ihm einen anerkennenden Blick zu. »Vielleicht werden wir ja doch noch Partner ...«

*

»Herr Posser? Telefon für Sie.« Posser legte mürrisch den *Express* zur Seite. Sein Arbeitstag begann üblicherweise mit der Klatsch- und Tratschseite. Und er haßte es, dabei gestört zu werden.

»Wer ist dran?« fragte er in die Sprechanlage.

»Ein gewisser Bastone«, meldete die Sekretärin.

»Stellen Sie durch.« Posser griff nach dem Hörer.

»'allo, alte Freund! Wie geht? 'ast du bekomme meine Kusse?«

»Wie bitte?«

»'ast du bekomme meine ... wie sagt man ... Kostprobe?«

»Ach, das ... ja. Allerdings. Bei der Anlieferung ist übrigens einiges zu Bruch gegangen. Ich werde Ihnen die Rechnung zukommen lassen.«

»Si, si«, lachte Bastone.

Posser schwieg.

»'ast du gemacht Gedanke zu meine Vorschlag?«

»Welcher Vorschlag?«

»'eribert«, sagte Bastone, »mußt nicht spiele dumme Junge mit mir! Bin zu alt dafür ...«

»Jetzt passen Sie mal gut auf.« Posser beugte sich über den Schreibtisch und zog die buschigen Augenbrauen zusammen. »So wie Sie sich das vorstellen, läuft das bei uns nicht! Wir sind schließlich nicht in Sizilien! Wir, und ich spreche jetzt im Namen des Festkomitees Kölner Karneval e.V., sind in dieser Sache einer alten Kölner Firma seit Jahrzehnten verbunden. Und wir werden dieser Firma nicht wegen ein paar hinterlistiger Schmeicheleien die Treue aufkündigen! So etwas tut man bei uns nicht!«

Posser lehnte sich zufrieden zurück. Gespannt horchte er in den Hörer hinein. Bastone ließ sich mit der Antwort Zeit.

»Meine liebe Freund! Du solltest nicht verschätze alte Bastone! Kutscher und Söhne isse eine alte Kölner Saftlade! Chefe isse Schwachkopf, alle Chefearbeit mache Sekretärin! Eine letzte Mal ich wiederhole ehrliche Angebot: tausche schlechte Firma gegen gute Firma! In Zeite von EG isse keine Sunde zu kaufe Bonbone für Kölle in Sicilia! Und höre gut zu: Wenn gute Freund schlage aus gute Angebot, isse keine gute Freund, sondern Dummkopf! Und Dummkopfe man musse bekämpfe!«

Bastone hatte aufgelegt. Posser starrte verdutzt in die Muschel. Ein Satz schwirrte in seinem Kopf umher, ein Satz, der alles gesagt hätte, was er hätte sagen wollen. Und es ärgerte ihn maßlos, daß er ihn nicht mehr losgeworden war. Deshalb sprach er ihn leise vor sich hin, ließ die Worte genüßlich auf der Zunge zergehen: »Es heißt nicht Bonbone, es heißt Kamelle!«

*

Bastone lenkte seinen Fiat Croma über die Rheinuferstraße. Die rechte Hand ruhte auf dem Funktelefon. Als es piepste, hatte er sofort den Hörer am Ohr. Er hatte ihn erwartet, den vertrauten Singsang mit kölschem Einschlag, der ihm entgegenklang.

»Wie weit sin Sie mit Posser?«

Bastones Schnurrbart kräuselte sich. »Was soll ich mache? Er weigert sich mit Hand und Fusse!« sagte er.

»Er hält Kutscher die Stange! Warum bloß?«

»Iche glaube, er hatte eine bisse Schisse ...«

»Hmm. Hat der immer jehabt. Aber et muß jetz voranjehn. ER«, Äßers Stimme zitterte vor Ehrfurcht, »wird unjeduldig.«

Bastone nickte. Wenn ER ungeduldig wurde, dann war das ein ernstes Problem. Bastone klemmte den Hörer zwischen Kopf und Schulter. Mit beiden Händen am Lenkrad durchfuhr er die sich verengende Fahrspur, die die Rheinuferstraße an der Bismarcksäule in eine Slalomstrecke verwandelte.

»Wat solle mer mache?« fragte Äßer am anderen Ende.

Bastone nahm den Hörer wieder in die Hand. »Iche habe Idee, zu mache bisse mehr Drucke ...«

»Wie dat dann?«

»Ich glaube, seine Frau isse bisse in mich verliebt ...«

»Hermine?«

»Si.« Bastone lächelte. »Vielleicht isse mehr bereit fur Zusammearbeit, wenn er hatte bisse Schisse um seine Frau ...«

»Na klar, Jung«, begeisterte sich Äßer. »Jute Idee!«

»Lasse mich mache«, beruhigte ihn Bastone. »Isse alte Mario noch ganz gute Herzejäger ...«

Bastone legte den Hörer zurück auf die Konsole. Er bog von der Rheinuferstraße ab in die Marienburg. Er steuerte den Fiat durch die mächtigen Baumreihen des Nobelvorortes, bis das verwitterte Anwesen der Possers vor ihm auftauchte. Er stellte den Wagen auf der gegenüberliegenden Straßenseite ab und ging beschwingten Schrittes zum Haus hinüber. Er hüpfte über die Bruchsteinplatten, dann stand er vor der vergitterten Tür. Eine dieser synthetischen Big-Ben-Imitationen scholl durch das Haus.

»Ich komme schon ...« hörte er Hermine rufen.

*

Margot saß am Steuer des gelben Käfers. Friedrich hockte auf dem äußersten Rand des Beifahrersitzes, möglichst weit von ihr entfernt. Die Hände hatte er unter die dürren Oberschenkel geklemmt. Die Knie schlugen bei jedem Schlagloch kraftlos gegeneinander.

»Schön, daß Sie sich aufgerafft haben«, sagte Margot. Sie steuerte den Käfer über den Ring und wagte einen kurzen Seitenblick zu Friedrich. Friedrich rutschte tiefer in den Sitz hinein.

»Sie mögen kein guter Geschäftsmann sein, aber ich weiß, daß Sie ein guter Mensch sind.«

Margot lehnte sich weit aus dem Fenster und drückte auf den grünen Knopf. Die Parkkarte glitt heraus, die Schranke öffnete sich.

Der Käfer knatterte in die Tiefgarage unter dem Kaiser-Wilhelm-Ring.

»Die Detektei kann nicht weit sein«, sagte sie und zog die Handbremse an.

»Vielleicht warte ich besser im Auto ... « schlug Friedrich vor.

»Du kommst mit!« Margot warf die Tür zu. Der Käfer wackelte. Friedrich zwängte sich durch einen schmalen Türspalt nach draußen. Margot griff ihn augenblicklich beim Handgelenk und schleppte ihn zum Ausgang. Als sie die Tür öffnete, riß sich Friedrich los.

»Ich kann da nicht langgehen!«

»Und wieso nicht?«

Friedrich deutete auf den riesigen Karpfenkopf, der mit wulstigen Lippen von der Waschbetonwand grinste.

»Der will mich fressen!«

Margot fing seine zitternde Hand wieder ein und zerrte ihn an dem Fisch vorbei die Treppe hinauf.

Der Kaiser-Wilhelm-Ring wimmelte von Mittagspäuslern, die sich auf den Stühlen der Straßencafés aalten. Beiläufig stocherten sie in ihren gemischten Salaten, während sie die jungen, dynamischen Gesichter in die Sonne reckten. Der Sommer hatte seinen Höhepunkt erreicht, doch die Stadt wollte einfach nicht leerer werden. Offenbar fuhr man nicht mehr in Urlaub. Warum auch? Im Sommer lag Köln mitten in Italien.

Margot schob sich, dicht gefolgt von Friedrich, durch die Stuhlreihen. Vor dem Haus mit der Nummer Zwölf blieb sie stehen. Neben der Eingangstür prangte ein Messingschild mit der

Gravur eines stilisierten Bundes Spargel. Darunter der markige Schriftzug:

Asparagus – uns entgeht nichts.

Sie betraten den Hausflur. Es stank nach Mülltonnen und Rattengift. Friedrich preßte sich dicht hinter Margot. Das Treppenhaus war so schmal, daß zwei Personen nicht nebeneinanderpaßten. Einer hinter dem anderen quetschten sie sich die Stiege hinauf, bis sie an eine schmale Tür kamen. Sie traten ein. Das Vorzimmer war modern und funktional ausgestattet und machte einen seriösen Eindruck. Personal Computer und Fax-Gerät waren vorhanden, Apparaturen, die Margot nur vom Hörensagen kannte. Unter dem riesigen Spargel-Logo lächelte ihnen eine Vorzimmerdame steril entgegen.

Sie wurden schon erwartet. Die Dame führte sie in das Büro von Frank Sciffo, dem einzigen Privatdetektiv italienischer Abstammung in ganz Köln.

Sciffo saß hinter einem schmalen, schmucklosen Schreibtischchen, nicht zu vergleichen mit Friedrichs Jugendstil-Prachtexemplar, das der Großvater, mit seinem Faible für Eichenholz, hatte anfertigen lassen. Der Detektiv lümmelte sich, eine glimmende Zigarette in der Hand, vor dem offenen Fenster. Seine Füße lagen auf einem vergilbten Heizkörper. Der ganze Raum war von einem gelb-braunen Nikotinfilm überzogen. Sciffo führte die Zigarette zum Mund und inhalierte mit halb geschlossenen Augen. Mit der anderen Hand bedeutete er Margot und Friedrich, Platz zu nehmen. Nachdem sie sich auf zwei schmalen Holzstühlen niedergelassen hatten, nahm Sciffo seelenruhig erst den einen, dann den anderen Fuß von der Heizung und wandte sich ihnen zu.

»Wenn es um eine Observation geht, dann sind Sie bei mir falsch. Bei mir landen nur die harten Fälle.« Er zog eine Schublade auf und holte einen Revolver heraus.

»Ist Ihnen Mord hart genug?« fragte Margot.

Friedrich zuckte zusammen. Der Detektiv hob eine Augenbraue und schabte sich mit dem Revolverlauf über die Bartstoppeln.

»Wer wurde ermordet?«

»Sie, wenn Sie nicht augenblicklich vernünftig mit uns reden!«

Der Detektiv sah Margot durchdringend an. Sie hielt dem Blick empört stand. Er legte den Revolver vor sich auf den Schreibtisch und fuhr sich mit beiden Händen über das spärliche, schwarze Haar. Friedrich wagte nicht, sich zu rühren. Die Mündung des Revolverlaufes zeigte genau auf ihn. Sciffo faltete die Hände.

»Womit kann ich dienen, Signora?«

Margot schlug seelenruhig ein Bein über das andere und schilderte dann in knappen Worten die Sachlage. Der Detektiv hörte ihr aufmerksam zu. Friedrich würdigte er keines Blickes.

»Sie wollen also, daß ich herausfinde, wer hinter diesen Drohungen steckt?«

»Genau. Wir wollen wissen, mit wem wir es zu tun haben.«

Sciffo nickte und rechnete. »Fünfhundert am Tag«, entschied er.

»In Ordnung«, sagte Margot und blickte zu Friedrich hinüber. Der zuckte mit den Schultern. Sciffo enthüllte zwei Reihen kleiner, brauner Zähne. Dann schob er Margot seine Karte über den Tisch.

»Rufen Sie mich an, wenn dieser Italiener wieder auftauchen sollte. Ich melde mich, sobald ich etwas weiß.«

Margot nahm die Karte. Sie stank nach Nikotin und war von demselben gelb-braunen Film überzogen, wie alles im Raum. Schnell steckte sie sie in die Tasche und erhob sich. Friedrich sprang erleichtert auf. Sciffo nahm grinsend den Revolver vom Tisch und ließ ihn mit lautem Krachen in die Schublade fallen. Friedrich nahm Margot bei der Hand und zog sie hinaus. Als sie unten auf dem Ring standen, platzte es aus ihm heraus:

»Wie konntest du das tun?«

»Was denn?«

»Dich so einem ... so einem ... Schwein anvertrauen!«

Margot lächelte. »Ich habe nicht erwartet, daß Privatdetektive die sympathischsten Menschen auf Erden sind.«

»Er ist bestimmt einer von denen«, sagte Friedrich und wischte sich den Schweiß von der Stirn.

»Einer von welchen?«

»Einer von den Bösen!« Seine Haut hatte rote Flecken.

Margot hakte sich bei Friedrich ein und zog ihn unter einen der Sonnenschirme, die überall herumstanden. »Wir werden sehen.«

Sie setzte sich an einen der Blechtische.

»Was tust du? Fahren wir nicht zurück in die Firma?« Friedrich stand unschlüssig neben ihr.

Margot winkte den Kellner herbei. »Ich hätte gerne eine Flasche Sekt.«

Friedrich sank neben ihr auf den Stuhl. Sie stupste ihn fröhlich in die Seite. »Wir müssen doch unser wiederauferstandenes *du* begießen ... « Ihr Haar glänzte silbrig in der Sommersonne.

»Du hast ja graue Haare!« rief Friedrich bestürzt aus.

Margot lächelte. Der Kellner brachte den Sekt. Er ließ den Korken knallen. Ein kühler Nebel strömte aus der Flasche. Elegant lenkte er die schäumende Flüssigkeit in schlanke Gläser.

Margot hob ihr Glas. »Auf meine grauen Haare!«

★

Posser saß in Hermines moosgrünem Ohrensessel und tippte ungeduldig auf dem Holzknauf herum. Im Fernsehen liefen die *Weißblauen Geschichten*, eine Sendung, die unter normalen Umständen Possers Aufmerksamkeit unbedingt gefesselt hätte. Aber Posser erwartete Bastones Anruf. Hermine war oben im Bad. Sie summte vor sich hin, machte sich für die Nacht zurecht. Um so besser! dachte Posser. Er schlüpfte in seine Pantoffeln und ging zum Treppenabsatz.

»Hermineschätzchen«, rief er hinauf, »willst du nicht mit mir fernsehen? Dieser lustige Bayer ist drin, weißt du, der, den sie letztens abgemurkst haben.«

»Ich wollte eigentlich ins Bett ... «, rief sie hinunter.

Heribert stand vor dem Telefon und betrachtete es mißtrauisch. Als er sich gerade abwenden wollte, klingelte es.

»Gehst du ran?« klang es von oben.

Heribert schlich schnell ins Wohnzimmer zurück, ließ sich in den Sessel fallen und wartete ab. Das Telefon klingelte zum zweiten Mal. Dann zum dritten. Er wurde unruhig. Nach dem vierten Klingeln stürzte Hermine die Treppe hinunter.

»Hörst du das denn nicht?« rief sie erbost und hob ab.

»Posser.«

Heribert stellte zum Schein den Fernseher lauter, lauschte aber insgeheim auf jedes Wort, das seine Frau in die Muschel sprach.

»Ach du ... ja? Nein, das geht jetzt nicht ... natürlich ... aber ... wenn du meinst ... ja, ist gut. Ich komme.«

Sie legte auf, stand eine Weile unschlüssig vor dem Telefon und kam dann zu Heribert ins Wohnzimmer. Heribert steckte sich eine Praline in den Mund und tat so, als konzentriere er sich auf die Sendung.

»Heribert, mein Lieber«, sie stand im Türrahmen und verrieb die Lavendel-Creme mit beiden Händen auf den Wangen, »ich muß noch mal weg ...«

Bastone hatte also recht gehabt.

»Aber wo mußt du denn so spät noch hin?« fragte Heribert scheinheilig, ohne vom Bildschirm aufzusehen. »Du wolltest doch gerade ins Bett?«

»Es ist«, Hermine stockte, »wegen dem Heinz. Der kleine Sohn von der Elvira, du weißt schon ... Er ist noch nicht nach Hause gekommen, dabei ist es schon neun! Sie macht sich große Sorgen.«

»Soso«, murmelte Heribert und sah sie prüfend an. Hermine wandte sich ab und ging nach oben ins Bad. Wenig später kam sie in Seidenbluse und Bluejeans, die sie sich von Sabine geborgt hatte, wieder herunter. Ihre Lippen waren geschminkt. Heribert maß sie von oben bis unten.

»Um Elviras Sohn zu suchen, mußt du dich so aufdonnern?« Er konnte es nicht vermeiden, daß sich seine Stimme überschlug. Hermines Ausdruck wurde hart.

»Es wird nicht lange dauern.« Sie drehte sich grußlos um und ging.

»Woher weißt du denn, wie lange es dauern wird, bis der arme Kleine wieder auftaucht?!« rief er ihr nach. Er zitterte am ganzen Körper. Er sprang auf, rannte zum Telefon, wollte Elvira anrufen. Dann fiel ihm ein, daß er sich damit nur lächerlich gemacht hätte. Er wollte hinausrennen, Hermine hinterher, sie zurückhalten. Doch sein Stolz verbot es ihm. Er ballte die Fäuste. Bastone hatte also nicht übertrieben: Er hatte Hermine! Posser ließ die Fäuste sinken. Schweren Schrittes schleppte er sich die Treppe hinauf. Ein kräftiger Tusch scholl ihm hinterher. Die weißblauen Geschichten waren zuende.

*

»Heribert! Hallo, Heribert!«

Posser drehte sich um. Franzjosef Knoll kämpfte sich durch die Tische. Er schob seinen gewaltigen Bauch vor sich her. Wer ihn rechtzeitig bemerkte, sprang zur Seite, um nicht von den Körpermassen weggedrängt zu werden. Heribert winkte ihm zu. Als Knoll herangekommen war, erhob er sich und fiel ihm in die Arme.

Franzjosef Knoll war die schützende Hand über Posser, sozusagen sein karnevalistischer Ziehvater. Knoll war Präsident der Ehrengarde und als solcher eine der Schlüsselfiguren des organisierten Kölner Karnevals; ein Koloß, an dem man nicht vorbeikam, nicht nur im körperlichen Sinne.

Posser hatte lange Jahre die Position des Vizepräsidenten der Ehrengarde bekleidet, als zweiter Mann im Vorstand, hinter Knoll. Dann hatten sie gemeinsam das Komplott geschmiedet, das den damaligen Festkomiteepräsidenten Ralph Äßer aus dem Amt gehebelt hatte. Posser, der bei den anderen Kölner Traditionskorps nicht sehr beliebt war, hatte es allein Knolls Einfluß zu verdanken, daß er Äßers Nachfolge antreten konnte. Knoll sorgte auch dafür, daß die Kritiker Possers ihre Stimme nicht zu laut erhoben. Und Kritiker gab es einige, denn Heriberts Humor- und Kompromißlosigkeit war selbst für den Kölner Karneval außergewöhnlich. Knolls Engagement für Posser war jedoch alles andere als selbstlos. Wußte er doch, daß der Ehrgeizling Posser ihn zu gerne als Präsident der Ehrengarde beerbt hätte. Also hatte er die Umarmungstaktik angewandt und Posser fürs Erste an sich vorbeigelobt. Im organisierten Kölner Karneval ist es nämlich üblich, daß man entweder aus einem Amt geboxt oder, mit den Füßen voran, getragen wird. Und Knoll hatte die Siebzig noch nicht erreicht! Er hatte nicht die Absicht, sich so bald aus seinem glanzvollen Karnevalistendasein zu verabschieden, weder auf die eine, noch auf die andere Art.

Heribert nahm wieder Platz, und auch Knoll zwang seine Leibesfülle ächzend zwischen Sitzbank und Tischplatte.

»Jung, näh, dat du mich hierhin schleppen mußt!«

Posser, dem man im zivilen Leben die rheinische Herkunft kaum anhörte, schaltete auf Kölsch: »Ich muß en paar Takte unjestört mit dir schwade!«

Wenn man als Kölner ungestört, also unerkannt, bleiben wollte, ging man ins Brauhaus *Früh am Dom*. Hier traf man entweder auf Touristen oder aber auf Kölner, die auch nicht erkannt werden wollten. Die Atmosphäre war also garantiert anonym und unverfänglich. Die Geräuschkulisse garantierte Abhörsicherheit. Das Tellerklappern und Gläserklirren, durchsetzt von amerikanischem Geplapper, vereitelte jeden Lauschangriff vom Nachbartisch.

Posser wollte gerade ansetzen, als sich der Köbes vor ihm aufbaute.

»En Wasser bitte ... « bestellte Posser, und Knoll schüttelte den Kopf.

»Kölsch!« befahl er. »Wie oft soll ich dir dat noch sagen! Zwei Kölsch un ein Hämmche!«

Enthaltsamkeit war Knoll verdächtig. Der Köbes verschwand, und Posser konzentrierte sich. »Et jeht um Kutscher«, begann er.

Knolls Augen funkelten durch die braungetönten Brillengläser.

»Doch nit den Kamellen-Kutscher?«

»Jenau der. Ich hab da jemanden an der Hand, der ihn jern ablösen würde.«

Knolls Pranke fiel krachend auf den Holztisch. »Is doch prima! Der Kutscher hat bei mir schon lang ausjeschissen! Der hätt doch en Beziehung zum kölschen Fasteleer wie ming Jroßmutter zum Triathlon!«

Der Köbes brachte die Kölsch. Knoll hob sein Glas.

»Auf unseren neuen Kamellenlieferanten.«

Er ließ die dreiviertelleere Stange auf den Tisch zurückknallen. Posser hatte sein Glas nicht angerührt.

»Wer is et dann?« fragte Knoll und wischte sich den Schaum von der Oberlippe.

Posser zögerte. »Bastone. Mario Bastone. Seine Firma heißt *Mille Bacci*.«

Posser zog die breite Stirn in Falten. »Nie jehört! Millibatschi? Wat is dat dann?«

»Dat is Italienisch. Bastone is Italiener«, seufzte Posser.

»ITALIENER?« Knoll breitete das Wort über den Tisch aus.

»Soll dat ene Witz sein?«

Posser schüttelte den Kopf: »Leider nein.«

Der Köbes brachte das Hämchen und stellte es vor Knoll auf den Tisch. Knoll bestellte ein zweites Kölsch. Seine wurstigen Finger versuchten, Messer und Gabel aus der Papierserviette zu befreien. Endlich gelang es, und Knoll machte sich an die rosa-glänzende Schwarte.

»Wat bis du ihm schuldig?« fragte er und verschlang den ersten fetten Bissen.

»Nichts«, log Posser. Wenn man ihn schon in der Hand hatte, mußte das nicht auch noch alle Welt erfahren. »Ich würd nur jern den Kutscher loswerden.«

Knoll blinzelte ihn listig an. »Jung, Jung, Jung, wat du da wieder vorhast. Den Kutscher absäjen un dafür nen Ausländer an seine Stelle? Unmöglich!«

»Et muß jehen!« beschwor ihn Posser. Endlich nippte er an seinem Kölsch.

»Aber ene ITALIENER?« Knoll hatte sich tief über seinen Teller gebeugt. Er füllte die Hamsterbacken, richtete sich dann auf und begann, das Fleisch zu zermalmen.

»Er is quasi jar kein Italiener ... Er wohnt die meiste Zeit des Jahres in Köln. Außerdem liebt er den Karneval über alles!« sagte Posser.

»Is et die Möglischkeit ... « murmelte Knoll. Eine Spur Fett lief ihm übers Kinn und tropfte auf den Teller zurück. Er tastete nach der Serviette, wischte sich mit dem Handrücken über den Mund und lehnte sich behaglich zurück. Nachdenklich betrachtete er den abgenagten Knochen.

»In zwei Monaten jehen die Bestellungen für die nächste Session raus ... «

Posser nickte. Er kannte den Termin. Die Traditionsgesellschaften, die im Festkomitee zusammengefaßt waren, orderten jedes Jahr im November ihren Süßwarenbedarf für die kommende fünfte Jahreszeit.

»Bis dahin muß dein Bastone everybody's darling sein, sonst fluppt dat nit. Hat der Jung Jeld?«

Posser nickte eifrig. Knoll beugte sich vor und ließ seine Pranke auf Possers Schulter sausen.

»Er muß natürlich e bißche wat springe lasse! Zuerst mal muß ich ihn kennenlernen ... Und dann muß er natürlich Mitjlied werden. Dat sollte selbstverständlich mit einer jroßzügigen Spende verbunden sein«, Knoll schlug die Augen zur Decke und rechnete, »Sagen wir Fünfzigtausend. Is der so flüssig?«

»Sicher dat.« Posser rieb sich die Schulter.

Knolls Schweinchenaugen funkelten. »Außerdem sollte er als Hauptsponsor für unser diesjährijes Herbstmanöver auftreten, dat macht sich immer jut!« Er kratzte sich am Doppelkinn.

»Wir könnten ihn als unseren Beitrag gegen die Ausländerfeindlichkeit verkaufen«, schlug Posser vor.

Knoll hob seine Riesenhände. »Immer langsam! Eins noh dem andere! Zuerst müsse mer ens die Bereitschaft unserer Mitglieder für so eine Aktion schaffen, den Toleranzpejel hochschrauben, verstehst du? Du kennst doch unsere Leute! Wenn die *Ausländer* hören, denken die an Knoblauch un ansteckende Krankheiten! Wir müsse denne zeige, dat dein, wie heißt er doch jleich?«

»Bastone.«

»... dat der eijentlich ne kölsche Jung is!«

Posser schwieg. Er wußte nicht, ob er Knoll bewundern oder hassen sollte. Knoll hatte etwas, das Posser abging, einen urkölschen Charakterzug: eine tiefe und gesunde Respektlosigkeit. Bloß niemanden ernst nehmen, am wenigsten sich selber! Diese zwanglose Einstellung rührte gewiß aus der Zeit, da die Kölner ihr Geld damit verdienten, Reliquien an Pilger zu verkaufen, die die Stadt besuchten. Wenn man einen Holzsplint, den man frühmorgens aus dem Bettpfosten gebrochen und mittags als Zahnstocher benutzt hatte, abends als Splitter vom Heiligen Kreuz verscherbelte, dann mußte das zwangsläufig zu einem Respektverlust führen. Im Heiligen Köln blieb nichts lange heilig ...

Posser, obwohl in Köln geboren, fehlte dieser kölsche Zug. Er nahm sich selbst furchtbar ernst! Er wußte das und litt darunter.

Knoll winkte den Köbes heran: »Jung, bis du so jut un brings mir noch en Hämche? Un noch en Kölsch dabei ...« Knoll rieb sich zufrieden die Hände. »Endlich rappelt's widder en bißche im Karton, wurd ja auch wieder mal Zeit!«

Posser nippte am Kölsch. Die Gedanken wurden angenehm träge. Ein kleiner Witz kitzelte ihn unter der Zunge:

»Jetzt kann der Kutscher ausspannen«, gluckste es aus ihm heraus. Er schüttelte sich vor Lachen, und fast hätte es ihn von der Bank geworfen. Knoll glotzte ihn verständnislos an.

⋆

Frank Sciffo lehnte rauchend am offenen Fenster. Der Intercity *Rheingold* schlängelte sich durch die dichten Häuserreihen.

»In wenigen Minuten erreichen sie Düsseldorf Hauptbahnhof.«

Sciffo schnippte die Kippe aus dem Fenster. Sie flog in hohem Bogen durch die hitzeflirrende Luft. Sein Blick glitt hinüber zu den verkommenen Häusern, die sich an den Bahndamm schmiegten. Die Nummern schillerten neongelb und -orange an den Fensterscheiben. Die meisten Fenster waren leer. Mittagszeit war Hochbetrieb im Bahnhofspuff. Sciffos Augen suchten die Nummer Siebenundzwanzig. Er hatte Glück, Nummer Siebenundzwanzig lehnte am Fensterrahmen. Sciffo sah die dunklen Haare unter ihren Achseln. Stoßartig blies er den Zigarettenqualm in die Mittagshitze. Der Rauch verflüchtigte sich nicht, sondern blieb als blaue Wolke über den Gleisen stehen. Nummer Siebenundzwanzig löste sich aus dem Fensterrahmen und zog sich in das Dämmerlicht des Zimmers zurück. Der Zug fuhr kreischend in den Bahnhof ein.

Wenig später stand Sciffo vor der Tür mit der Nummer Siebenundzwanzig. Er klopfte.

»'erein!«

Frank preßte die spärlichen schwarzen Haare noch einmal an den Schädel, wischte sich die Hände an der Hose ab und trat ein.

»Ciao Frank. 'ab schon gesehe deine neugierige Fresse in Zug.«

Frank schloß sorgfältig die Tür, trat an die Frau heran und gab ihr einen Kuß auf die Wange. Sie ließ ihn mit abgewandtem Blick gewähren. Ihre Wangen waren grell geschminkt, ebenso der Mund. Das Make-Up ebnete ihre Falten nur unzureichend. Sobald sie die aufgeworfenen Lippen verzog, brach die dicke Schicht auf und gab eine furchige Landschaft frei: braun und karg, wie die Krume der sizilianischen Äcker. Ihre Haare, die früher im schönsten südländischen Naturschwarz geleuchtet hatten, waren nun vom häufigen Färben stumpf geworden. Das Haar sah dadurch unecht aus, wie Nylonfäden. Ihren Körper hatte sie in ein schwarzes Seidenkorsett gezwängt, daß zwischen den Beinen eine Aussparung hatte. Auf diese Weise konnte sie ihren Job erledigen, ohne sich zu entblößen. Über die Hände hatte sie schwarze Netzhandschuhe gezogen. Nur die letzten verräterischen Flecken ihres Körpers, ihre Ellenbogen, waren unbedeckt und entlarvten gnadenlos ihr wahres Alter.

Frank setzte sich aufs Bett. Die Plastikunterlage knisterte. Er betrachtete seine Schwester ausgiebig. »Nicht mehr viel los bei dir in letzter Zeit ...«

Er grinste sie an. Sie verschränkte die Arme über den hochgeschnürten Brüsten. »Scheiße. Was isse diese Male?«

Franks Eltern waren aus Sizilien weggegangen, als die Schwester zehn war. Sie hatte sich nie richtig mit der deutschen Sprache anfreunden können.

»Nur eine kleine Information über einen jungen Mann mit einer Narbe. Hier.« Er fuhr mit dem Finger über seine rechte Augenbraue. »Ein Landsmann.«

Die Schwester hob die Arme zum Himmel. »Madre mia! Isse Scheißfamiglia, wo kleine Bruder kommt alle zwei Tage, um auszuhöre alte, unglückliche Schwester!«

Sie schlug die Hände über dem Kopf zusammen. Das schwarze Nylonhaar stob auseinander. »Mit deine Scheißjob bringst uns noch einmal alle aufe Friedhof!«

»Mein Job ist immer noch besser als deiner!« sagte er.

»Ah«, sie schoß auf den Bruder zu und fuchtelte mit der flachen Hand vor seinem Gesicht herum. »Aber dann meine speziale Informazione aufbrauche, zu mache schlaue Mann und große Geld!«

Sie ließ die Hand sinken und brachte ihr Dekolleté in Ordnung.

»Bastami! Wenn du brauchst Informazione, geh selber mache Nutte!«

Sciffo zauberte einen Hunderter aus der Tasche und legte ihn auf die Plastikdecke. »Wer ist der Junge mit der Narbe?«

»Leck mich Arsche!« zischte die Schwester. Aus den Augenwinkeln beobachtete sie den blauen Schein. Sciffo blätterte einen zweiten daneben. »Komm schon! Nur diese eine Auskunft. Mafia?« Die Schwester schüttelte den Kopf. Sie griff nach den beiden Scheinen.

»Isse frei. Keine Firma. Arbeitet auf Auftrag.«

»Name?«

»Maniolo.« Sie stopfte sich die Scheine ins Dekolleté.

»Das soll alles sein? Das ist nichts«, schimpfte Sciffo.

»Isse alles, was ich weiß!«

»Und dafür zwei Blaue? Das ist ja wohl lächerlich! Da mußt du noch was drauflegen!«

Die Schwester seufzte. »Immer dieselbe Scheißtrick!«

Frank ließ sich zurücksinken. Das Plastik knisterte an seinen Ohren. Nummer Siebenundzwanzig knöpfte ihm die Hose auf und fischte mit geübtem Griff sein kurzes, dickes Glied heraus.

*

Einige Stunden später lag Sciffo im hohen Gras und schaute in den blauen Kölner Himmel. Die Nachmittagssonne umschmeichelte seinen nackten Oberkörper. Das kurzärmelige Hemd lag zusammengeknüllt unter seinem Kopf. Mit der rechten Hand streichelte er sich über die haarige Wölbung seines Bauches. Sein linker Arm lag ausgestreckt im Gras. Es war einer jener Momente, in denen er es nicht bereute, Privatdetektiv geworden zu sein.

Andere Menschen sitzen jetzt in ihren Büros und brüten über langweiligen Geschäftsbriefen, dachte er. Und wenn sie ein paar Jahre gebrütet haben, dann werden sie zu Kellerasseln, wie dieser Kutscher.

Grashalme kitzelten ihn im Rücken. Er räkelte sich, sah ein letztes Mal in den wolkenlosen Himmel und schloß die Augen.

Wenn er die Augen schloß, dann konnte er sich hinwegträumen, weit fort von den Poller Wiesen. Dann hatte er nicht mehr das Tuckern der Lastkähne im Ohr, sondern das Meckern von Schafherden. Nicht das müde Schwappen des Rheines, sondern das Rauschen des Meeres – seines Meeres. Und nicht das Hupen der Autos, die sich auf der anderen Seite des Flusses zum Nachmittagsstau trafen, sondern das idyllische Scheppern blecherner Kirchturmglöckchen. Dann war er zu Hause!

Obwohl er in Köln aufgewachsen war, spürte er deutlich seine sizilianischen Wurzeln. Bis die Großmutter starb, hatte er jeden Sommer bei ihr verbracht, in dem winzigen Dorf Bolognetta, wo die Leute sich nach dem Aufstehen einzeln einen guten Morgen wünschten. Sicher, das Leben dort war hart, aber von einer anderen Härte als das Großstadtleben. Ein ewiger Kampf gegen die Natur! Doch man kämpft mit der Natur, wie man mit einem Freund kämpft. Man preßte ihr ein Quentchen Fruchtbarkeit aus dem kargen Boden, entwand ihr ein paar Grashalme für die Ziegen und gab ihr dafür ein Stückchen Lebensspanne. Ein fairer Handel, dachte Sciffo.

Hier in der Großstadt, hier kämpft jeder gegen jeden, jeden Tag aufs Neue. Jeder versucht, dem anderen das Glück abzuhandeln, oder zumindest einen Tip, wo sich das Glück gerade aufhält. Und weil alle bei dem Bluff mitmachen, kommt keiner auf die Idee, daß man das Glück niemandem abkaufen kann, sondern daß es überall frei herumsteht, herumliegt, herumfliegt, daß man eigentlich nur zugreifen müßte ...

Irgendwann, wenn er einmal einen großen Coup gelandet hatte, dann würde Frank Sciffo zurückgehen auf das Land, von dem die Eltern geflohen waren. Er würde den kleinen Hof der Großmutter zurückkaufen und den Preis für den Rest seines Lebens mit der Natur aushandeln! Das dachte Frank Sciffo, während der Tod der Großstadt unaufhaltsam auf ihn zurollte.

Zunächst genoß er das Geblöke als Teil seines Traumes. Dann, als der Klang anschwoll zu einem Donnern, das ihn zu erdrücken drohte, da schlug er die Augen auf. Er erblickte die gelbe Staubwolke, die sich wie ein gigantischer Amboß in den Himmel hob, und er erblickte die Hundertschaften schwarzer Köpfe, die am Fuß der Wolke auf und ab wippten. Die Schafherde galoppierte direkt auf ihn zu. Er wußte nicht, woher die Tiere plötzlich kamen, wußte nicht, wovor sie flohen, wußte nur, daß dieser gelbe, dichte, trockene Staub, den ihre Hufe in die Luft stoben, der Staub Siziliens war. Die Wiese bebte vom tausendfüßigen Trommeln, das Blöken schwappte auf ihn zu wie eine Flutwelle. Er kniete sich hin und zog das Hemd über. Er schaffte es gerade noch, sich zu bekreuzigen, dann hatte ihn die Welle erreicht. Im nächsten Moment war er umringt von wolligen Leibern, die sich um ihn drängten, gegen ihn prallten und ihn aus panischen Augen angafften. Die Schreie der Tiere dröhnten in seinem Schädel. Staub legte sich auf seine Zunge, auf die Augen, in jede Ritze seines Körpers. Dann erkannte er im dämmrigen Licht die schwarze Gestalt. Der wallende Mantel hatte die gleiche, verwaschene Farbe wie die Köpfe, die vor ihm auseinanderpreschten. Ebenso der breitkrempige Hut. Er hob die Arme und Frank erkannte die Schrotflinte mit dem abgesägten Doppellauf, die die Sizilianer *Lupara* nennen. Er öffnete den Mund für einen Aufschrei. Doch da stak auch schon der Lauf zwischen seinen Lippen. Seine Zähne hämmerten auf das kalte Metall. Dann fühlte er nichts mehr.

★

Friedrich hatte das Produktionsgelände im Rodenkirchener Industriegebiet seit der Einweihung nicht mehr betreten. Er traute seinen Augen nicht, als Margot nun in das Gewerbegebiet einbog. Auf dem ehemals unscheinbaren Acker mit den wenigen, versprengten Fabrikhallen waren moderne Bürogebäude mit glitzernden Glasfassaden aus dem Boden gestampft worden. Die Produktionshalle der Kutschers mit ihren Ziegelwänden und den schräg aufgesetzten Sägezahnoberlichtern nahm sich mittlerweile ein wenig bieder aus unter all dem postmodernen Blendwerk. Auf der Längsseite zog sich in orangefarbenen Lettern der Werbespruch entlang, der noch von Wilhelm Adolf höchstselbst kreiert worden war:

Bonbons und Lutscher – nur von Kutscher.

Als sie den Käfer auf dem Firmenparkplatz abgestellt hatten, kam ihnen Mannhaupt schon entgegen. Er begrüßte Margot per Handschlag und Friedrich mit einem kurzen Eulenblick.

»Das sind ja wirklich traurige Umstände, die uns so schnell wieder zusammenführen«, sagte der Kommissar.

Margot nickte wortlos. Sie war heute fast so blaß wie Friedrich.

»Weiß man schon etwas über die Leiche, Officer?« fragte Friedrich. Mannhaupt sah ihn scharf an. »Es ist keiner von Ihren Leuten, so viel steht fest!«

»Na, Gott sei Dank!« seufzte Margot. Sie hatte sich schon einer leichenblassen, kinderscharumringten Mutter kondolieren sehen.

»Wo hat man sie gefunden?« fragte Friedrich, und Margot wunderte sich über die Festigkeit seiner Stimme.

»In einem der Rührbottiche«, erwiderte Mannhaupt. »Als der Schichtführer heute morgen die Maschine anstellen wollte, blokkierten die Schaufeln.«

Der Kommissar hatte sie in die Halle geführt. Etwas abseits wurden die Handvoll Arbeiter und der Schichtführer vernommen. Die Fabrik, die normalerweise vom Getöse der Maschinen angefüllt wurde, war gespenstisch still.

Auf dem Boden lag der bis zur Unkenntlichkeit verklebte Körper, den man am Morgen aus einem der Bottiche gezerrt hatte. Ein Beamter war damit beschäftigt, die klebrig-süße Rohkaumasse nach und nach mit einem winzigen Schaber von der Leiche zu kratzen. Das Gesicht war schon freigelegt. Der Mund war weit aufgerissen. Die weiße Rohmasse, die der Herstellung von Kaustangen diente, quoll zwischen den Lippen hervor.

»Ist er erstickt?« fragte Margot schaudernd.

»Nein«, sagte der Beamte. »Er ist nicht hier gestorben. Den halben Hinterkopf haben sie ihm weggeschossen. Das Zeug dringt von hinten durch den Mund. Häßliche Wunde.«

»Puh«, sagte Margot und versuchte, den Kloß im Hals hinunterzuschlucken.

Der Kommissar fixierte Friedrich durch die dicken Brillengläser.

»Kennen Sie den Mann?«

»Nein«, antwortete Friedrich pikiert, »ich kenne ihn nicht.«

Diesmal war es Margot, die zusammenzuckte. Mannhaupt war der Reflex nicht entgangen. »Und Sie, Fräulein Herbst? Kennen Sie den Mann?«

Margot schüttelte stockend den Kopf. Der Kommissar sah sie durchdringend an. Margot wandte sich ab und floh ins Freie. Die Stahltür quietschte in den Angeln.

»Nun ja«, der Kommissar legte den Kopf schräg und wandte sich wieder Friedrich zu. »Es ist sicher kein Zufall, daß wir ihn hier gefunden haben!«

»Was meinen Sie damit, Officer?«

»Er wurde erst umgebracht, und dann hier deponiert. Also hat die Leiche irgend etwas mit Ihnen zu tun, auch wenn Sie es vielleicht nicht wissen!«

Friedrich nickte. Mannhaupts Eulenschnabel stieß auf ihn zu.

»Sie wissen natürlich nicht, wer Sie bedrohen könnte, und aus welchem Grund?«

Friedrich schüttelte den Kopf. Der Kommissar rückte die Hornbrille auf der Schnabelnase zurecht. »Falls Sie einen Verdacht haben, sollten Sie es mir aber sagen. Die Leute sind nämlich gefährlich!« Mannhaupt nickte in Richtung Leiche. Friedrich warf dem klebrigen Sciffo einen letzten Blick zu. Dann drehte er sich um und folgte Margot nach draußen.

»Und nennen Sie mich nicht immer Officer!« rief ihm Mannhaupt hinterher.

Margot wartete schon im Wagen. Friedrich nahm auf dem Beifahrersitz Platz und öffnete das Handschuhfach.

»Warum hast du ihn belogen?« Margot zündete den Motor.

Friedrich ließ seine Fingerspitzen über den Stapel Hefte gleiten und zog dann eines heraus.

»Weiß nicht ...« murmelte er. Er schlug den Comic auf und fing an zu lesen.

*

Das diesjährige Herbstmanöver der Ehrengarde sollte in die Vereinsgeschichte eingehen. Mario Bastone hatte den rustikalen Reiterhof in der Nähe des ehemaligen Flugplatzes *Butzweiler Hof* in einen altrömischen Landsitz verwandeln lassen. Der Innenhof des hufeisenförmigen Anwesens war übersät von antiken Skulpturen und Säulenstümpfen, so daß sich die Gäste nicht im Kölner Umland, sondern im antiken Pompeji (nach der Zerstörung) oder auf dem Forum Romanum wähnten. Sogar ein kleines Dionysos-Mosaik war in mühevoller Arbeit in den Sand gepuzzelt worden. An der Längsseite des Hauptflügels lehnte sich ein Zelt aus schwerem Leinentuch, den Mannschaftsunterkünften der römischen Legionen nachempfunden, an das altdeutsche Fachwerk. Zum Hof hin war die Zeltwand hochgerafft, so daß Hof und Zelt fließend ineinander übergingen. Das Wetter spielte ebenfalls mit und bescherte den Karnevalisten einen dieser strahlenden Altweibersommertage, die manchmal den rheinischen September vergolden. Die Hitze hatte sich noch einmal mit Macht in das Flußtal geworfen. Die Karnevalisten samt ihrer besseren Hälften lagerten sich träge im Schatten des Festzeltes. Nur die Kinder der wackeren Gardisten tobten unermüdlich zwischen den antiken Versatzstükken umher, brachen noch vorhandene Körperglieder der Skulpturen ab, bewarfen sich mit den bunten Mosaiksteinchen und nutzten die Trägheit der Eltern gnadenlos aus. Hingeflezt über stilechte römische Liegen widmeten diese ihre Aufmerksamkeit lieber dem eigenen leiblichen Wohl als dem ihrer zeternden Kinder. Nur im Notfall ließen sie sich dazu hinreißen, kämpfende Sprößlinge zu trennen oder vor umstürzenden Säulen zu warnen.

Bastone hatte das *Ristorante Dante*, dessen Chef ein guter Freund von ihm war, mit der stilgerechten Bewirtung beauftragt. Posser hatte allerdings von allzu fremdländischer Kost abgeraten. Also gab es Kartoffelsalat römischer Art (mit Tomaten), Mettbrötchen à la romana (mit Oliven) und eine italienische Wurstplatte. Dazu natürlich Kölsch.

Bastone lief strahlend im Schatten von Knoll und Posser umher und wurde allen als derjenige vorgestellt, dem dieses wundervolle Fest zu verdanken war.

Niemand schöpfte Verdacht, denn was war natürlicher, als wenn ein Italiener ein Fest unter italienischem Motto ausstattete? Das Motto in diesem Jahr lautete nämlich, eine geniale Idee Knolls:

De zweitäldeste Minsche vun Kölle.

Es sollte daran erinnern, daß die Römer nach den Ubiern Kölner der ersten Stunde waren, und Römer waren ja quasi genau dasselbe wie Italiener.

Die Lokalpresse nahm wie immer regen Anteil an den Festivitäten, da einige gewichtige Persönlichkeiten der Stadt, darunter der Oberbürgermeister Berthold Schlösser, nicht ganz zufällig Mitglieder der Garde waren. Die neue, fremdenfreundliche Linie des Traditionsvereines wurde wohlwollend aufgenommen. Ebenso das soziale Engangement der Karnevalisten, das, wie in jedem

Jahr, dadurch bewiesen wurde, daß eine Gruppe alter, bedürftiger Menschen als Ehrengäste zum Manöver geladen war. Sie kamen meist aus einem Altenheim der Arbeiterwohlfahrt, denn der Oberbürgermeister war auch Mitglied der SPD. Nur in jedem dritten Jahr wurde ein katholisches Altenheim geladen. An die Protestnoten des Kardinals hatte man sich gewöhnt.

Die Alten waren etwas abseits vom Hof in einem eigenen kleinen Festzelt untergebracht und hatten ein eigenes, kleines Büffet, nicht ganz so üppig wie das große Garde-Büffet, aber üppig genug, um die alten Leutchen durchaus zufriedenzustellen. Am Nachmittag kam es dort allerdings zu einem eigenen, kleinen Zwischenfall.

Ausgerechnet der Älteste der AWO-Alten, der die Neunzig weit überschritten hatte und deshalb ehrenhalber am Kopfende des Tisches saß, kippte nach dem letzten Happen Zwiebelmett und einem letzten Schluck Kölsch mit einem langgezogenen Stöhnen und verdrehten Augen von der Bank. Während der Inhalt des hoffnungslos überlasteten Magens stoßweise aus dem zahnlosen Mund sprudelte, wurden die Sanitäter vom Malteserhilfsdienst herbeigerufen, die sich für solche Fälle bereithielten. Aber als sie den Alten bargen, war bereits alles zu spät.

Mit einiger Verzögerung erreichte die Nachricht vom Ableben des Ehrengastes die Karnevalisten. Der Oberbürgermeister wurde bleich. Dann fiel ihm ein, daß die Vertreter der Presse schon längst wieder abgezogen waren, und er atmete auf. Posser behielt, wie immer, kühlen Kopf. Der Leichenwagen wurde angewiesen, einen Umweg über den Acker zu nehmen, um die glänzende Stimmung der Festgesellschaft nicht durch seinen Anblick zu gefährden. Dann setzte der Oberbürgermeister mit Possers Hilfe ein Fax an die Redaktionen ab, damit der Verstorbene am nächsten Morgen nicht neben dem ersten Bürger der Stadt von der Lokalseite lächelte. Die restlichen Alten wurden in den gecharterten Bus gepackt und ins Heim zurücktransportiert. Unbemerkt rumpelte wenig später der Leichenwagen über den Acker davon.

Am frühen Abend hatten auch die Oberkarnevalisten den kleinen Zwischenfall schon wieder vergessen. Das Kölsch, von einer befreundeten Brauerei selbstverständlich kostenlos zur Verfügung gestellt, floß durch die Kehlen wie der Tiber durch Rom.

Nur Posser blieb nüchtern. Alle anderen tranken fleißig auf den Höhepunkt des Manövers hin.

Wie in jedem Jahr sollte, um der Tradition Genüge zu tun, ein kleiner, privater Umzug veranstaltet werden. Schließlich war das Herbstmanöver gedacht als Frohsinnsübung für den karnevalistischen Ernstfall: die kommende Karnevalssession. Die Volltrunkenheit, die hergestellt werden mußte, um den Bedingungen des echten Rosenmontagszuges zu entsprechen, war bald erreicht. Auf einen Wink von Knoll hin zogen sich die Gardisten zurück und überließen Weib und Kind ihrem Schicksal. Heribert Posser ließ Hermine nur ungern allein zurück. Sie war, Auge in Auge, in ein angeregtes Gespräch mit Bastone vertieft.

In den leeren Stallungen des Hofes – die Pferde waren für die Dauer des Festes auf die Weiden verbannt worden – wartete die Kostümmeisterin des Kölner Schauspielhauses mit einigen Helferinnen, um die Karnevalisten in römische Legionäre zu verwandeln. Franzjosef Knoll erfreute sich bester Beziehungen zum Kulturdezernenten.

Die Kostümmeisterin mußte hilflos zusehen, wie sich die Meute auf die wertvollen Kostüme stürzte. Die Helferinnen hatten alle Hände voll zu tun, sie vor den gröbsten Mißhandlungen zu bewahren. Dennoch hatten sich zwei der jüngeren Gardisten die handgearbeiteten bronzenen Schienbeinschützer zu Fechtwerkzeugen erkoren. Angefeuert von der trunkenen Horde droschen sie aufeinander ein und fochten kreuz und quer durch die Stallungen. Die schrillen Schreie der Kostümmeisterin gingen im Gejohle unter. Ein besonders origineller Witzbold entleerte unterdessen seine Blase in einen der Legionärshelme. Anschließend schüttete er den Helminhalt mit Schwung in die Meute hinein. Posser, der gerade dabei war, sich seiner sommergrauen Flanellhosen zu entledigen, wich dem Schwall aus und verhedderte sich dabei in den Hosenbeinen. Er stolperte und landete geradewegs in einer Pferdebox. Der Sturz wurde durch einen Haufen abgefangen. Man hatte sich noch nicht ganz ausgelacht, als ein verzweifeltes Gezeter die Aufmerksamkeit auf die benachbarte Box lenkte. Eine der Kostümbilderinnen wehrte sich gegen die Annäherungsversuche des halbnackten Tanzmajors. Als man ihn gewaltsam von der jungen Frau weggezerrt hatte, entspann sich eine wilde Pferdeäpfelschlacht zwischen den Beschützern der Belästigten und den Anhängern des Tanzmajors. Diejenigen Legionäre, die in ihrer Kostümierung schon bis zum blechernen Brustschild vorgedrungen waren, waren eindeutig im Vorteil. Die Äpfel zerplatzten dumpf auf dem Metall und konnten leicht abgewischt werden. Wer aber noch nicht so weit war oder eine der römischen Togen trug, war für den Rest des Abends gezeichnet. Die Pferdeäpfel hinterließen dunkle, stinkende Flecken auf dem Stoff. Auch diejenigen, über deren Köpfen fehlgeleitete Geschosse im Gebälk zerstoben waren, konnten nicht von Glück reden. Eine feine Spreu atomisierter Pferdescheiße hatte sich auf ihre Haare gelegt.

Knoll mahnte dröhnend zur Eile. Wie durch ein Wunder war er unbefleckt geblieben. Die Gardisten rauften sich zusammen und vollendeten ihre Kostümierung. Kurz vor Einbruch der Dunkelheit setzten sie sich in Marsch. Sie schritten in loser Formation ein kleines Stück die Zufahrt zum Hof hinunter. Dort trafen sie auf das Gardemusikkorps, das sich ebenfalls stilecht kostümiert hatte. Die Musiker, die keine regulären Mitglieder waren, sondern nur von Fall zu Fall ausgeliehen wurden, waren stocknüchtern und rümpften schon die Nasen, als die Gardisten noch weit entfernt waren.

Auch ein Prunkwagen und Pferde, ohne die ein Umzug kein Umzug gewesen wäre, standen bereit. Der Wagen, hinter einen hofeigenen Traktor gespannt, stellte mit Pappmachésäulen, Palmen und überquellenden Früchteschalen das Interieur einer römischen Villa dar. Als besonderen Coup hatte Bastone die schwarzen Tänzerinnen einer Musicaltruppe engagieren lassen, die in der Stadt gastierte. Sie waren als Sklavinnen verkleidet und ihre knappen getigerten Bikinis wurden mit wildem Gejohle bedacht.

Knoll und Posser bestiegen, gefolgt von einigen Mitgliedern des Vereinsvorstandes, den Prunkwagen. Ihre Leiber waren in wallende Togen gewickelt. Knolls Gestalt war ein einziger kolossaler Faltenwurf. Er trug den Lorbeer des Feldherrn auf seinem kahlen Schädel. Posser folgte ihm mit gesenktem Kopf. Seine Toga war viel zu lang und schleifte auf dem Boden. Er hoffte, der Zug möge möglichst bald vorbei sein, und er hatte das dumpfe Gefühl, daß Bastone nicht gewillt war, sich an gewisse Abmachungen zu halten ...

Knoll warf sich auf den Diwan, der in der Mitte des Wagens stand. Er ordnete die Falten seines Gewandes. Die Sklavinnen begannen, ihm mit Straußenfedern frische Luft zuzuwedeln. Das war auch nötig, denn der strenge Geruch der Legionäre lag zäh in der Luft. Eine weitere Sklavin stand hinter ihm und ließ von Zeit zu Zeit ein Träublein in seinen Mund fallen. Posser stellte sich neben die Traubensklavin und starrte verstimmt in die Abenddämmerung.

Das Musikkorps spielte einen Defiliermarsch, der die Legionäre in Reih und Glied zwang. Selbst auf den besoffensten Karnevalisten übte der Marschrhythmus eine disziplinierende Wirkung aus. Die Truppe setzte sich in Bewegung. Stolpernd marschierten sie hinter den Musikern die Auffahrt hinauf, auf das Tor des Gutshofes zu. Die Reiter schwangen sich mühsam auf die Pferde und reihten sich ein. Kaum einer hielt sich aufrecht auf den Gäulen. Der Fahrer des Traktors, ein behäbiger Stallknecht, gab Gas. Der Wagen setzte sich rumpelnd an das Ende des Zuges. Als er, unter der Jahreszahl 1823 hinweg, durch den Torbogen polterte, empfing sie ein ohrenbetäubender Jubel. Die Frauen waren von ihren Plätzen aufgesprungen und säumten das Festzelt. Besonderer Begeisterung erfreute sich der knappe Lederschurz, der die Oberschenkel der Legionäre nur ansatzweise bedeckte.

»Ene Eierwärmer us Leder! Janz jet Neues!« feixte Elvira Knoll.

Sie war unumschränkte Wortführerin der Gardefrauen und eine zotige Bemerkung von ihr rief unweigerlich schrilles Gekreische hervor. Die amerikanischen Musical-Tänzerinnen verloren mehr und mehr die Orientierung. Deutsche Gemütlichkeit hatten sie sich dann doch etwas anders vorgestellt. Knoll hatte in einem Anfall von Originalität seine Leibsklavin übers Knie gelegt, um sie, wie das in Römerkreisen üblich gewesen sein soll, zu züchtigen. Er ließ erst von ihrem Slip ab, als ihm eine Ohrfeige die glitzernde Brille von der Nase riß.

»Wenn der dat doch bei mir ens versuchen wööd«, kreischte seine Frau. »Ich wööd ihn nit verprüjeln!«

Posser stand mit verschränkten Armen neben Knoll und verzog keine Miene. Seitdem der Prunkwagen in den Hof eingerollt war, hatte er Bastone nicht aus den Augen verloren. Der saß, in ungehörig geringem Abstand, neben Hermine auf der Liege und betrachtete befremdet das zügellose Treiben. Hermine thronte neben ihm. Sie beteiligte sich nicht an den neckischen Zurufen, nicht am Kreischen der Weiber, sie saß nur da und lächelte huldvoll. Sie war die Königin des Abends, und nur Posser und Bastone wußten dies. Und nur Bastone wurde die Ehre zuteil, sich an ihrer Seite zu lagern. Posser suhlte unterdessen im Pöbel. Er schämte sich vor Bastone. Er schämte sich für die Ehrenmänner, die ihn umtorkelten und sich kollektiv danebenbenahmen.

Steif stieg er vom Wagen hinunter. Um ihn herum löste sich der Zug langsam auf. Die Sklavinnen suchten panisch das Weite. Die Legionäre schwärmten aus. Sie fielen den Frauen in die Arme und ließen sich zu ihren Plätzen schleppen.

»Schade, dat die Schotten nit in Kölle woren«, kreischte die Knoll, »die tragen nämlich nix drunter!« Ihr Mann warf Handküsse in die Menge, während acht Helfer seinen Diwan vom Wagen hievten. Posser ging zielstrebig auf Bastone zu.

»Das ist gegen unsere Abmachung!« zischte er Bastone zu. Hermine wandte sich angeekelt ab. Der Geruch der Pferdeäpfel hatte sie erreicht. Posser zog die buschigen Augenbrauen weit in die Stirn hinauf: »Glaub bloß nicht, daß du mich verarschen kannst!«

Bastone hielt lächelnd Possers Blick stand. Im nächsten Augenblick traf Posser ein wuchtiger Schlag von hinten. Er strauchelte und fiel quer über Hermines Schoß. Sie stieß ihn von sich.

»Bleib mir vom Leib, du stinkst wie ein Misthaufen!«

Posser rappelte sich wieder auf.

»Jetzt wird et jemütlich!« dröhnte Knoll und rieb sich die Hand. Er unterschätzte häufig die Wucht seiner Schläge. Ächzend ließ er sich auf der anderen Seite des flachen Tisches nieder. Elvira stürmte heran. »Schade, dat du nit auch so'n Schürzchen abbekommen hast!« Sie wühlte sich in die Falten seiner Toga. Knoll beachtete sie nicht. Er hatte das eisige Schweigen bemerkt, das sich zwischen Posser und Bastone gelegt hatte. »Wat is loss mit üch?«

»War eine große Spaß diese Zug!« sagte Bastone, ohne Posser aus den Augen zu verlieren.

»Ja? Habt ihr euch amüsiert?« fragte Posser und preßte die Lippen zusammen. Hermine warf ihm einen mahnenden Blick zu.

Elvira rieb sich innerlich die Hände. Bastone verzog den Mund zu einem ansatzweisen Lächeln. Das Bärtchen breitete die Schwingen aus, ohne sich in die Lüfte zu erheben.

»Sisi. Wenn Rosemontag isse genauso grosse Spaß – fantastico!« Die Kapelle, die sich aus einem Teil des Musikkorps formiert hatte, spielte einen Tusch. Die vierte Zeltwand wurde heruntergelassen. Die Nacht war hereingebrochen.

Die Kapelle hub an zum Karnevalsschlager *Agrippina Agrippinensis*, einem Lied auf die römische Stadtgründerin. Der Refrain wurde lauthals mitgegröhlt.

»Karnevale isse eine wunderbare Ding! Wir habe auch Karnevale in Italia«, schrie Bastone zu Knoll hinüber.

Knoll nickte und sang weiter. Seine Frau kreischte auf: »Spökes! Fastelovend jit et nur in Kölle!«

»Nein, nein«, beharrte Bastone, »isse zum Beispiel auch berühmt in Venezia!«

Elvira schüttelte ungläubig den Kopf.

»Aber beste Karnevale isse die von Colonia«, sagte Bastone.

Das Zelt versank langsam im dichten Dunst. Der Tabakgeruch begann, den Pferdegeruch zu übertünchen. Als die Kapelle geendet hatte, erhob sich Knoll schwerfällig. Mit herrischer Geste bat er um Ruhe. Die Kapelle spielte einen Tusch.

»Alle herhören!« Sein mächtiges Organ drang bis in die letzte Falte des Zeltes. »Hiermit ernenne ich Mario Bastone, der uns hück dieses wundervolle Fest beschert hat, zum Ehrenjardisten ehrenhalber!« Dreifacher Tusch, automatisch Beifall. Bastone strahlte. Er hätte sich gerne für die Ehrung bedankt, aber Knoll hatte ihm davon abgeraten, das Wort zu ergreifen. Stattdessen ließ er ein dreifaches *Kölle Alaaf* ausrufen, das wirkte immmer. Dann sank er auf die Liege zurück. Hermine applaudierte mit glänzenden Augen. Posser gab Bastone einen kalten Händedruck:

»Das wär's dann wohl!«

Bastone wog bedächtig den Kopf. Elvira beobachtete sie scharf.

»Da han sich zwei jefunge!« Sie sprang auf und gab Heribert einen schmatzenden Kuß auf die Wange. Posser verzog den Mund zu einem gequälten Lächeln.

*

Lois! Du bist aber früh dran! Ich habe mich noch nicht einmal rasiert! – Das sehe ich. Ich konnte mich etwas früher von der Arbeit loseisen. Läßt du mich trotzdem rein? – Äh ... ja ... sicher, komm rein. – Soso ... das ist also dein Appartment, Kent?

Wie sieht wohl Margots Appartment aus?

Sehr schön! Fast spartanisch! Und sehr sauber!

Sie ist in letzter Zeit wieder sehr kalt zu mir ...

Oh, Lois! Du wirst doch nicht wieder damit anfangen! Das ist achtzehn Monate her! – Siebzehn Monate, zwei Wochen, vier Tage und ein paar Stunden!

Was hab ich ihr getan?

Sie wird es mir nie verzeihen, daß ich ihr die Superman-Story vor der Nase weggeschnappt habe! Aber das wird mich nicht daran hindern, mein Bestes zu geben ... sie ist viel zu attraktiv ...

Das Telefon klingelt.

Bist du fertig, Lois? – Wann immer du willst, Kent!

Das Telefon klingelt.

Ich bin überzeugt davon, so etwas ist illegal, Lois! – Absolut!

Das Telefon klingelt!

»Kutscher.«

»Gute Tag, Herr Kutscher. Mein Name isse Bastone, Mario Bastone.«

Wieso hatte er überhaupt abgenommen? Der Hörer fiel ihm aus der Hand und polterte auf den Schreibtisch.

»'allo? Isse da Kutscher und Söhne?«

Der Hörer lag vor ihm auf dem Tisch. Friedrich wagte nicht, ihn aufzuheben.

»'allo? 'allo Signor Kutscher?«

Dann knackte es und die Stimme schwieg. Friedrich atmete auf. Er rieb sich die Hände an der Breitcordhose trocken und legte den Hörer vorsichtig auf die Gabel zurück. Augenblicklich fing es wieder an zu klingeln. Diesmal würde er nicht abheben, ganz bestimmt nicht! Er versuchte, sich auf das Heft zu konzentrieren. Es klingelte zum fünften, zum sechsten, zum siebten Mal. Friedrich biß die Zähne zusammen. Warum zum Teufel nahm Margot nicht ab? Das Klingeln verstummte, ein Lämpchen leuchtete am Telefon auf. Endlich! Doch dann klingelte es auf der Hausleitung. Friedrich riß den Hörer von der Gabel.

»Lois?«

»Nein, hier ist nicht Lois.«

»Wer sind Sie denn?« schrie Friedrich in den Hörer.

»Ich ... ich ... die neue Auszubildende ...«

»Aber ... Sie können doch nicht einfach an den Apparat von Fräulein Herbst ... wo ist sie überhaupt?«

»Entschuldigung, aber«, das Mädchen stockte, »ich vertrete sie doch nur, weil sie in Rodenkirchen ist ... wegen der Etikettiermaschine.«

Plötzlich war Bastone wieder in der Leitung. »'allo? 'allo? Was isse für eine Scheiße ...«

»Hallo?« fragte Friedrich in den Apparat.

»'allo? Spreche iche mit Signor Kutscher?« fragte Bastone ungehalten zurück.

Friedrich zögerte. »Ja.«

Bastones Ton wurde freundlicher. »Möchte mache Geschäfte mit Ihne.« Bastone wartete auf eine Antwort, doch Friedrich schwieg.

»Telefon isse nixe gut für Geschäft. Besser komme eine Uhr in Ristorante Dante. Isse Ring Nähe Rudolfplatz. Isse besser Geschäftemache bei Esse! Okay?«

Friedrich schwieg eisern.

»Isse besser, wenn komme!« Bastone hängte ein.

Friedrich lauschte eine Weile in die tote Leitung hinein. Dann fiel sein Blick auf den Comic.

Verantwortung!

Er knallte den Hörer auf die Gabel. Der Vater grinste hämisch zu ihm hinüber. »Du kannst mich mal!« rief er.

Du bist ein Held!

»Nein!«

Hatten sich denn alle gegen ihn verschworen? Zitternd griff er zum Telefonhörer.

»Hallo Lois?«

»Hier ist der Empfang ... «

»Wann kommt Lois zurück?«

»Lois?«

»Äh ... Fräulein Herbst ... Wann ist sie wieder da?«

»Sie ist nach Rodenkirchen gefahren. Die Etikettiermaschine hat mal wieder ... «

»Wann ist sie wieder da?«

Du bist allein!

»Schwer zu sagen ... «

Er ließ den Hörer auf die Gabel sinken.

Helden sind allein!

Friedrich stützte die Ellenbogen auf das verräterische Comic-Heft und barg sein Gesicht in den Händen. Das meckernde Lachen des Großvaters klang ihm in den Ohren.

*

Friedrich kam eine dreiviertel Stunde zu spät zu der Verabredung.

Bastone erwartete ihn mit einem breiten Grinsen. Als der braungebrannte Schnurrbartträger mit den grauen Strähnen ihn heranwinkte, tastete Friedrich nach den Comics, die er zusammengerollt unter dem Arm trug. Friedrich verzog keine Miene, als er Bastones ausgestreckte Hand ergriff. Sie war angenehm warm, ohne feucht zu sein. Bastone gab dem Kellner einen Wink. Der eilte heran, um Friedrich aus dem Dufflecoat zu helfen. Bastone führte Friedrich an einen der Tische. Silbernes Besteck und kristallklar polierte Weingläser glänzten ihm auf blütenweißer Tischdecke entgegen. An den Nachbartischen pflegten teuer gekleidete Herren gedämpfte Unterhaltungen. Kaum hatte Friedrich Platz genommen, lag auch schon eine Speisekarte vor ihm.

»Isse meine Lieblingsristorante! Chefe isse gute Freund!« lächelte Bastone. Friedrich tastete nach den Comics. Und fand sie nicht. Er hatte sie sich abnehmen lassen!

»W-Was wollen Sie von mir?«

»Geschäfte mache«, erwiderte Bastone und beugte sich über den Tisch, um Friedrichs Karte aufzuschlagen.

»Ich will keine Geschäfte machen«, sagte Friedrich. Seine Finger suchten Halt an den Rippen seiner Cordhose. Bastone ließ die Mundwinkel sinken und klappte die Karte zu. Friedrich schluckte.

»Isse beste Lösung für alle«, sagte Bastone und winkte in den Raum. Der Kellner eilte heran. Bastone bestellte auf italienisch. Dann wandte sich der Kellner Friedrich zu.

»Ich nehme das gleiche«, fiel ihm gerade noch ein. Der Kellner notierte und verschwand. Friedrich versuchte, seine zitternden Knie festzuhalten. Bastone verschränkte die Arme und musterte ihn neugierig. Friedrich ließ seinen Blick in den Raum entfliehen. Zwischen dunkelblau bespannten Wänden flüsterten sich die Krawatten an den Nebentischen über die Teller hinweg Zahlen und Summen zu. Eine rundum laufende Lichterkette tauchte sie in ein goldenes Licht. In der Ecke stand ein verwaistes Piano. Bastone räusperte sich.

»Iche bin In'aber von eine kleine, nein, nicht kleine, große Firma in Palermo. Name isse *Mille Bacci.*«

Der Kellner erschien mit einer Flasche. Bastone unterbrach sich, um den Rotwein zu probieren, der in sein Glas schwappte. Er nahm einen Schluck und rollte prüfend seine Lippen übereinander. Er nickte dem Kellner zu. Der schenkte ein und Bastone ergriff sein Glas. »Salute!«

Friedrich wagte nicht, sein Glas aufzuheben. Seine Hand zitterte zu sehr. Bastone nippte lächelnd. Dann stellte er das Glas wieder ab, faltete die Hände und schloß die Augen. »Ich biete Ihne«, er senkte die Stimme und beugte sich leicht zu Friedrich vor, »zwei Millione deutsche Mark für Kutscher und Söhne.« Er streckte Zeige- und Mittelfinger. »Zwei Millione!«

Friedrich griff hastig nach seinem Glas. Der Wein schwappte über den Rand und tropfte auf die Tischdecke. Friedrich versuchte zu trinken, aber sein Unterkiefer hing kraftlos herunter. Also stellte er sein Glas wieder ab.

Bastone griff nach einem Bierdeckel, zückte einen goldenen Kugelschreiber und malte eine Zwei und sechs Nullen. Friedrich starrte auf den Deckel, dann in Bastones lächelndes Gesicht, dann wieder auf den Deckel. Die unglaubliche Zahl wollte einfach nicht verschwinden. Plötzlich ließ Bastone den Deckel fallen und sprang auf. »Scusi, Signor Kutscher ...«

Er stürzte zur Tür, hinaus auf den Ring. Kutschers Blick folgte ihm. Die deckenhohen Panoramascheiben, die das Lokal zur Ringseite hin abgrenzten, gewährten ihm freien Blick. Er sah Bastone über den Bürgersteig hetzen. Der Wind fuhr ihm in die grauen Strähnen und wirbelte sie durcheinander. Buntes Laub umflatterte ihn. Der Herbst war in die Straßen gekrochen und fegte die Überbleibsel des Sommers durcheinander. Bastone fiel einem Mann in die Arme, einem bulligen Glatzkopf in dunklem Anzug. Die Umarmungen wollten kein Ende nehmen. Erst als die Männer voneinander abließen, konnte Kutscher das Gesicht des Unbekannten sehen. Er fuhr zusammen. Seine Hände verkrallten sich in die Tischplatte.

Luthor! Was führt Sie nach Metropolis?!

Der Verbrecher aller Verbrecher war in der Stadt!

»Signore? Geht es Ihnen nicht gut?« Der Kellner beugte sich besorgt zu Friedrich hinunter. In der Hand hielt er zwei Teller mit gebratenen Auberginen. Der scharfe Knoblauchduft stach Friedrich in die Nase.

»Kennen Sie den da?« fragte er den Kellner flüsternd und nickte unauffällig mit dem Kopf zum Fenster.

»Das ist Signor Bastone«, sagte der Kellner arglos und stellte die Teller auf den Tisch.

»Und der andere?« zischte Friedrich. Panik loderte in seinen Augen.

Ich habe eine Botschaft für dich!

»Scusi.« Der Kellner wandte sich schulterzuckend ab.

Friedrich fühlte sich einsam. Die Knie fingen wieder an zu zittern.

Diese Stadt gehört mir!

Friedrich schüttelte heftig den Kopf. Er wagte einen Blick auf den Ring hinaus. Das kantige Gesicht des Schurken glänzte rosig. Der Kopf war glatt und kalt, wie eine Revolverkugel. Die breite Nase saß wie ein Hammer im Gesicht. Der Mund konnte Welten verschlingen.

Alles gehört mir! Häuser, Fabriken, und auch die Menschen!

Luthor verschwand in Richtung Rudolfplatz. Bastone betrat das Ristorante. Er strich sich die Haare glatt.

»Wo wir ware stehegebliebe?« fragte er und setzte sich wieder.

»Nein«, sagte Friedrich.

Bastone lächelte verwirrt. »Nein?«

»Nein!«

Bastones Lächeln rutschte unter den Tisch. »Aber Signor Kutscher! Isse beste Lösung für alle!«

Daß Sie den Menschen helfen wollen, können Sie dem Weihnachtsmann erzählen!

»Nein.« Friedrich erhob sich und suchte nach seinem Mantel. Bastone betupfte mit der Serviette seine Lippen und beobachtete ihn scharf. Der Kellner eilte mit dem Mantel herbei und half ihm hinein. Die Comics steckten zusammengerollt in der Manteltasche. Friedrich ergriff sie und schlug sich mit der Rolle in die hohle Hand.

Wage es bloß nicht, dich mit Superman anzulegen!

»Nein.«

»Arrivederci, dumme Junge«, rief ihm Bastone hinterher. Friedrich verließ erhobenen Hauptes das Lokal. Als er auf die Straße trat, stolperte er vornüber und wäre fast auf den Gehweg gestürzt. Er rieb sich die schmerzende Schulter. Superman hatte ihm einen anerkennenden Schlag versetzt.

⋆

Margot pfefferte wütend ihre Tasche auf den Tisch. Wieder mehr als eine Stunde verschwendet! Aber demjenigen, der ihr das eingebrockt hatte, dem würde sie gehörig die Meinung geigen! Leider hatte der Witzbold, der sie angerufen und von neuerlichen Problemen mit der Etikettiermaschine berichtet hatte, seinen Namen nicht genannt. Als sie in Rodenkirchen ankam, lief die Maschine so gut wie selten. Und angerufen haben wollte schon gar niemand. Aber sie würde den Schuldigen schon ausfindig machen!

Sie stampfte die Treppe hinauf, um Friedrich zu verhören. Ihm traute sie so manchen blöden Einfall zu. Merkwürdigerweise war Friedrich nicht in seinem Büro. Er war's! dachte sie. Und jetzt hat er ein schlechtes Gewissen!

Sie beschloß, sich ihre Wut für später aufzusparen, stieg wieder die Treppe hinunter und ließ sich auf ihren Schreibtischstuhl fallen. Vor ihren Augen erhob sich ein Berg unerledigter Arbeit. Nicht einmal die Post hatte sie heute durchgesehen. Wahllos zog sie eine Rechnung aus dem Haufen. Sie überflog die Zeilen, ohne den Inhalt zu realisieren. Dann knallte sie das Blatt auf den Tisch zurück. Ihre Finger kribbelten. Sie suchte etwas, das sie zerreißen konnte. Erfolglos. Sie wühlte ihre Finger in die grauen Stoppelhaare und zog daran, daß es schmerzte. Dann ließ sie ihren Kopf auf den Papierberg fallen und blieb so liegen. Die Villa war ruhig um die Mittagszeit. Die meisten Angestellten verbrachten ihre Pause außer Haus. Das düstere Haus war kein Ort, an dem man freiwillig verweilte.

Plötzlich hörte sie feste Schritte, draußen, auf den Sandsteinstufen. Sie hob den Kopf. Die Tür ging auf, Margot erhob sich vom Stuhl. Sein Rotschopf erschien im Rahmen und Margot wollte sich schon auf ihn stürzen. Aber im letzten Moment hielt sie inne. Das, was da im Türrahmen stand, waren zwar Friedrichs unverwechselbaren Haare und Friedrichs karierter Dufflecoat, aber Friedrich war das nicht. Seine Gestalt war nicht zusammengesunken und vornübergebeugt wie sonst, sondern hatte sich zur vollen Mannesstatur erhoben. Die Schultern hatten sich über den Brustkorb gereckt. Die Knie schienen endlich entschlossen, den Körper zu tragen. Die roten Haare lagen halbwegs geordnet auf dem Schädel. Den verlorenen Blick, der nie wußte, woran er sich festhalten sollte, hatte er fest auf Margot geheftet. Ihr stockte der Atem. Wer war das? Es mußte Friedrich sein, denn in der rechten Hand trug er einen zusammengerollten Stapel Comics.

»Du bist ja schon wieder zurück«, bemerkte er, ohne eine Spur von Überraschung in seiner Stimme. Margot nickte perplex. Sie stand vor ihrem Schreibtisch, unfähig, sich zu bewegen, wie geblendet von seiner Erscheinung. Friedrich machte einen Schritt in die Halle hinein. Die Tür fiel krachend hinter ihm ins Schloß. Margot wich zurück, bis sie mit dem Po an die Schreibtischkante stieß. Friedrich tat etwas, das er noch nie getan hatte: Er verschränkte die Arme, bevor er das Wort an sie richtete:

»Du kommst nicht drauf, was ich gerade gemacht habe!«

Irgendwie schaffte es Margot, den Kopf zu schütteln.

»Ich habe ein Zwei-Millionen-Angebot abgelehnt!«

Margot stützte sich an der Tischkante ab. »Du hast was?«

»Ich habe gerade ein Zwei-Millionen-Angebot abgelehnt«, wiederholte er.

»Zwei Millionen? Wofür?«

»Für die Firma.«

»Für unsere Firma? Kutscher und Söhne?«

»Wofür sonst?«

»Und das hast du abgelehnt?«

Friedrich nickte triumphierend.

»Warum?« fragte Margot mit einem gequälten Gesichtsausdruck.

»Ich mache keine Geschäfte mit der Unterwelt!« Er ließ die zusammengerollten Hefte in die hohle Hand sausen. Margot schüttelte ungläubig den Kopf. Früher einmal war sie der Überzeugung gewesen, die Vorgänge in dieser Firma fest in ihrer Hand zu halten.

»Friedrich«, Margot stieß sich von der Schreibtischplatte ab und sah ihm in die Augen, »du meinst doch nicht etwa, diese Unterwelt bietet uns Geld für Kutscher und Söhne? Was soll das überhaupt sein, die Unterwelt?«

Friedrich tat einen Schritt auf Margot zu. Er hob den Arm und ließ dicht an ihr vorbei die Comics auf die Tischplatte klatschen.

»Solche Leute wie dieser Bastone! Man muß sie bekämpfen!«

»Welcher Bastone?«

»Na, der mit den zwei Millionen! Er steckt mit Luthor unter einer Decke!«

Margot atmete tief durch. »Friedrich! Dieser Luthor ist eine Figur aus deinen Comics!«

»Aber ich habe ihn doch mit eigenen Augen gesehen!« rief er. Er ließ die Comics auf den Boden fallen, seine Schultern bogen sich nach vorne. Margot ergriff sie, drückte sie nach hinten.

»Wo hast du ihn gesehen?«

»In einem italienischen Ristorante! Auf dem Ring! Dante hieß es! Er war schwarz wie die Nacht. Er hatte einen riesigen, kahlen Schädel, so breit, daß man Granit darauf zertrümmern kann! Seine Arme waren schleimige Würgeschlangen mit langen, scharfen Krallen ... «

»Friedrich!« Margot schüttelte ihn an den Schultern. Schweißperlen hatten sich auf seiner Stirn gesammelt, sein Blick verirrte sich in die Holztäfelung. Margot sah, daß er kurz vor einem Zusammenbruch war.

»Geh nach oben! Ruh dich aus«, befahl sie ihm.

»Wir müssen etwas tun, sonst zerquetscht er uns wie eine Laus!« schrie Friedrich. Sein Gesicht lief rot an.

»Ich werde mir etwas überlegen«, versicherte Margot. Sie drehte ihn um und führte ihn bis an den Treppenabsatz. »Geh nach oben und mach dir keine Sorgen!«

Margot blieb unten stehen und beobachtete, wie sich Friedrich Stufe für Stufe nach oben schleppte. Erst als sich die Tür hinter ihm geschlossen hatte, fingen auch ihre Knie an zu zittern. Eine tiefe Sehnsucht nach Ruhe überkam sie. Sie setzte sich in ihren Stuhl. Wenn jetzt jemand anruft und sagt, ich solle kündigen, dann tu ich's! dachte sie. Aber das Telefon schwieg. Sie dachte an den Mann mit der Narbe. War der womöglich einem von Friedrichs Heften entstiegen? Sie beugte sich nach vorne, zog eine Schublade auf und holte das Branchenverzeichnis heraus. Sie schlug es auf und glitt mit dem Finger über die Gastronomiebetriebe: Ristorante Angolo Doro ... Ristorante Barolo ... Ristorante Dante. Das gab es also! Friedrich hatte es nicht erfunden!

Sie legte die Gelben Seiten beiseite und holte das Telefonbuch hervor. Auch einen Bastone, Mario gab es! Immobilienmakler. Margot spürte neue Hoffnung aufflammen. Jemand rief nach ihr. Sie hörte nicht. Sie wählte eine Telefonnummer.

»Mannhaupt.«

»Herr Kommissar, hier spricht Margot Herbst, von Kutscher und Söhne.«

»Aha.«

»Wir haben heute ein Übernahmeangebot erhalten, von einem gewissen Bastone. Vielleicht hat das irgend etwas mit dem Mord zu tun?«

»Warum sollte es?«

»Ich dachte, es ist immerhin eine Spur ... außerdem waren es ziemlich merkwürdige Umständen ... «

»So?«

»Man hatte mich weggelockt, damit ich nichts davon mitbekomme – und sie mit Friedrich leichtes Spiel haben ... «

»Und? Hatten sie?«

»Nein.«

»Na, da können Sie ja froh sein.«

»Ja.«

Schweigen.

»Warum haben Sie mich belogen?« fragte Mannhaupt.

Die Frage kam unerwartet. Margot fiel keine Antwort ein.

»Haben Sie im Ernst geglaubt, ich würde nicht über kurz oder lang herausfinden, daß Sie Sciffos letzter Auftraggeber waren?«

»Doch ... ja ... natürlich«, sagte Margot. »Ich ... ich habe es wegen Friedrich ... ich wollte ihm nicht in den Rücken fallen ... «

»Stattdessen sind Sie mir in den Rücken gefallen ... « Mannhaupt klang vorwurfsvoll, aber nicht unversöhnlich.

»Sind Sie mir böse deswegen?« säuselte Margot in den Hörer. Sie spürte, daß Mannhaupt am anderen Ende mit sich rang.

»Sie sind mir doch nicht böse deswegen?«

»N-Nein ... wie könnte ich Ihnen böse sein ... «

»Werden Sie mir sagen, was es mit diesem Bastone auf sich hat?«

»Nun gut, Ihnen zuliebe«, seufzte Mannhaupt, »ich melde mich, sobald ich etwas weiß.«

»Vielen, lieben Dank, Herr Kommissar«, jubelte Margot. Sie hauchte einen Kuß in die Leitung und legte auf. Da war sie wieder, die Hoffnung! Sie sprang von ihrem Stuhl. Sie rannte die Treppe hinauf, an der schwarz-weißen Firmenvergangenheit vorbei, daß die Rahmen wackelten. Sie riß die Tür zu Friedrichs Büro auf. Friedrich lag auf dem Sofa, unter dem kritischen Blick des Großvaters, und schlief. Er hatte sich zusammengerollt wie ein junger Hund. Die eine Hand ruhte unter seinem Kopf, die andere vor seinem Mund. Margot trat leise näher und sah, daß er am Daumen nuckelte. Ein warmes, herzensweites Gefühl übermannte sie. Friedrich seufzte und sog die Lippen fester um den Daumen. Margot beugte sich über ihn, näherte sich seiner blassen Haut, seinen strubbeligen, roten Haaren, seinem kindlich-friedlichen Atem. Sie spitzte die Lippen und drückte einen zärtlichen Kuß auf seine Schläfe.

★

Ralph Äßer thronte inmitten einer Wolke süßlichen Kölnisch-Wasser-Aromas. Seine Haare schimmerten grau-schwarz durch eine Schicht Pomade. Die hohe Stirn wurde von zwei schmalen, kaum sichtbaren Augenbrauen getragen. Seine spitze, geradlinige Nase ragte vorwitzig in den Raum hinein und wurde nicht müde, die Luft nach Neuigkeiten zu durchschnüffeln. Die Grübchen in den Wangen bevorrateten stets die neuesten Gerüchte Kölns, und der kleine, sinnlich geschwungene Mund wartete nur darauf, ihnen im geeigneten Augenblick an geeigneter Stelle Gehör zu verschaffen.

Äßers untersetzte Gestalt schmiegte sich in den Louis-Seize-Sessel, der ihm auf den Leib geschneidert zu sein schien. Zur Rechten und zur Linken standen zwei Telefone auf verschnörkelten Nußbaumtischchen. Mehr brauchte er nicht. Äßer hatte die Gabe, seine Geschäfte anhand der Telefone und mit seinem angeborenen Charme zu erledigen. Für die Drecksarbeit hatte er seine Leute.

Das Telefon zu seiner Rechten klingelte.

»Äßer.«

»'allo Signor Äßer, isse Bastone, Mario 'ier.«

»Ah, Bastone, sin se endlich voranjekomme?«

»'atte gegebe bisse Probleme!« Bastone klang aufgeregt. Das war ungewöhnlich. Äßer suchte seine Fingernägel nach einem Stück ab, das er noch nicht angeknabbert hatte.

»Wat für Probleme?«

»Isse gewese eine Commissario in meine Büro! 'atte gefragte nach Signor Kutscher!«

»Un se haben natürlich jesagt, dat se keinen Kutscher kenne!« Äßer hatte am Ringfinger einen Nagelfetzen entdeckt.

»Si. Und Commissario isse gewese zufriede damit. Aber ich will 'abe keine Probleme mit Polizia, isse klar?« Bastone klang ehrlich besorgt. »Kann ich mir nicht erlaube!«

Äßer rupfte mit spitzen Zähnen das Nagelstück vom Bett.

»Machen se sich keine Sorjen!« Er beobachtete den dünnen

Tropfen Blut, der über die Fingerkuppe rollte. »Wie hieß denn der Commissario?«

»Mann'aupt. Commissario Mann'aupt.«

Äßer tupfte das Blut mit der Zungenspitze ab.

»ER wird sich darum kümmern ...«

»Ich würde gerne spreche mit ihn«, erregte sich Bastone. »'abe gleich gesagt, isse grosse Dumm'eit mit italienische Detektiv!«

»Ich werde sehen, wat ich tun kann ... ER ist im Moment sehr beschäftigt.«

»Bitte! Subito!« bat Bastone.

Äßer grinste. »Nur nit nervös werden!«

Er hängte ein. Das kommt davon, wenn man mit Amateuren zusammenarbeitet! dachte er. Er hätte von Bastone mehr Gelassenheit bei der Abwicklung solcher Geschäfte erwartet. Schließlich kam er aus Sizilien.

Äßer selbst hatte seinen Spaß bei der Sache. Nichts lief so, wie man erwartet hatte. Improvisationstalent war gefragt. Und Improvisation war Äßers Stärke, wer wollte das bezweifeln. Und ganz besonders freute ihn, daß sein alter Busenfeind Posser nicht wußte, was gespielt wurde. Der rudert bis zum Hals in der Scheiße und merkt es nicht, lachte Äßer in sich hinein.

★

Heribert Posser lief unruhig im Wohnzimmer auf und ab, wie ein verwundeter Stier in der Arena. Er hielt den Kopf gesenkt und schnaubte wütend durch die Nase. Ab und zu nahm er Anlauf und stob auf Hermines Sessel zu. Hermine ließ sich von seinem Wüten nicht aus der Ruhe bringen. Sie saß einfach da und strickte. Die Nadeln klapperten friedlich in ihren Händen. Heribert trat gegen einen Stapel Pralinenkartons.

»Wann kommt mir endlich dieses Zeug aus den Augen?«

Hermine blickte nicht einmal von ihrem zukünftigen Pullover auf.

»Der Keller ist schon voll. Wo sollen wir sie sonst hinstellen?«

»Iß sie auf, verschenk sie, mir egal, ich möchte sie nur nicht mehr sehen!«

»Es ist immer gut, etwas im Haus zu haben. Falls wir einmal überraschend Besuch bekommen.«

»Wir haben noch nie überraschend Besuch bekommen!« entgegnete Heribert.

Hermine strickte seelenruhig weiter. Es hatte heute einfach keinen Zweck, mit ihm zu reden. Sie würde ihn sich austoben lassen. Irgendwann würde er sich schon beruhigen.

Sie beobachtete ihn über den goldenen Rand ihrer Lesebrille hinweg. Als er sich vor der Glasvitrine mit dem Meißner Porzellan aufgebaut hatte, entschloß sie sich, doch einzugreifen.

»Laß mein Porzellan in Frieden. Vergreif dich lieber an deinen Orden!«

Die Sammlung von Karnevalsorden, die hinter dem Fernseher an der Wand hing, war Heriberts Stolz. Trophäen einer erfolgreichen Karnevalskarriere. Daneben hingen die Aquarelle mit Szenen aus der Stadtgeschichte. Heribert trat noch einmal gegen den mannshohen Stapel. Er wackelte bedenklich.

»Nun sag schon, was dich bedrückt«, seufzte Hermine und fing an, Maschen zu zählen.

Heribert senkte den Kopf, schoß auf sie zu und stoppte dicht vor ihr. »Der Bastone führt irgendwas im Schilde. Und ich weiß nicht, was! Das macht mich krank!«

Hermine zuckte mit den Schultern. Die Nadeln schlugen gegeneinander. »Was soll er denn schon im Schilde führen?«

»Ich habe so ein Gefühl, daß der nicht mit offenen Karten spielt!« sagte Heribert.

»Du bist nur mißtrauisch, weil er so nett ist. Nette Menschen passen nicht in deine Welt.«

Posser ließ sich nicht beirren. »Warum hat er zum Beispiel den Kutscher nicht einfach aufgekauft? Das müßte doch für ihn ein Kinderspiel sein? Warum wird er erst Mitglied bei uns, schleimt sich kräftig ein, zeigt sich großzügig gegen Gott und die Welt, um dann erst zum entscheidenden Schlag auszuholen? Warum der ganze Aufwand?«

»Vielleicht macht es ihm einfach Spaß!« vermutete Hermine.

Heribert zögerte einen Augenblick. »Das glaub ich nicht!«

Hermine hatte die Maschen durchgezählt und begann von neuem ihr beruhigend gleichmäßiges Stricknadelgeklapper. »Der

Gedanke ist sicher etwas abwegig«, räumte sie ein. »Normalerweise kommen die Leute ja zu euch, weil sie es schick finden, in einer Uniform durch die Gegend zu marschieren, oder weil sie ihre Geltungssucht ausleben oder ihre Beziehungen ausbauen wollen, oder aber weil sie sich einfach nur regelmäßig in gepflegter Umgebung besaufen wollen.«

Posser wandte sich ab und biß die Zähne aufeinander.

»Warum nimmst du diesen Kerl nur in Schutz?«

»Warum meinst du, daß ich ihn in Schutz nehme?« Hermine schob die kleine Brille, die ein wenig heruntergerutscht war, wieder hoch.

»Weil du dich hartnäckig weigerst, den Schurken in ihm zu erkennen! Du siehst nur den Weiberhelden!«

»Er ist kein Weiberheld! Er ist einfach nur ein netter Mensch!«

Heribert zog die Stirn in Falten. Mit Nachdruck trat er noch einmal gegen die gestapelten Kartons. Endlich stürzten sie polternd zu Boden. Der Inhalt purzelte heraus und verstreute sich über den Chinateppich. Hermine heulte auf: »Heribert!«

Heribert betrachtete zufrieden sein Werk.

»Du hebst das sofort wieder auf!« schrie sie.

Heribert trat grinsend an eines der braunen Klümpchen heran. Er hob den rechten Pantoffel und ließ ihn langsam auf die Schokolade sinken.

»Heribert!« Hermine warf das Strickzeug beiseite.

Mit einem schmatzenden Geräusch zerplatzte die Praline. Heribert gab sich noch nicht zufrieden. Er drehte den Fuß hin und her und trat dann einen Schritt zurück, um das Ergebnis zu begutachten.

Hermine stürzte sich auf die Knie und versuchte, die Schokolade aus den Teppichfasern zu kratzen. Doch die braune Masse, und vor allem die Likörfüllung, hatten sich tief in die Schlingen gegraben.

»Wie kannst du nur!« Hermine war den Tränen nahe. »Der schöne Teppich!« Sie erhob sich mühsam. »Bist du verrückt geworden?« Sie standen sich gegenüber. Hermine war einen guten Kopf größer als Heribert. Ihr Atem prallte gegen seine Stirn. Er senkte den Kopf. Seine Mundwinkel zuckten vor Vergnügen.

»Weißt du, was mir aufgefallen ist? Du bist fett geworden!«

Er stand da und erwartete die Explosion. Aber nichts passierte. Als er den Kopf vorsichtig wieder hob, war Hermine verschwunden.

★

Bastone speiste beinahe täglich im *Dante* zu Mittag. Von seinem Büro am Friesenplatz war es ein kleiner, angenehmer Spaziergang über den Ring, eine gute Gelegenheit, sich wenigstens einmal am Tag die Beine zu vertreten. Als Posser von Bastones Sekretärin erfuhr, daß der Chef zu Tisch sei, wußte er, wo er ihn zu suchen hatte.

Bastone aß an diesem Tag allein. Es regnete, und er hatte niemanden gefunden, der ihn begleiten wollte. Als Posser, durchnäßt wie ein Hemd vor dem Schleudern, in das Ristorante stürmte, führte Bastone gerade einen Happen Carpaccio vom Rind, getunkt in eine Staudensellerie-Parmesan-Sauce, zum Mund. Heribert baute sich tropfend vor ihm auf.

»Du hast dich nicht an unsere Abmachung gehalten«, zischte er. Die übrigen Gäste dämpften ihre Gespräche.

»Ah, 'eribert! Nehme Platz und esse eine 'appe mit mir!« Bastone deutete mit dem silbernen Messer auf den freien Stuhl an der anderen Seite des Tisches. Posser blieb stehen. Regenwasser tropfte aus seinen Haaren auf das blütenweiße Tischtuch. Dicht neben Bastones Teller bildete sich eine kleine Pfütze.

Bastone hob ungerührt eine Scheibe rohen Fleisches auf die Gabel und führte sie zum Mund. Posser schlug mit der flachen Hand auf den Tisch. Die Gläser klirrten.

»Du Schwein! Du willst meine Ehe kaputtmachen!«

Possers Pekinesenbacken bebten. Die Tischnachbarn sahen sich nach ihm um. Bastone legte in aller Ruhe das Besteck überkreuz. Als er die Stoffserviette zum Mund führte, um sich die Lippen zu betupfen, wurde Posser von hinten gepackt. Zwei kräftige Hände legten sich um seine Oberarme und zogen ihn von Bastone fort. Posser versuchte, Widerstand zu leisten, aber seine nassen Gummisohlen fanden keinen Halt auf dem Parkett. Ehe er sich versah, hatte man ihn in einen Nebenraum geschleift. Posser fand sich wieder zwischen Gemüsekisten, Obststeigen und geduldig vor sich hinsummenden Kühlschränken. In einer Ecke standen zwei Plastiktonnen, aus denen der süßliche Geruch faulender Speisereste quoll. Aus der Küche klang Geschirrklappern herüber. Die zwei bulligen Kellner knallten Heribert gegen einen Stapel Tomatenkartons. Dann verschränkten sie die Arme und ließen ihn nicht aus den Augen. Unter den hochgekrempelten Hemdsärmeln deuteten sich beachtliche Muskelpakete an. Heribert beschloß, abzuwarten.

Nach einer endlosen Weile öffnete sich die Schwingtür, und Bastone kam herein. Possers Bewacher traten einen Schritt auseinander, und Bastone stellte sich zwischen sie, die eine Hand lässig in der Hosentasche vergraben. Mit der anderen malte er beim Reden schwungvolle Kreise in die Luft:

»Guter Freund«, hub er an, »isse nich gut zu mache grosse Skandale ohne Grund! Besser vorher rede! Danach isse immer noch Zeit für Skandale!«

»Mit einem Schwein redet man nicht!« Posser überlegte, ob er vor ihm auf den Boden spucken sollte.

Bastone schnalzte mit der Zunge. »Schwein! Isse böse Name für gute Freund!«

»Freund?« rief Heribert aus. »Das ist mir ein schöner Freund, der mir die Frau ausspannt, mich damit erpreßt und sich dann noch nicht mal an die Abmachungen hält!«

Bastone fuchtelte in der Luft herum. »Welche Abmachung? Was 'ab ich mich nicht ge'alte? Du 'ast mir nicht gegebene Kutscher, ich 'ab dir nicht gegebene Frau! Tutto corretto!«

»Ich habe dich in die Garde eingeschleust, also laß die Hände von meiner Frau!«

»Erst wenne Kutscher isse erledigt!«

»So lange kann ich nicht warten! Die Leute reden schon drüber!«

Bastone lachte auf. »Ah, große Präsidente 'at Angst vor große Schlagzeile!« Die beiden Bewacher grinsten. Sie machten nicht den Eindruck, als würden sie auch nur ein Wort verstehen.

Posser maß Bastone vom Scheitel bis zur Sohle. Dann stieß er sich von den Tomatenkartons ab und katapultierte sich in die Richtung des Italieners. Bastone trat einen Schritt zurück. Die

Bewacher fingen Heribert weich ab. Sie warfen ihn gegen die Abfalltonnen. Der Plastikrand grub sich in Possers Magen. Dann rissen die Kellner ihn wieder zurück. Seine Schultergelenke knackten unfreundlich.

»Isse besser, wir bleibe Freunde ... « hörte er Bastone sagen. Er erhaschte noch einen letzten Blick auf Bastone, wie er erhobenen Hauptes durch die Schwingtür hinausging. Im nächsten Moment lösten die Bewacher ihren Schraubstockgriff, ließen Posser fallen und gingen in Richtung Küche davon. Verdattert blieb Posser zwischen den Tonnen zurück. Er schaute an sich hinunter und untersuchte seinen geschundenen Körper. Ein dumpfer Schmerz stach in seinen Schultern. Trotzdem gehorchten seine Arme, als er ihnen befahl, ihn an den Gemüsesteigen hochzuziehen und aufzurichten. Benommen ging er durch das Restaurant hinaus in den Regen. Er stand da und wartete darauf, daß die Tropfen seine Gedanken klarwuschen. Ein Mercedes raste vorbei und spritzte ihn naß. Das löste Heribert aus seiner Erstarrung.

»Du Arschloch«, schimpfte er faustschüttelnd hinter dem Mercedes her. Den Weg bis in sein Büro an Groß Sankt Martin ging er zu Fuß. Der Regen prasselte unaufhörlich, doch Posser bemerkte nichts. Er war dabei, einen überaus wichtigen Entschluß zu fassen.

Als er im Büro ankam, war er naß bis auf die Knochen. Er stapfte an der Vorzimmerdame vorbei in sein Zimmer. Dort zog er sich aus bis auf die Unterwäsche, ließ sich in seinen Sessel fallen und griff zum Telefon.

»Äßer.«

Wem hätte er sich sonst anvertrauen sollen, wenn nicht seinem alten Erzrivalen und Amtsvorgänger? Es blieben nicht mehr viele, die ihm helfen konnten.

»Juten Tach, Ralph. Wie jeht et?« Posser hatte wieder auf Kölsch geschaltet.

»Wat jit et?« fragte Äßer mit eisiger Stimme zurück.

»Ich han e klein Problemche!« gab Posser zu. Seine Finger fuhren nervös an den Rippen seines Unterhemdes auf und ab. »Mir macht da jemand Druck ... «

»So?«

»Et jibt da jemanden, der den Kutscher us dem Karnevalsjeschäft erusdrängen möchte.«

»Sujet kütt vür!«

Posser erhob sich. Die klatschnasse Unterwäsche war am Lederbezug festgeklebt. Auch kein angenehmes Gefühl! Er stellte sich hinter ein Birkenfeigenbäumchen und sah aus dem Fenster hinaus auf den Rhein. »Ich weiß nit, wat ich mache soll ...« gab er zu. Er wartete gespannt auf Äßers Reaktion.

»Warum sollte ich dir Ratschläje jeben?« fragte Äßer nach einer Weile. Posser konnte hören, wie er an den Nägeln kaute.

»Vielleich is dir ja als Ehrenpräsident des Festkomitees daran jelejen, dat der Kölsche Fasteleer nit vor die Hunde jeht!« ging er in die Offensive.

»Do is he doch ald!« sagte Äßer.

Posser seufzte und fuhr sich durch die Haare. »Ralph!« beschwor er ihn, »Laß uns doch einfach die ahl Kes bejraben, un ens en vernünftig Wort miteinander reden! Ich han Angst, dat mir uns do jemandem usliefere, der mit unsauberen Methoden arbeitet.«

Äßer lachte. Posser schluckte. Er lachte ihn tatsächlich aus!

Dann brach das Lachen abrupt ab. »Heribert, eins sag ich dir: Der Bastone is mindestens so sauber wie euer janzer Haufe! Un den Kutscher, den kannste doch in der Pief ruche!« Es klickte in der Leitung. Äßer hatte aufgelegt. Verstört wandte sich Posser vom Fenster ab. Er ließ den Hörer zurück auf die Gabel sinken. Er kam sich alt und hilflos vor. Dunklen Mächten war er ausgeliefert! War nicht er derjenige, der die Entscheidungen fällte?

Die Sekretärin trat ohne anzuklopfen ins Zimmer. Sie sah Heribert in klatschnasser Unterwäsche hinter seinem Schreibtisch stehen und zog es vor, in Ohnmacht zu fallen.

★

Nachdem er aufgelegt hatte, tippte Äßer SEINE Nummer. Ungeduldig trommelte er mit den malträtierten Fingern auf die Sessellehne. Endlich meldete ER sich:

»Ja?«

SEIN *Ja* ließ Äßer im Sessel zusammenfahren.

»Äßer hier. Raten Se mal, wer jrad hier anjerufen hat.«

»Ich bin nicht zum Raten aufgelegt«, dröhnte ER.

»Heribert Posser.« Äßer gluckste vor Vergnügen.

»Na und?« fragte ER ungerührt.

»Er hat mich um Rat gefragt wegen Bastone! Mich! Um Rat gefragt!« Äßer hielt es kaum auf seinem Sessel.

»Gut«, sagte ER.

»Wir haben ihn weichjekocht! Kutschers Tage sind gezählt«, jubelte Äßer.

»Wurde auch Zeit. Ist genug schiefgelaufen.«

Äßer beruhigte sich. Wenn ER schlecht gelaunt war, dann hielt man besser den Mund.

»Paß ein bißchen auf Bastone auf! Daß der uns keine Solo-Nummer abzieht!«

»Der frißt uns doch aus der Hand«, wandte Äßer ein.

»Gibt es sonst noch was?«

»N-nä ...«

ER hängte ein. Äßer wog den Telefonhörer in der Hand. Seine kleinen, graublauen Augen blinzelten unruhig in die Gegend. Diese Sache zehrte an seinen Nerven. Mehr, als er sich eingestehen wollte. Diese Sache war heiß. Heißer als alles, was sie bisher zusammen gedreht hatten.

*

Margot ging schweren Schrittes die Stufen hinauf. Sie wandte den Kopf von der gerahmten Firmenvergangenheit ab. Stattdessen versuchte sie, in der Holzmaserung der Treppe die Zukunft zu lesen. Sie spürte das Damoklesschwert über ihren Köpfen, aber die Bedrohung war nicht greifbar. Der Mann mit der Narbe blieb verschwunden. Neue Leichen waren auch nicht aufgetaucht. Die Karnevalsproduktion lief auf Hochtouren. Wenn Anfang November die ersten Bestellungen eintrafen, stand schon ein Großteil verpackt und abholbereit auf Lager. Anders waren die großen Mengen, die bis zum Rosenmontag benötigt würden, nicht zu bewältigen. Rosenmontag ... Margot ahnte, daß bis dahin noch eine Menge passieren würde.

Friedrich saß an seinem Schreibtisch und träumte vor sich hin. Margot sah, deutlicher als je zuvor, das Kind, das da als Erwachsener verkleidet hinter dem verschnörkelten Jugendstilschreibtisch saß. Wenigstens lag diesmal kein Comic-Heft vor ihm. Margot dachte an seinen Vater. Wilhelm Adolf war die natürliche Ergänzung dieser Umgebung gewesen. Der Schreibtisch hatte ihm die räumliche Distanz verschafft, die zu seiner unnahbaren Autorität gehörte wie die Schuppe zum Fisch. Friedrich dagegen rückte er in eine weite, unwirkliche Ferne. Der ehrfurchtgebietende Ledersessel war nur der angemessene Thron für Wilhelm Adolfs Herrschaft gewesen. Friedrich dagegen versank in den Polstern, bis nur noch eine rothaarige Ahnung von ihm übrigblieb. Wilhelm Adolf hatte diesen Raum durchdrungen, bis in die kleinste Ecke ausgefüllt mit seiner widerspruchslosen Persönlichkeit. Friedrich dagegen wurde zwischen den eichenholzgetäfelten Wänden zerquetscht.

Margot hatte Wilhelm Adolf respektiert. Er war sicherlich einer der wenigen Chefs gewesen, die ihrer jungen, attraktiven Sekretärin niemals unter den Rock gegriffen hätten. Aber im tiefsten Grunde ihres Herzens hatte sie ihn verachtet.

Friedrich dagegen flößte ihr nicht die Spur von Respekt ein. Friedrich war faul, hilflos und kindisch. Aber sie liebte ihn, was sollte sie machen?

»Was gibt's?«, fragte Friedrich und verzog den Mund zu einem unbeholfenen Lächeln.

»Mannhaupt hat angerufen. Bastone ist ein angesehener, zuverlässiger Geschäftsmann. Eines der wenigen weißen Schafe in der Branche. Absolut integer. Mannhaupt sagt, er möchte nichts mehr von unseren Traumgespinsten hören.«

Friedrich schwieg. Sein Blick ruhte irgendwo, tief in der Eichenholztäfelung. Seine Lippen bewegten sich. Er sagte etwas, tonlos, ohne jede Leidenschaft:

»Ich habe ihn gesehen. Er ist mit dem größten Schurken aller Zeiten im Bunde. Die Unterwelt hat sich gegen uns verschworen. Sie holen aus zum großen Schlag.«

Friedrich starrte weiterhin die Wand an. Margot seufzte. Er sprach aus, was sie ängstigte. Er gab ihrer unbestimmten Furcht eine Richtung. Konnte es sein, daß er Recht hatte?

Margot schüttelte den Kopf. Hatte sie sich etwa anstecken lassen? War sie seinen Wahnvorstellungen aufgesessen? Aber der

Mann mit der Narbe war kein Hirngespinst! Obwohl er auch eine Comicfigur hätte sein können. Und der Tote im Bottich?

»Was können wir tun?« fragte sie, mehr an ihre eigene Adresse gerichtet als an die Friedrichs.

»Warten, bis das Ungeheuer seine Zähne zeigt und dann kämpfen bis zum letzten Tropfen Blut, der in uns pulst«, antwortete Friedrich mechanisch.

»Ja, wir werden kämpfen!« Margot ballte die Faust.

»Wir werden kämpfen bis zum letzten Tropfen Blut, der in uns pulst«, wiederholte Friedrich.

»Was haben wir schon zu verlieren?!«

»Wir haben das Recht auf unserer Seite!« Friedrich starrte noch immer die Wand an.

»Das Recht und die Liebe«, flüsterte Margot inbrünstig.

»Das Recht und die Liebe«, plapperte Friedrich nach.

Margot ließ die Faust auf die Tischplatte sausen. »Die werden uns kennenlernen!«

Friedrich zuckte zusammen und sah sie an, als hätte er sie eben erst entdeckt. »Aber sie kennen uns doch schon!«

Margot stemmte die Fäuste in die Hüften. »Dann werden sie uns nicht mehr wiedererkennen!«

Margot warf Friedrich einen stolzen Blick zu. Dann drehte sie sich auf dem Absatz um und marschierte die Treppe hinunter, entschlossen, jeden aus dem Weg zu fegen, der es wagte, Friedrich auch nur eines dieser zuckersüßen, leuchtend roten Härchen zu krümmen.

*

Heribert Posser hatte die ranghöchsten Sachwalter des Kölner Karnevals zu sich auf die Marienburg geladen. Posser fühlte sich auf eigenem Parkett entschieden wohler als in dem traditionsreichen Kölner Gemäuer, wo man sich gewöhnlich zu treffen pflegte. Gewöhnlich hatte Posser auch leichtes Spiel mit den alten Herren. Doch das, worum es heute ging, war alles andere als gewöhnlich. Und wenn die Herrschaften etwas haßten, dann war das, von liebgewonnenen Gewöhnlichkeiten Abschied zu nehmen.

Der greise Rat hockte aufgereiht auf der Clubgarnitur mit Zierfransen, die, L-förmig um einen messinggefaßten Glastisch gruppiert, den Mittelpunkt der Posserschen Stube darstellte. Auf einem Silbertablett waren Mettbrötchen mit reichlich Zwiebeln aufgebahrt. Natürlich gab es Kölsch vom Faß, und Hartmut Reinertz, erst knappe Sechzig, somit das jüngste Mitglied des Festkomiteevorstandes und ein langjähriger Freund Possers, pendelte ständig zwischen Küche und Wohnzimmer hin und her, um die Bierversorgung der trinkfreudigen Runde aufrechtzuerhalten.

Posser selbst trank alkoholfreies Bier. Das war der alte Trick, in den er nur Reinertz als Helfershelfer eingeweiht hatte. Während sich die anderen Honoratioren langsam aber sicher um den Verstand tranken, blieb Posser gnadenlos nüchtern. Reinertz mußte nur dafür sorgen, daß Posser immer das richtige, alkoholfreie Glas bekam. Niemand hatte jemals Verdacht geschöpft. Im Gegenteil, man hielt Posser für außergewöhnlich trinkfest.

Hermine saß etwas abseits in ihrem Ohrensessel und war mit einem Strickpullover, dem Weihnachtsgeschenk für Heribert, beschäftigt. Sie tat unbeteiligt, folgte aber der Unterhaltung mit spitzen Ohren.

Als Heinz Bäcker, der Chef der Blauen Funken, der die Achtzig schon weit hinter sich gelassen hatte und daher den Alkohol nur noch in Maßen vertrug, unvermittelt und mit schwerer Zunge anfing, Karnevalslieder in den Raum zu gröhlen, da wußte Posser, daß er nicht länger warten durfte.

»Leev Fründe«, hub er an, »ich möchte heute ein Thema ansprechen, dat vielleicht en bißche heikel is.« Posser nahm einen Schluck aus der Kölschstange. Ängstliches Schweigen. Nur Heinz Bäcker summte frohgemut vor sich hin.

»Et jeht um die Bestellung des Wurfmaterials für die kommende Session.« Ratlose Mienen. Posser nahm noch einen Schluck.

»Wir alle kennen die Firma Kutscher seit Jahrzehnten und haben die Familie, insbesondere den selijen Wilhelm Adolf, der unser aller Hochachtung jenoß, als zuverlässijen Partner in Sachen Süßwaren jeschätzt.« Zaghafte Zustimmung. Posser fuhr fort:

»Wat mich persönlich immer e bißche traurig jestimmt hat, und ich denke, ich bin da nit der einzije, der so denkt, so ist es doch e bißche schad, dat sich die Familie Kutscher in Bezug auf die aktive

Ausübung des Karnevals immer sehr zurückhaltend jezeigt hat.« Posser machte eine Pause, die vollständig mit zustimmendem Gemurmel und Gesumme ausgefüllt wurde. Dann fuhr er fort:

»Unser juter, alter Freund Wilhelm Adolf, sicherlich ein zurückhaltender Mensch und ein Mensch mit strengen, vielleicht allzu strengen Prinzipien, hat sich aber doch immerhin dazu hinreißen lassen, wenigstens unserer Prunksitzung einmal im Jahr beizuwohnen. Was aber den Sohn betrifft«, Posser schaute streng in die Runde, »der ja nun seit einijen Jahren die Leitung der Firma übernommen hat, hat man den jemals irjendswo auf einer Karnevalssitzung jesehen?«

Erwartungsvolles Schweigen.

»Jut, jut«, lenkte Posser ein. »Wir wollen die rejelmäßijen Spenden nicht unter den Tisch kehren. Man muß sagen, dat die Firma Kutscher und Söhne auch unter der Äjide von Friedrich Kutscher die Kölner Traditionsvereine immer jroßzügisch unterstützt hat. Aber«, und hier machte Heribert Posser eine bedeutungsvoll lange Pause, in der nur das Klappern von Hermines Stricknadeln im Raum hing, »Jeld is nit alles!«

Betroffen blickten die Herren zu Boden. Nur Franzjosef Knoll, der wußte, worauf Posser hinauswollte, zwinkerte ihm durch die braunen Brillengläser aufmunternd zu. Hermine sah von ihrem Strickzeug auf. Posser holte tief Luft:

»Wir sind nun aber in der neuen, jlücklichen Lage, jemanden in unseren Reihen zu haben, der sich durch ein zuverlässijes Jeschäftsjebahren im Süßwarenbereich ausjezeichnet hat, und von dessen mittätijer Bejeisterung für den Kölschen Fasteleer sich manche von uns schon mit eijenen Augen haben überzeujen können.«

Posser schaute prüfend in die Runde. Heinz Bäcker hatte sich in die Couch vergraben und gluckste glücklich vor sich hin. Die glasigen Blicke der übrigen waren auf Posser gerichtet. Hermine klapperte nur noch zur Tarnung mit dem Strickzeug.

»Unser Freund Mario Bastone, der demnächst unter dem Spitznamen *Schwänsche* als ordentliches Mitjlied in die Reihen der Ehrenjarde aufjenommen werden wird, bietet uns an, die Versorgung der hier versammelten Jesellschaften mit Wurfwaren für den kommenden Rosenmontagszoch zu übernehmen!«

Niemand wagte es, seine Stimme zu erheben. Noch hatte Posser nicht sein So-ich-bin-fertig-jetzt-seid-ihr-dran-Gesicht aufgesetzt.

»Ich habe mich über dieses Anjebot auch bereits mit meinem jeschätzten Vorjänger un Ehrenpräsidenten Ralph Äßer ins Einvernehmen jesetzt. Er hat von seiner Seite aus nichts dajejen einzuwenden.«

Die Anwesenden schwiegen verblüfft. Der Name Äßer tat seine Wirkung. Posser wußte, daß in diesem greisen Gremium einige Pappenheimer saßen, die sich sehnsüchtig nach den Zeiten von Äßers lauer Präsidentschaft zurücksehnten ...

Posser schaute zufrieden in die Runde. Niemand schien ihm ernsthaft widersprechen zu wollen. Hermine erhob sich:

»Möchte jemand Pralinen?« Mutig hielt sie den Oberkarnevalisten die besten Stücke aus Bastones Produktion vor die Nase. Einzig Posser lehnte ab.

Er wollte schon zur Abstimmung schreiten, als es ausgerechnet dem senilen Bäcker einfiel, in die Runde zu plärren:

»Ävver mer hatten doch immer die Lutscher vom Kutscher!«

»Jenau«, stimmte Ferdinand Strumpe von der Prinzengarde plötzlich ein, »mer sin mim Kutscher immer jut jefahre! Den künne mer nit so einfach vun hück op morje falle lasse!«

Posser verzog den Mund. Den Bäcker hatte er schon längst zum Rücktritt bewegen wollen ...

»Mer künne nit so einfach en alte, kölsche Traditionsfirma abserviere, un enem Italiener in die Arme springe!« schoß nun auch Willi Brückner von der Nippesser Bürgerwehr quer.

Posser wartete ab, bis sich die erste Aufregung gelegt hatte. Dann zog er einen Trumpf aus dem Ärmel:

»Ich kann eure Bedenken jot verstonn! Aber Bastone is quasi jar kein Italiener! Er hat uns Vaterstadt Kölle zu seiner Heimat erwählt! Er lebt schließlich schon e paar Jährche hier un möchte sich am wirtschaftlichen un jesellschaftlichen Jedeihen der Stadt beteilijen! Zum Beweis dafür is Bastone bereit, die jesamte Belegschaft der Firma Kutscher zu übernehmen. Niemand wird entlassen. Bastone hat versprochen, die Firma nahtlos weiterzuführen, wenn Kutscher einverstanden is. Nur Kutscher selbs wird seinen Stuhl natürlich räumen müssen.«

»Un dem wein ich persönlich keine Träne nach!« leistete Franzjosef Knoll seinem Zögling Schützenhilfe.

»Aber der is immerhin ne kölsche Jung un kein Ittaker«, ließ Strumpe seinen Gefühlen freien Lauf. Brückner stimmte ihm lauthals zu. Vor lauter Erregung verschüttete er sein Kölschglas auf den Teppich. Hermine eilte in die Küche, um einen Lappen zu holen.

Posser nutzte die Verwirrung und erhob sich: »Der Mario is in singem Hätz mehr kölsche Jung, als die janze Firma Kutscher zesamme. Der Kutscher haßt doch den Fastelovend! Warum solle mer mit jemandem Jeschäfte machen, der uns haßt?«

Posser hatte sich in Rage geredet. Betretenes Schweigen lag im Raum. Hermine rutschte vor Brückner auf dem Teppich herum und versuchte das Bier aus dem Teppich zu wischen. Die meisten starrten hilfesuchend in ihre Biergläser. Die Kölschstange ist für den echten Kölschen das, was für die Hexe die Kristallkugel ist.

Posser spürte, daß der Sieg greifbar nah war. Er wartete, bis Hermine wieder in der Küche verschwunden war.

»Ich kann euch versichern, daß Mario Bastone ein Mann von Ehre ist. Der Kölsche Fasteleer wird stolz sein, eine solche Persönlichkeit in seinen Reihen zu haben! Un wie Bastone mir letztens erst unter dem Siejel der Verschwiejenheit anvertraut hat, wird er sich demnächst um die deutsche Staatsbürjerschaft bemühen. Stimmen wir ab.«

Posser wollte die Sache hinter sich bringen. Es war spät am Abend, und die Session nahte unaufhaltsam.

»Wer dafür ist, daß das Festkomitee Kölner Karneval e.V. mit Wirkung zur kommenden Session Mario Bastone damit beauftragt, die Ausstattung der hier vertretenen Vereine mit Süßwaren zu übernehmen, der hebe die Hand.«

Die Hände hoben sich. Zögerlich, aber vollständig. Nur Heinz Bäcker hatte nicht mitbekommen, daß es sich um eine Abstimmung handelte. Aber da er niemals gegen die anderen stimmte, wertete man ihn als Ja-Stimme.

Posser lehnte sich entspannt zurück. »Der Beschluß wird somit zu Protokoll gegeben.«

»Wat jenau soll ich schreiben?« fragte Reinertz, der das Amt des Schriftführers erst seit kurzem bekleidete. Posser diktierte ihm tuschelnd ein paar wohlgesetzte Formulierungen. Während Reinertz eifrig notierte, saßen die übrigen Mitglieder des hohen Rates ratlos auf der Couch herum.

Endlich war das Dokument erstellt. In einer geschichtsträchtigen Ledermappe, die noch aus der Gründerzeit des Vereines stammte und das vergoldete Stadtwappen auf dem Umschlag trug, machte das Protokoll die Runde, damit die Repräsentanten der Traditionskorps mit ihren Unterschriften den Beschluß ratifizierten. Die wenigsten waren noch in der Lage, zu lesen, was sie da unterschrieben.

Während Posser das Papier wandern sah, mischten sich bittere Gedanken in seinen Triumph. Er hatte sich mit Bravour den Sieg in der Niederlage erkämpft. Hermine kam aus der Küche. Heribert bedachte sie mit einem wütenden Seitenblick. Sie war Schuld, daß er diesem ewiggrinsenden Schmierer den Weg ebnen mußte! Einmal mehr verfluchte Heribert die Tatsache, daß zu einem Ehrenamt ein ehrenwerter Lebenswandel gehörte. Wie glücklich hätte das Leben sein können, ohne Familie, dachte er zerknirscht und schob sich eine Praline in den Mund.

⋆

Das kann nicht sein! dachte Margot und stob die Treppe hinauf. »Friedrich!« rief sie, lange bevor sie die Tür erreicht hatte, »Friedrich!«

Friedrich hockte eingeschüchtert hinter den Jugendstil-Schnörkeln. Er war noch nicht einmal dazu gekommen, das Heft zuzuschlagen.

»Sie haben uns den Karneval genommen«, platzte es aus Margot heraus, ehe sich Friedrich vom Schreck erholt hatte. Er sah sie an, als wenn sie nach der neuesten Marsmode gekleidet wäre.

»Das ist das Ende!« Sie ließ sich auf das Sofa plumpsen und sprang gleich danach wieder auf.

»Diese Schweine! Diese miesen, dreckigen, schleimigen, schmierigen, ekelerregenden Superriesenschweine!« Margot marschierte in einem Affentempo zwischen Wilhelm und Wilhelm Adolf hin und her. Die Absätze ihrer Schuhe hämmerten ein wütendes Staccato auf die Dielenbretter. Friedrich folgte ihrem Marsch mit offenem Mund.

»Das ist eine teuflische Intrige!«

Friedrich wagte es, sachte zu nicken.

»Du hast recht gehabt! Sie haben sich gegen uns verschworen!« Margot rannte mit ausgestrecktem Arm auf Friedrich zu. Er kauerte sich in seinen Sessel. Ihr Zeigefinger bohrte sich in seine schmale Brust. »Ja, du hast recht gehabt! Sie wollen uns vernichten!«

Friedrich versuchte hustend, über die Rücklehne zu entkommen. Margot ließ stirnrunzelnd von ihm ab. Sie griff nach dem Telefonhörer. Friedrich floh aus ihrer Reichweite. Aber Margot wählte nur eine Nummer. Sie ließ sich in den Sessel sinken und lauschte auf das Freizeichen.

»Posser?« kam es fragend aus der Muschel.

»Trifft es zu, Herr Posser«, fragte Margot mit kaum verhohlener Wut, »daß das Festkomitee des Kölner Karnevals die Firma Kutscher und Söhne nicht mehr mit der Wurfwarenversorgung beauftragen wird?«

»Fräulein Herbst! Einen wunderschönen guten Tag! Lange nichts mehr von Ihnen gehört!«

»Trifft das zu?«

»Hmm. Von wem haben Sie ...?«

»Stimmt es oder stimmt es nicht?«

Posser räusperte sich. »Ich bin sicher, liebstes Fräulein Herbst, wir werden eine Lösung finden, die für alle Beteiligten ..., aber vielleicht sollte ich mich lieber mit Herrn Kutscher darüber ...«

»Warum hat man uns nicht früher benachrichtigt? Die Produktion läuft schon seit Monaten! Wenn Sie zu feige sind, uns davon zu unterrichten ...«

»Mein liebes Fräulein«, unterbrach sie Posser, »wir sollten uns darüber in aller Ruhe ...«

»Mit der Ruhe ist es jetzt vorbei!« schrie Margot und schlug mit der Faust auf den Tisch. Friedrich machte sich auf dem Sofa so klein wie möglich. »Wir sind schon viel zu lange ruhig geblieben! Falls diese Entscheidung nicht augenblicklich rückgängig gemacht wird, werden wir uns geeignete Schritte überlegen!«

Margot knallte den Hörer auf die Gabel.

»Bravo!« bemerkte Wilhelm Adolf von der Wand herunter. Der Großvater auf der anderen Seite schlug sich auf die Schenkel vor Vergnügen. Friedrich schüttelte den Kopf: »Hat alles keinen Sinn ...«

Margot sah ihm kampfeslustig in die Augen. »Feigling«, flüsterte sie herausfordernd.

Friedrich zuckte mit den Schultern. »Wir haben keine Chance, wenn Luthor dahintersteckt ...«

Margot erhob sich aus dem Sessel und stemmte die Fäuste in die Hüften: »Und wieso nicht? Letztens klang das noch anders.«

»Der Kampf ist sinnlos«, erklärte Friedrich ruhig. »So viele Gauner auch ins Kittchen wandern, am Ende hat Luthor immer die Oberhand! Am Ende siegt immer das Böse. Man kommt einfach nicht dagegen an.«

Margot bewegte sich langsam auf Friedrich zu. »Dann müssen wir eben die Seiten wechseln!«

»W-wie meinst du das?« stammelte Friedrich und zog die Beine dicht an den Körper.

»Wenn das Böse siegt, dann sind wir vielleicht ein bißchen zu gut!«

Friedrich umklammerte seine Beine. Margot baute sich breitbeinig vor ihm auf.

»Jetzt wird gehandelt«, entschied Margot. Friedrich sah ihre Hand auf sich zukommen und zog den Kopf ein. Sie packte ihn im Nacken wie man ein junges Karnickel packt, zog den Kopf zu sich hinauf und preßte ihren Mund auf seine schmalen, zitternden Lippen. Friedrich spürte ihre Zunge in seinem Mund und fragte sich, was das jetzt sollte. Sie sank neben ihn auf das Sofa und schmiegte sich an ihn. Ihre Gliedmaßen schienen sich plötzlich um ihn herumzuwinden wie eine Würgeschlange um ihr Opfer.

Er hatte Mühe, Luft zu bekommen. Immer tiefer sank er in die Sofakissen. Wohin seine Finger auch tasteten, überall fühlte er ihren warmen, drängenden Körper. Er hatte sich damit abgefunden, daß Margot langsam alles Leben aus ihm heraussaugte. Doch dann ließ sie plötzlich von ihm ab. Sie stand auf und strich ihren Rock glatt.

»Auge um Auge ...« flüsterte sie vor sich hin und ging hinaus. Kurz vor der Tür wandte sie sich noch einmal zu ihm um: »Du mußt nur zu mir halten, mein kleiner Chef«, sagte sie mit einem Augenzwinkern.

Sie verschwand und ließ einen Friedrich zurück, der hilflos durch einen Orkan von Empfindungen taumelte.

★

Das Haus der Possers war nur schwach beleuchtet. Die Straßenlaterne war weit entfernt und warf nur noch den Hauch eines Lichtstrahls durch die Bäume. Neben der vergitterten Tür war eine schwache Funzel angebracht, die gerade ausreichte, einen Schatten zu werfen. Die Nacht war kalt, zu kalt für November. Das Laub bedeckte die Wege, und ein kräftiger Windstoß hätte ihnen ein kurzes, raschelndes Leben einhauchen können. Doch nicht einmal der Wind wollte sich an diesem Abend in diesen düsteren Teil der Marienburg verirren.

Als Heribert Posser die Tür von innen aufzog, flammte gleißendes Licht des Bewegungsmelders auf. Die Dunkelheit zerstob, Garten und Haus präsentierten sich in ihrer kalten Nacktheit. Heribert trat einen Schritt in die Kälte hinaus und schlug den Mantelkragen hoch. Der Saum schlabberte um seine Fußgelenke. Er hatte wie immer eine Nummer zu groß gekauft.

»Bis nachher«, rief er ins Haus hinein. Das dumpfe Zuschnappen der Tür würgte die Frauenstimme ab.

Posser ging zu seinem Auto, das in der Einfahrt stand. Satt fiel die Fahrertür ins Schloß. Der Wagen rollte rückwärts die Einfahrt hinunter, wendete auf der Straße und rauschte davon. Drei Atemzüge später erloschen die Scheinwerfer. Die Dunkelheit schwappte zurück.

Ein Schatten hastete auf das Haus zu. Als er näherkam, umging er an die Wand gepreßt mit vorsichtigen, konzentrierten Schritten den Radius des Bewegungsmelders. Kleine, feuchte Atemwölkchen stiegen wie Rauchsignale aus dem Mund. Er erreichte die Tür. Die Funzel enthüllte eine schlanke Gestalt. Der offene Mantel fiel glatt an ihr hinunter. Big-Ben läutete seine elektronische Litanei. Der Mann trat von einem Bein aufs andere. Er hielt inne, als er Schritte vernahm. Die Tür öffnete sich. Ein breiter, warmer

Lichtstrahl entriß ihn der Dunkelheit. Dann fiel ihm Hermine um den Hals. »Da bist du ja endlich!«

»Isse gewese unmöglich schneller!«

Plötzlich stutzte Bastone und befreite sich aus ihrer Umarmung.

»Wasse war dasse?«

»Was?« Hermine zog den Kragen ihres Morgenrocks enger um den Hals.

»Da war doch eine Geräusch! So eine Klicklicklicklick! Wie von machina fotografica!«

»Ich habe nichts gehört!« Hermine warf einen gleichgültigen Blick in die Dunkelheit. Dann zerrte sie Mario hinein in den Flur.

»Komm schon! Komm rein!«

Sie riß ihm den Mantel vom Leib und nahm seinen Kopf in beide Hände. Sie sog sich an seine Lippen und schlang ein Bein um seine Hüften. Der Morgenrock klaffte über ihren Schenkeln auseinander. Dann fiel die Tür ins Schloß.

*

Für den organisierten Teil des Kölner Karnevals begann der *Elfte im Elften*, der Auftakt der Karnevalssession, mit einer Feierstunde im Rathaus. Mario Bastone konnte stolz darauf sein, in diesem Jahr zu jener erlauchten Schar zu gehören, die dem Festakt im Muschelsaal beiwohnte.

Im Saal herrschte alles andere als Karnevalsstimmung. Obwohl unzählige rotweiße Papiergirlanden von der Decke baumelten, wollte keine rechte Freude aufkommen. Draußen auf dem Alter Markt peitschte ein stürmischer Herbstwind den Regen waagerecht über den Platz. Die schweren, schwarzen Wolken hatten sich in den Domtürmen verfangen und kamen nicht eher los, bis sie ihre nasse Last über der Stadt losgeworden waren. Dennoch hatten sich schon jetzt einige wetterfeste Karnevalsbegeisterte auf dem Platz eingefunden, um den Beginn der närrischen Zeit um Elf Uhr elf in der ersten Reihe mitzuerleben.

Die Oberkarnevalisten, die hin und wieder vom Rathaus hinunter auf den Alter Markt schauten, beobachteten schaudernd den ungleichen Kampf der Schirme gegen das Wetter. Noch saß man im Trockenen. Doch unaufhaltsam nahte der Zeitpunkt, wo sich auch die Häuptlinge nach draußen begeben mußten, um sich dem närrischen Fußvolk zu zeigen und den offiziellen Beitrag zur guten Laune abzuliefern.

Der Saal war von gedämpftem Gespräch erfüllt. Man unterhielt sich mit leidverbrämter Miene über die Verdienste eines beliebten und stadtbekannten Musikers, den man vor wenigen Tagen auf Melaten unter die Erde gebracht hatte. Wieder einer weniger, der das kölsche Brauchtum hochhielt. Den Berufskarnevalisten wurde regelmäßig bang ums Herz, wenn sie der Notwendigkeit gewahr wurden, die Pflege der kölschen Traditionen in die Hände der nächsten Generation zu legen. Wo war der Nachwuchs?

Der Prinz Karneval der kommenden Session, eine der Hauptfiguren bei dieser Veranstaltung, war sichtlich nervös. Dies war der erste Ernstfall im karnevalistischen Einsatz. Bislang war alles nur Versprechen und Vorahnung, heute würde es Wahrheit werden: Manfred Althoff war der neue Prinz Karneval von Köln. Er fuhr sich über die wenigen gelockten Haare, die sich tapfer auf dem Hinterkopf gehalten hatten. An der heutigen Übung würde man ihn messen. Der heutige Tag konnte über Erfolg und Mißerfolg der ganzen Session entscheiden.

Bastone begrüßte Althoff mit einem segnenden Kuß auf die Stirn.

»Viele Gluck fur deine Prinzeschaft!« wünschte er und schüttelte ihm eifrig die Hand. Althoff nickte blaß und zog sich die weißen Handschuhe über die noch weißeren Finger.

Die Ehrengarde stellte in diesem Jahr die karnevalistische Dreieinigkeit: Prinz, Bauer und Jungfrau. Bastone war mit allen Dreien per Du. Posser konnte nur staunen, wie gut sich sein Schützling akklimatisiert hatte. In der Ehrengarde war er zu einem der beliebtesten Mitglieder avanciert. Immer ein Lächeln auf den Lippen und ein offenes Ohr für die Alltagsprobleme der neurotischen Saufkumpanen, hatte er sich mittlerweile sogar an das Bier gewöhnt. Anfangs, als er nicht mittrank, war er mißtrauisch beäugt worden. Nun trank er mäßig, aber regelmäßig, immer wenn es sich schickte, und die Ehrenkollegen waren beruhigt. Seitdem Bastone vom Leiter des Presseamtes der Stadt, der zugleich Kassierer im Vorstand der Garde war, für die Plakataktion *Mein Freund, der Ausländer* entdeckt worden war, war sein Lächeln stadtbekannt. Man konnte damit prahlen, ihn zu kennen. Posser allerdings verfolgte seinen Aufstieg mit zunehmender Skepsis. Er drohte, ihm zu entgleiten ...

Bastone nahm neben Knoll in der ersten Stuhlreihe Platz. Knoll saß breitbeinig auf seinem Sitz, die Hände über der hängenden Wampe gefaltet. Er war zufrieden mit »seinem Dreigestirn«. Auch wenn er in den langen Jahren des Dienstes am Karneval schon so manches Dreigestirn gekürt hatte, war es doch immer etwas Besonderes, wenn die Tollitäten aus den Reihen »seiner Garde« kamen. Allein das lose Mundwerk Manfred Althoffs machte ihm ein wenig Sorgen. Der quirlige Mann war von einer Originalität und Spontaneität, die einem Prinzen Karneval nicht schlecht zu Gesicht stand, auf der anderen Seite konnte das aber auch leicht zu Verwicklungen führen. Schließlich war der Prinz Karneval eine öffentliche Person, zumindest für die Dauer seiner Amtszeit. Als solche mußte er gewisse Grenzen des öffentlichen Anstands wahren. Wenn er, was er immer wieder gerne tat, die allzu fortschrittliche Gattin des Regierungspräsidenten eine Öko-Faschistin nannte, dann erntete er an karnevalistischen Stammtischen einige Pluspunkte. In der Öffentlichkeit aber konnte eine solche Äußerung zum Problem werden.

Nötiger als der spritzige Humor war für das Amt des Karnevalsprinzen Geld, und das nicht zu knapp. Karneval ist ein teurer Spaß, und je weiter man in die vordersten Reihen der Frohsinnsfront rückt, desto teurer wird er. Allein das handgefertigte Kostüm des Prinzen hätte so manches Jahresgehalt verschlungen. Doch Althoff saß im Vorstand eines großen Versicherungskonzerns, und damit sozusagen an der Quelle.

Bauer und Jungfrau, das schmückende Beiwerk des Prinzen, waren bei weitem nicht so einnehmend wie Althoff. Der Bauer Peter Karlian war ein wenig zu behäbig, die Jungfrau Alfred Alfridia Martinek ein wenig zu intellektuell, um das närrische Volk an sich zu binden. Aber Althoff würde sie schon bis Aschermittwoch mitschleifen, davon war Franzjosef Knoll überzeugt.

Bastone tippte ihn von der Seite an. »Isse schöne Dreigestirne«, bemerkte er zu seinem Präsidenten.

»Sicher dat«, erwiderte der. »Is ja auch unser Dreijestirn!«

Bastone lehnte sich wieder zurück und harrte gespannt der Dinge, die da kommen sollten. In gedämpfter Feierlichkeit waren fast alle Plätze im Saal besetzt worden. Der Regen tropfte noch immer beängstigend regelmäßig gegen die Fenster. Posser begab sich auf quietschenden Sohlen zum Rednerpult. Zur Feier des Tages hatte er eine besonders bunte Krawatte angelegt. Rote, grüne, gelbe und pinkfarbene Ballons balgten sich auf schwarzem Grund. Knoll schloß die Augen. Ein Ächzen ging durch den Saal. Possers Reden waren gefürchtet. Gewöhnlich fehlte ihnen jede, aber auch jede Spur von Witz.

Posser begann mit einigen bedauernden Bemerkungen zum plötzlichen und unerwarteten Dahinscheiden des Stadtmusikanten. Dann kam er auch schon zur Vorstellung der drei Gestirne. Erleichterter Beifall. Unter den Ovationen der stadthöchsten Beamten traten die karnevalistischen Regenten nach vorne. Bastones Augen glänzten. Während er begeistert applaudierte, lehnte er sich zu Knoll hinüber. »Isse meine Traume: Prinz Karneval von Kölle!« Knoll nickte der Einfachheit halber.

Während die drei Gestirne neben dem Rednerpult nervös von einem Bein aufs andere traten, ergriff Berthold Schlösser das Wort. Der Oberbürgermeister war ein leidlicher Redner. Er baute um das Motto des Rosenmontagszuges, in diesem Jahr *Opera Colonia*, einen kleinen, gefälligen Beitrag, der mit den Worten endete:

»Wir wollen uns wünschen, daß zum Wohle des kölschen Brauchtums in unserer schönen Stadt die Opera Colonia am Rosenmontag in ein furioses und harmonisches Finale ohne Mißtöne münden wird. Kölle alaaf!«

Während der Oberbürgermeister unter dem Beifall der Gäste dem Dreigestirn in einer symbolischen Geste einen riesigen Rathausschlüssel und damit die Herrschaft über die Stadt überreichte, flüsterte Bastone Knoll amüsiert zu, daß das diesjährige Motto zwar falsches, aber immerhin eindeutiges Italienisch sei. Knoll legte kopfschüttelnd die Stirn in Falten: »Dat is Kölsch, wat sonst?«

Bastone wollte ihm gerade die Zusammenhänge erläutern, als der Prinz das Wort ergriff:

»Sehr jeehrte Herr Oberbürjermeister, liebe Närrinnen und Narren, liebe Jäste. Nachdem Sie uns so nett empfangen haben, möchte ich Ihre werte Jeduld nicht allzulange auf die Probe stellen. Ich weiß, wie sehr Sie alle darauf brennen, dem närrischen Völkschen draußen auf dem Alder Maat die Ehre zu erweisen.« Skeptische Blicke zu den Fenstern. Der Prinz fuhr fort: »Jetreu unserem Motto *Mer singe un singe un singe* möchte ich Sie e bißche einstimme auf dat, wat uns in der nun vor uns stehenden Session erwartet.« Dann ergriff er beherzt und passend zu Obermotto und Untermotto die bereitstehende Gitarre und stimmte, ungeachtet ratloser Mienen, ein selbstkomponiertes Liedchen an. Die Karnevalsgewaltigen schwiegen eisig. Knolls schweres Doppelkinn sackte auf die Brust. Das war eine der Überraschungen, die er befürchtet hatte. Althoff brachte mit seinen eigenwilligen Vorstellungen jahrhundertealte Traditionen ins Wanken. Man sang nicht im Rathaus, man sang gefälligst draußen auf dem Alter Markt! Im Rathaus hielt man eine gesetzte Rede! Beim nächsten Mal würde er sich die Beiträge des Dreigestirns zur Zensur vorlegen lassen, so viel stand fest.

Doch der Prinz schlenderte trällernd und unverfroren durch die Stuhlreihen, als wäre er nicht im Muschelsaal des Kölner Rathauses, sondern im Musikantenstadl. Nachdem Althoff zwei Strophen absolviert und immer noch nichts von seiner fröhlichen Zuversicht abgelegt hatte, lösten sich zaghaft die ersten verschränkten Arme und begannen, mitzuklatschen. Hier und da wurde der schlichte Refrain »Mer singe un singe un singe, un woll'n üch Freude bringe« auch schon leise mitgesummt. Knoll hatte ihm fast schon verziehen, als Althoff den Saal zur Polonaise aufforderte und sich anschickte, die steife Schar singend und ohne Vorwarnung auf den Alter Markt zu entführen. Althoff marschierte tatsächlich schnurstracks auf den Platz hinaus, und siehe da, der vielbeschworene Petrus, der ganz offensichtlich Karnevalist oder zumindest Sympathisant war, hatte zwischenzeitlich die Wolken über der Stadt vertrieben. Die Sonne flutete verschwenderisch über Tausende von Karnevalsbegeisterten hinweg, die sich auf dem engen Platz drängten. Der steinerne Reitergeneral Jan van Werth, eine kölsche Indentifikationsfigur, obwohl von Geburt her eher ein Düsseldorfer, ließ seinen langen Schatten über die bunt kostümierte Menge streichen. Die gute Laune wogte zwischen den Häuserzeilen hin und her und mußte selbst den griesgrämigsten Zuschauer in ein Stimmungsbündel verwandeln. Der Troß der Offiziellen, an der Spitze der Prinz mitsamt Gitarre, bahnte sich mühsam einen Weg vom Rathaus zu der Bretterbühne, die auf der Stirnseite des Marktes aufgeschlagen war.

Mario Bastone fand sich mitten im Gewühl wieder. Mit staunenden Augen versuchte er, so viele Eindrücke wie möglich aufzuklauben. Noch nie hatte er sich in einer Menschenmasse so wohl gefühlt. Der begeisterte Trubel schwemmte ihn durch die Menge, von allen Seiten drang Musik auf ihn ein, Alaaf-Schreie klangen ihm in den Ohren, lachende, grell geschminkte Gesichter machten sein Herz weit und öffneten seine Kehle, so daß ein befreites Jauchzen herausscholl. Jetzt verstand Mario, was Hermine gemeint hatte. Das war der Puls der Stadt, der Durst nach Leichtigkeit und guter Laune, eine Stimmung, die Mario in einen Rausch stürzte wie sonst vielleicht nur der grenzenlos blaue Himmel seiner Heimat. Mario breitete die Arme aus. Er war bereit, sich treiben zu lassen.

Der Pulk näherte sich unaufhaltsam der Bühne. Der Prinz schlug weiter in die Seiten, während Bauer und Jungfrau eifrig Handküsse warfen. Sie ließen sich ausgiebig hochleben und genossen diesen ersten großen Auftritt fast so sehr wie Mario. Auf der Bühne stand bereits das Empfangskomitee. An der Spitze das Lokalheiligtum Willi Millowitsch. Willi hatte sich eines Mikrophones bemächtigt und feuerte den Troß der Karnevalisten mit den fetzigsten Karnevalsschlagern an. Es war eines der vielen Rätsel dieser Stadt, woher dieser Mann, der auf dem Erdboden mehr als hinfällig wirkte, die Kraft nahm, von einer schmalen Bretterbühne aus eine vieltausendköpfige Menge in Schwingungen zu versetzen. Sein schlohweißes Haupt pendelte unermüdlich auf dem Podium hin und her und wies dem Dreigestirn wie ein Leuchtfeuer den Weg.

Endlich erklommen sie die Bühne. Bastone wurde sofort rechts und links untergehakt und im Gleichklang mit der Menge wurde gesungen und geschunkelt, was Kehlen und Beine hergaben. Er spürte, daß er kein Fremder mehr war, daß er dazugehörte, auch wenn er die kölschen Texte noch nicht kannte. Doch wie die anderen trug er das längliche Mützchen, das ihn als Karnevalisten auszeichnete, besaß zwar noch keine der prächtigen Uniformen, gehörte aber immerhin schon zur ersten Garnitur der Stadt! Er schunkelte mit Macht, verteidigte wacker seinen Platz in der zweiten Reihe, unmittelbar hinter Dreigestirn und dem Vorstand der Garde. Und in Gedanken sah er sich bereits da vorne, in der ersten Reihe, vor sich, unter sich nur noch die bunte, tanzende Menge, umjubelt und bewundert vor der ganzen Stadt – seiner Stadt.

★

»So!« sagte Margot und ließ die alte Triumph-Adler krachend vor Friedrich auf den Schreibtisch fallen. Dann scheuchte sie ihn aus dem Sessel. »Mach Platz, hier kommt das Böse!« Friedrich blickte hilfesuchend zu seinem Vater hinüber. Doch Margot hatte es sich schon bequem gemacht.

»Was hast du vor?« fragte Friedrich.

»Ich werde den verehrten Herrschaften ein Briefchen schreiben, das sich gewaschen hat! Die werden noch merken, daß man uns nicht ungestraft Leichen in Bottiche wirft!« Margot spannte ein Blatt in die Maschine. Friedrich nahm auf dem Sofa Platz. Unruhig rutschte er auf dem Polster hin und her. Die ersten Anschläge krachten auf die Walze.

»*An das Festkomitee Kölner Karneval e. V.*«, sprach Margot laut mit. »*Sofern Sie Ihren Beschluß, unsere Firma mit sofortiger Wirkung nicht mehr mit der Süßwarenversorgung der Ihnen angeschlossenen Vereine zu beauftragen, aufrechterhalten, sehen wir uns gezwungen, folgende Informationen der Öffentlichkeit zugänglich zu machen.* Wie klingt das?«

Friedrich starrte vor sich hin. »Erpressung!«

»Auge um Auge ...«

Friedrich schüttelte den Kopf.

»Komm schon, Friedrich!! Die springen mit uns auch nicht gerade zimperlich um!« Sie wandte sich ihrer Maschine zu. »Also, was sollen wir schreiben?«

Friedrich zuckte mit den Schultern. »Welche Informationen hast du denn?«

»Ich habe keine Informationen ... «

»Was?«

»Ich habe keine Informationen.«

»Und womit willst du sie dann erpressen?«

»Mal sehen, was uns so einfällt ... «

Friedrich fuhr sich durch die Haare. »Was tust du da nur?!«

»Ich verhelfe den Guten zu ihrem Recht! Und in dem Fall sind wir die Guten!«

»Aber du willst sie erpressen!«

»Das Gutsein allein hat uns bisher nicht viel genützt ... «

»Du willst dich auf die Seite des Bösen schlagen?«

»Quatsch. Ich will sie mit ihren eigenen Waffen schlagen.«

»Wir werden auch im Bottich enden!«

»Du vergißt, wir haben Superman auf unserer Seite!« Margot klopfte zuversichtlich auf den Stapel Hefte, der auf dem Schreibtisch lag. »Also los!« Sie wandte sich der Tastatur zu.

»Ist es nicht merkwürdig, daß fast alle öffentlichen Bauaufträge der Stadt an einen Bauunternehmer gehen, der zufällig Karnevalist ist?«, tippte Margot in die Maschine. *»Und ist es nicht merkwürdig, daß vor dem Hochbauamt der Stadt Köln mittlerweile mehr Mercedesse parken als vor der Oper?«* Margot lehnte sich zurück und betrachtete den Satz. »Wie findest du das?«

»Woher hast du das?«

Margot zuckte mit den Schultern. »Pfff ... Man liest ja Zeitung.«

»Es klingt so ... so ... echt! Fast wie bei Luthor!« Friedrich sprang erregt vom Sofa und lief im Zimmer auf und ab.

»Weiter!« entschied Margot. »Prostitution. Wie sieht es damit aus?«

»Puh ... « Friedrich wurde rot.

»Ist es nicht sehr merkwürdig, daß der Besitzer des einzigen amtlich zugelassenen Bordells in Köln ein organisierter Karnevalist ist? Und ist es nicht sehr merkwürdig, daß bei den polizeilichen ›Betriebsprüfungen‹ niemals minderjährige Prostituierte aufgegriffen wurden, obwohl das Haus für diese Spezialität bekannt ist?« Margots Finger flogen über die Tasten. Friedrich war hinter sie getreten und beobachtete entsetzt, wie sie Schlag für Schlag das jungfräuliche Papier mit schwarzer Tinte besudelte.

»Das ist Metropolis«, rief er aus. »Genau das ist es! Er hat alle in der Hand! Alle arbeiten für Luthor! Genau wie dieser *Mille-Bacci*-Kerl!«

Margot stutzte und drehte sich ruckartig zu Friedrich um.

»Was meinst du damit? Wieso *Mille Bacci*?«

»Na dieser Bastone, der mir in Luthors Auftrag zwei Millionen geboten hat ... «

»Was hat der mit *Mille Bacci* zu tun?«

»So hieß seine Firma ... «

Margot stützte ihren Kopf in die Handflächen und überlegte: »Dieser Bastone hat behauptet, daß ihm *Mille Bacci* gehört?«

»Das hab ich dir doch erzählt! Oder hab ich dir das nicht erzählt?« Friedrich irrte im Zimmer umher. Er setzte sich auf das Sofa, sprang wieder auf, ging zum Fenster und starrte in die Dunkelheit hinaus.

Margot achtete nicht auf ihn. Ihre Gedanken schlugen einen Bogen, angefangen von dem Angebot, das man ihr gemacht hatte, wenn sie die Firma wechselte, über den Mann mit der Narbe, über die Leiche im Bottich, bis zu der Zwei-Millionen-Offerte ...

»Ich glaube, ich verstehe ... «, flüsterte sie, »ich glaube, jetzt verstehe ich!« Sie beugte sich wieder über die Maschine, ihre Finger strichen zögernd über die Tastatur. Dann hackte sie entschlossen auf die Tasten ein. Die Anschläge durchschlugen wie Schüsse die Stille.

»Ist es nicht äußerst merkwürdig, daß die angestammten Rechte einer angesehenen Kölner Traditionsfirma von heute auf morgen einer Firma übertragen werden, der keine Mafia-Methode zu dreckig ist, um einen Konkurrenten aus dem Feld zu schlagen?«

Margot setzte ab und ließ sich in den Sessel zurücksinken. »Ist das nicht alles sehr merkwürdig?« Sie knetete ihre Unterlippe.

»Er ist zu allem fähig. Er ist der größte Gangster aller Zeiten.« sprach Friedrich tonlos in die Dunkelheit hinaus.

»Er unterschätzt uns!« entschied Margot. »Wir haben nichts zu verlieren! Wenn wir das Karnevalsgeschäft nicht zurückbekommen, können wir den Laden dichtmachen!« Margot setzte sich mit einem Ruck auf und tippte den Brief zuende. Dann zog sie das Blatt aus der Walze und legte es neben sich auf den Tisch.

»Bitte unterschreib hier.«

Friedrich rührte sich nicht. Margot hielt ihm den Füller hin. Friedrich stand unentschlossen am Fenster. Margot stellte die Schreibmaschine zur Seite und räumte den Sessel. Zögernd setzte sich Friedrich hin. »Hier?« fragte er mit einem schüchternen Seitenblick zu Margot. Sie nickte. Friedrich legte den Kopf schräg, schob die Zunge durch die schmalen Lippen und setzte umständlich die Füllerspitze aufs Papier. Die Feder kratzte über den Bogen. Margot beobachtete ihn schweigend. Als er den Namenszug vollendet hatte, reichte er ihr schaudernd das Blatt.

»Das bedeutet Krieg!«

Margot nickte. Sie nahm das Blatt, faltete es sorgfältig und steckte es in einen weißen Umschlag.

»Es ist unsere letzte Chance!«

Sie verschloß den Umschlag und legte ihn auf den Tisch. Dann sah sie Friedrich erwartungsvoll an: »Und was machen wir jetzt mit der angefangenen Nacht?« Sie sah auf die Uhr. Mitternacht war lange vorbei.

»Schlafengehen?« fragte Friedrich und bemühte sich, Margots Blick auszuweichen.

»Ich bin aber noch gar nicht müde ...« sagte sie. Kurzentschlossen schwang sie sich auf seinen Schoß. Sein Kopf floh zur Seite, suchte Hilfe beim Vater, aber der warf ihm nur einen strengen Blick zu. Margot ergriff sein Kinn und zog sein Gesicht zu sich heran. »Mein kleiner Friedrich«, flüsterte sie und schob ihre Zunge zwischen seine Lippen. Der alte Sessel knarrte und ächzte. Sie krallte sich in seine Haare. Sie spürte das Feuer durch ihre Finger rinnen. Ein tiefer Seufzer brach aus ihrer Brust: »Endlich, Friedrich, endlich!«

★

Als Margot den schweren Filzvorhang beiseiteschob, schlug ihr eine würzigderbe Mischung aus abgestandenem Bier, Zigarettenqualm und Druckerschwärze entgegen. Das *Studio B* war seit jeher das Café Central der Kölner Journaille. Die Kneipe lag strategisch günstig zwischen dem Druckhaus M. DuMont Schauberg und dem WDR-Komplex. Sie war Hauptumschlagplatz für

Klatsch und Tratsch, den wichtigsten Handelsartikeln im neuzeitlichen Köln, und daher zu jeder Tageszeit brechend voll. Wer auf dem laufenden sein wollte im journalistischen Köln, der kam um das *Studio B* nicht herum. Auch in der Sendeanstalt war es ein offenes Geheimnis, daß ein Redakteur, der verkündete, er gehe ins Studio, meistens die Kneipe meinte.

Margot war noch nie hier gewesen. Als sie das Lokal betrat, drehten die Gäste die Köpfe zu ihr um. Da sie aber niemand von Belang war, wandte man sich schnell wieder seinem Glas zu. Das *Studio B* unterschied sich auf den ersten Blick nicht von anderen Kölner Traditionskneipen. Vom Butzenglasfenster bis zur Schnapsklingel war alles da, was man so zur Jemötlichkeit zählte. Nur die unvermeidliche Prominentenecke mit Originalautogrammkarten berühmter und beliebter Gäste nahm mehr Raum ein und war hochkarätiger besetzt als ähnliche Ecken in normalen Lokalen. Nicht jede Kneipe konnte mit einem *Thanks for the nice evening* von Frankie Boy Sinatra aufwarten.

In der hintersten Ecke entdeckte Margot einen jungen Mann mit karierter Krawatte und gelbem Pullunder, der sichtlich Mühe hatte, seine Position am letzten freien Tisch zu verteidigen. Margot wühlte sich durch die dichtgedrängte Menge. Auf halber Strecke gab sie sich dem Jungredakteur durch einen Wink zu erkennen. Der sprang erleichtert auf, wetzte um den Tisch herum und schob einen Stuhl für Margot zurecht.

Als Margot sich bis zu ihm durchgekämpft hatte, verbeugte er sich tief, wahrscheinlich um den feuchten Händedruck wettzumachen, und schob ihr dann den Stuhl unter.

Die rötliche Färbung seines Gesichtes erinnerte Margot ein bißchen an Friedrich. Aber es funkelte etwas in seinen blauen Augen, daß sie abschreckte: ein Ehrgeiz, der notfalls über Leichen ging. Aber dann, dachte sie, dann war er der richtige Mann.

»Manfred Jungbarth«, sagte er und reichte ihr seine Karte.

Er hatte die Stimme gesenkt und sah sich immer wieder nach allen Seiten um. Margot stellte die schwarze Aktenmappe auf ihren Schoß. Jungbarth heftete gierig seinen Blick darauf.

»Sie haben da also eine Story ... « begann er.

Margot nickte. »Ich sage Ihnen, die Sache ist so heiß, wenn das rauskommt, dann rollen Köpfe in Köln.«

Jungbarth rollte die Augen. »Glauben Sie mir, ich bin der richtige Mann dafür!« Er beugte sich weit zu ihr vor. »Worum geht es denn?«

»Mafia«, flüsterte Margot zurück.

Jungbarth lehnte sich enttäuscht zurück: »Alter Hut.«

Zwei Gläser Kölsch landeten vor ihnen auf dem Tisch. Jungbarth nahm einen Schluck. Margot schob das Glas zur Seite und winkte Jungbarth wieder zu sich heran. Sie spitzte die Lippen. »Einer der ehrenwertesten Kreise Kölns macht mit der Mafia gemeinsam Sache!«

Jungbarths Augen blitzten auf. »Welcher Kreis?«

»Das Festkomitee Kölner Karneval e.V.«, flüsterte Margot und betonte jedes Wort. Jungbarth pfiff leise durch die Zähne und sah sich um.

»Wie sicher sind Ihre Informationen?«

»Hundertprozentig«, sagte Margot und klopfte auf die Aktenmappe, »aus erster Hand!«

Jungbarth nickte. Er lehnte sich zurück und versuchte, gleichgültig zu wirken. Doch das Funkeln in seinen Augen bekam er nicht mehr unter Kontrolle. »Was wollen Sie dafür?«

»Einen Artikel«, sagte Margot.

Jungbarth wog bedächtig den Kopf hin und her. »Das ist doch nicht etwa eine Rachekiste oder so etwas?«

Margot schüttelte entschieden den Kopf. »Mir geht es darum, diese Stadt sauberzuhalten«, erklärte sie mit etwas zu viel Pathos in der Stimme.

Jungbarth nickte. »Darum geht es uns doch allen: um unser geliebtes Köln.«

Er rückte sein Kölschglas beiseite und verlangte mit ausgestreckten Fingern nach der Mappe. Margot überreichte sie ihm zögernd. Sie enthielt ein paar lose, eilig zusammengetippte Blätter, die in der Hauptsache schilderten, wie die Firma *Kutscher und Söhne* unter Druck gesetzt worden war, und die in einer wilden Spekulation über eine Erpressung des Festkomitees durch Bastone gipfelten.

Als das schwarze Leder über den Tisch glitt, hätte man eine Stecknadel fallen hören können. Aller Augen waren auf die wandernde Mappe geheftet. Erst als sie sicher in Jungbarths Händen lag, wurden die Gespräche wiederaufgenommen. Jungbarth wartete, bis sich der Raum allmählich wieder mit gedämpftem Gemurmel gefüllt hatte. Dann wagte er, die Mappe zu öffnen. Raschelnd fuhren seine Finger über die Seiten. Aber er traute sich nicht, die Blätter herauszunehmen. Er preßte die Mappe an seine Brust, entschlossen, sie notfalls mit dem Leben zu verteidigen.

Er beugte sich wieder zu Margot vor. »Mir ist auch schon ein Titel eingefallen: *So jeck sind unsere Jecken*! Ein bißchen volkstümlich, verstehen Sie, das kommt an.« Er stürzte sein Kölsch herunter, nickte ihr zum Abschied kurz zu und stand auf. Die Arme fest um das Leder gelegt, bohrte er sich gesenkten Kopfes durch die Menge nach draußen.

★

»*Sofern Sie uns nicht binnen zweier Tage in unsere angestammten Rechte setzen, werden wir geeignete Schritte ergreifen. Wir sind überzeugt, daß sich die Lokalpresse mit Freude auf unser kleines Informationspaket stürzen wird! Hochachtungsvoll, Friedrich Kutscher.*«

Posser ließ das Blatt sinken und blickte ernst in die Runde. Niemand wagte, etwas zu sagen. Possers Blick blieb an Bastone hängen. Wer hatte ihn bloß eingeladen? War er schon so dreist, sich selbst zu den Sitzungen des Festkomiteevorstands einzuladen? Aber eigentlich war es ganz nützlich, daß er da war.

Posser hatte beschlossen sich zurückzuhalten. In dieser Situation konnte er nicht gewinnen. Aber Bastone konnte alles verlieren, ohne daß Posser einen Fingerschlag dazu beitragen mußte. Die Mafia-Passage in dem Brief hatte alle aufhorchen lassen.

Bastone erwiderte standhaft Possers Blick. Wenn sie auch Gegner waren, so lag doch zwischen ihnen ein tiefes Einverständnis, ein beiderseitiges Gespür für den Ernst der Lage. Auch Bastone wußte, daß es ums Ganze ging. Er räusperte sich, rutschte auf die vorderste Kante der Polstergarnitur und ergriff das Wort:

»Isse lächerlich die ganze Brief! Kutscher hatte sich damit selber geschlage k.o.! Gesellschaft von Ehremänner kann nicht susammearbeite mit gemeine Erpresser!«

Posser wunderte sich, wie selbstverständlich Bastone das Wort *Erpresser* von den Lippen ging. Aber er hielt sich zurück. Seine Augen suchten Hermine, die ihren Kopf tief über die Handarbeit gebeugt hatte. Er wartete eine Weile, ob sie seinen Blick erwidern würde und wandte sich dann enttäuscht wieder dem versammelten Haufen Elend zu. Die Mitglieder des Festkomitees hockten mit hängenden Köpfen auf der Posserschen Sitzgruppe. Sogar Heinz Bäcker hatte kapiert, daß es heute keinen Grund zum Singen gab. Endlich sprach Ferdinand Strumpe aus, was alle dachten:

»Wenn der damit zum *Express* jeht, dann künne mer enpacke!«

Bastone schüttelte energisch den Kopf: »Was isse damit? Isse nix! Isse 'andvoll Spinnereie von Schwachkopf!«

»Schwad nit, Jung!« Strumpe von der Prinzengarde reckte sich auf dem Sofa zu seiner vollen Größe auf, die selbst im Sitzen recht eindrucksvoll war. »Wenn dat mit dem Puff in dr Zeidung steht, dann kommen schwere Zeiten auf uns zu!«

»Auch dat Verzällscher aus dem Hochbauamt is nit ohne ... « fügte Knoll hinzu.

»Un et klingt janz so, als hätte der noch einijes in dr Hinterhand!« befürchtete Willi Brückner von der Bürgerwehr. Er sah immer am schwärzesten von allen. Heinz Bäcker, der neben ihm kauerte und das Gesicht in den Händen verborgen hielt, schluchzte auf:

»Dat dat noch ens eruskütt, nach all den Jahren, wer hätte dat jedach?!«

Bäcker nahm die Hände vom Gesicht, um nach einem Taschentuch zu suchen. Eine dicke Träne kullerte über seine Wange. Betretenes Schweigen senkte sich in die Runde.

»Un dat nennst du eine handvoll Spinnereien?« fuhr Strumpe schließlich Bastone an. »Du muß noch einijes lernen, Jung!«

»Möcht nit wissen, wat der noch all weiß ... « bangte Brückner.

Bäcker schluchzte herzzerreißend. Das Kölsch stand auf dem Tisch und wurde schal.

»Woher bloß?« warf Posser leise in die Runde.

Eisiges Schweigen. Man beäugte sich mißtrauisch. Verrat? Die mißtrauischsten aller Blicke sammelten sich auf Bastone.

Plötzlich geschah etwas Unerhörtes, etwas, das noch nie zuvor geschehen war: »Ist doch ganz egal, woher der Kutscher seine

Informationen hat. Tatsache ist, daß er euch erpreßt! Wollt ihr euch erpressen lassen?« erhob Hermine ihre Stimme.

Heribert preßte die Lippen aufeinander. Nicht genug, daß sie sich einmischte, sie bereitete auch noch Bastone den Weg! Er warf ihr einen bösen Blick zu. Doch Hermine beachtete ihn nicht. Ihre Augen suchten Bastone. Aber Bastone starrte schweigend auf sein Kölschglas, das er in den Händen drehte. Das Klappern ihrer Nadeln wurde nervöser.

»Was meint Kutscher eigentlich mit Mafia-Methoden?« fragte Posser.

»Dat möcht ich och ens jän wisse!« stimmte Strumpe ein.

Bastone zuckte mit den Schultern und warf Strumpe einen gleichgültigen Blick zu: »Weiß ich, was geht vor in Kopf von eine Verrückte?«

»Aber die anderen Behauptungen klingen doch alle sehr vernünftig«, wandte Heribert ein.

Bastone sah zu ihm herüber. Er zog eine Augenbraue hoch und nickte kurz in Hermines Richtung. Posser verstand die Botschaft. Er hätte Bastone den Todesstoß versetzen können, hätte einfach nur die Wahrheit auf den Tisch zu legen brauchen, und Bastone wäre geliefert gewesen. Doch Bastone ließ keinen Zweifel daran, daß das auch der Todesstoß für seine Ehe sein würde. Und Posser wußte, daß er es sich nicht leisten konnte, auf diese Weise seine Ehefrau zu verlieren. Sein karnevalistisches Ansehen stand ohnehin auf schwachen Beinen.

»Du mußt verstehen, daß uns dieser Vorwurf ein wenig beunruhigt«, lenkte Posser ein.

Bastone grinste. Sein dünnes Bärtchen schwang sich zu einem kühnen Bogen auf.

»Isse lächerlich! Gebe euch mein Ehrewort, daß mein Firma niemals 'at etwas zu tun ge'abt mit sizilianische Mafia!« Zur Bekräftigung legte er die Hand auf seine Brust.

Strumpe wollte sich nicht damit zufrieden geben: »Ävver wie kütt der drob?«

Bastone lehnt sich gelassen zurück: »Isse nicht sehr kompliziert, zu mache Verbindung zwische Sicilia und Mafia ...«

Hermine erhob sich und verschwand in die Küche. Strumpe wußte nicht mehr, was er noch einwenden sollte.

»Dann stelle ich hiermit fest, dat sich Kutscher mit dieser Vorgehensweise selbst disqualifiziert hat. Das Festkomitee Kölner Karneval e.V. läßt sich nicht erpressen! Es bleibt dabei, daß Kutscher der Auftrag entzogen wird«, beschloß Heribert.

»Soll ich das ins Protokoll nehmen?« fragte Reinertz.

Heribert warf ihm einen strengen Blick zu: »Über den janzen Vorfall wird selbstverständlich absolutes Stillschweijen jewahrt!«

»Un wat is, wenn der Kutscher wirklich zum *Express* läuft?« bangte Brückner.

»Jenau, wat maache mer dann?« fragte Strumpe.

»Iche werde ihn 'indern!« sagte Bastone lächelnd.

»Wie das?« fragte Posser erstaunt.

Hermine kam wieder herein. In den Händen trug sie Goldschälchen voller Knabbergebäck und Pralinen. Sie stellte sie vor Bastone auf den Tisch.

»Mache euch keine Sorge, wird schon gehe!« Bastone lächelte geheimnisvoll in die ratlose Runde. Knoll rutschte nach vorne, um besser an das Gebäck heranzukommen. Als Hermine ihre Hand zurückzog, streifte sie Bastones Wange. Bastone schien die zärtliche Geste nicht bemerkt zu haben. Posser allerdings war sie nicht entgangen. Wut stieg in ihm auf. Wer war dieser Bastone, daß er mehr bewirken konnte als der gesamte kölsche Klüngel, der in diesem Raum vereinigt war?!

»Jeht es etwas jenauer?« drängte er auf ihn ein.

Bastone wies ihn mit einer knappen Geste ab.

»Darf nicht verrate meine Tricke«, lächelte er.

Ein Stöhnen ging durch die Runde. Posser kniff die Augen zusammen. Er kannte in Köln nur einen Menschen, der verhindern konnte, daß eine heiße Story im *Express* veröffentlicht wurde.

»Aber ich 'abe meine Preis!« fügte Bastone hinzu, ohne daß sein Lächeln auch nur um einen Grad verrutschte. »Ich will werde Prinze Karnevale von Kölle!«

Die Mitglieder des Festkomiteevorstandes erstarrten auf ihren Plätzen. Hermine wandte sich ab und ging nach oben. Posser hörte, wie sich ihre Füße unsicher über die Stufen tasteten. Es war so still im Haus, daß Posser das Ticken der Schwarzwälder Kuckucksuhr hören konnte, die seine verstorbene Mutter vor

Jahren von einer Kur mitgebracht hatte, und die, in dicke Filztücher gewickelt, in einer Truhe auf dem Speicher lag.

»Nit möglich!« brach es aus Strumpe heraus.

»Wie stells du dir dat vür?!« dröhnte Knoll.

»Dat jeht nit! Da wird noch eher en evangelische Frau Papst!« Brückner hatte die Sache auf den Punkt gebracht. Posser schwieg.

»Das isse meine Preis!« wiederholte Bastone.

Knoll versuchte es auf die vernünftige Tour. »Ävver Jung, övverlääch doch ens: die Session is aanjelaufe, mer han doch schon ene Prinz! Un außerdem«, er holte tief Luft, »is diese Stadt noch nit bereit für ene auswärtije Prinz!«

»Jenau!« sagte Brückner.

Bastone zuckte mit den Schultern: »Isse meine Preis!«

Strumpe erhob sich vom Sofa und baute sich in seiner vollen, stolzen Größe vor Bastone auf: »Jung, vun mir us kannst du Kaiser vun China werden, ävver Prinz Karneval vun Kölle wirst du nur über meine Leiche!«

Beifälliges Gemurmel aus den Reihen der Karnevalisten. Sie sahen sich schon als die letzten Vertreter einer untergehenden Welt.

Der Kölsche Karneval, eine der letzten Bastionen der streng nach deutschem Reinheitsgebot gebrauten Gemütlichkeit, würde der multikulturellen Verwurstung zum Opfer fallen, würde den gleichen, verhängnisvollen Weg gehen wie Reeperbahn und Oktoberfest!

Eine düstere Vision senkte sich in die Possersche Stube:

Japaner, die als Fotoapparate verkleidet im Rosenmontagszug mitmarschieren, um die besoffenen Einheimischen am Straßenrand zu fotografieren! Amerikaner, die den Dom mit ausländischen Zahlen bekritzeln, ihn Stein für Stein abbauen, um ihn nach Oregon zu transportieren und dort als McDonalds wiederaufzubauen! Die Gardeuniformen, der Stolz jedes aufrechten Karnevalisten, wandern als Kleiderspende nach Schwarzafrika! Der Rhein wird nach Rom umgeleitet, Jazzmusik statt Blasmusik, Rap statt Marsch, Paella statt Kamelle, Kölschtrinken verboten, Weltuntergang!

»Wir haben keine andere Wahl«, sagte Posser ruhig und erntete verzweifelte Blicke.

»Nur über meine Leiche«, wiederholte Strumpe und ging. Posser holte ihn an der Haustür ein und schleppte ihn nach einem kurzen Handgemenge zurück in die Runde.

»Iche werde sein keine schlechte Prinz!« beteuerte Bastone lächelnd. »Iche werde Kölsch spreche lerne und singe lerne!«

Brückner stöhnte auf. Heinz Bäcker kicherte vor sich hin.

»Um den Manni Althoff tut et mir wirklich leid«, seufzte Knoll. Er fixierte Bastone durch die getönten Brillengläser. »Eins sag ich dir: Wenn du uns verarschst, dann hast du in Kölle keine ruhije Minute mehr.«

Bastone wischt die Unterstellung mit einer Handbewegung vom Tisch:

»Iche werde dafür sorge, daß die gefährliche Kutscher-Papier verschwindet von Bildfläche. Ihr werde dafür sorge, daß ich kann antrete Nachfolge von Alt'off so schnell wie möglich!«

Strumpe erhob sich wieder. »Damit han mer nix ze donn! Dat is en internes Problem der Ehrenjarde!«

Knoll nickte und schaute zu Posser hinüber. Posser war in sich zusammengesunken und rührte sich nicht.

»Mir maache dat schon«, sagte Knoll und löste die Runde auf.

Einer nach dem anderen schlich sich davon. Derart betrüblich war noch keine Sitzung zuende gegangen. Heinz Bäcker, der sich vom Sofa quälte, klopfte Posser auf die Schulter und sagte: »Jung, ich jlaub, et is Zeit für mich, dr Hoot ze nehmen!«

Ohne eine Antwort abzuwarten drehte er sich um und ging.

Als Posser die Tür ins Schloß fallen hörte, rappelte er sich mühsam auf und ging nach oben. Er wußte nicht mehr, wie das alles angefangen hatte, und erst recht wußte er nicht, wo das noch hinführen sollte. Er spürte, daß er Trost brauchte. Er öffnete die Tür zum Zimmer seiner Tochter und lauschte. Nichts zu hören. Sie übernachtete wohl wieder einmal in einem fremden Bett.

Er öffnete die Tür zum Schlafzimmer seiner Frau. Leises Schluchzen schlug ihm entgegen. Posser stand einen Augenblick unschlüssig im Türrahmen. Dann zog er die Tür von außen wieder zu.

*

Bastone rief Äßer noch in der gleichen Nacht vom Autotelefon aus an. Er wußte, daß Äßer niemals schlief. Tag und Nacht hockte er in seinem Louis-Seize-Sessel, flankiert von den beiden Telefonen, und sponn seine Fäden.

»Äßer.«

»Bastone 'ier. Isse schon wieder passiert große Mist!«

»Tatsächlich? Irjendswie scheint der Wurm drinzusein.«

»Kutscher 'at erpreßt ganze Festkomitee!«

»Erpreßt?« Äßer untersuchte seine Fingerspitzen. »Wie schafft denn der duselije Kutscher, jemanden zu erpressen?«

»Wo'er soll wisse iche? Isse Tatsache, daß er 'at gefährliche Informazione, un will gebe an *Espresse*, wenn ihn Festkomitee nicht gibt zurück Kamelleauftrag!«

Äßer schwieg. Bastone hörte ein Lutschgeräusch aus der Muschel dringen.

»Iche 'abe gesagt, daß iche sorge dafür, daß Artikel nicht erscheint.«

»So? Hast du dat?«

»Sisi! 'abe gedacht, daß ihr das 'inkriegt schon. War einzige Möglichkeit. Sonst Festkomitee wäre umgekippt!«

»Wir werden sehen, was ER dazu sagt.«

»Kutscher 'at be'auptet, daß alte Mario Bastone isse unter eine Decke mitte Mafia!«

»So? Hat er dat?« Äßer kicherte leise vor sich hin.

»Isse nicht komisch!« schimpfte Bastone. »Isse gewese eure Idee, zu bluffe mit Mafia!«

»Hat doch funktioniert!« sagte Äßer.

»Idee war Scheiße! 'atte ruiniert meine gute Ruf! Bald wird glaube ganze Stadt, daß alte Mario isse Mafioso!«

Äßer hörte auf zu lachen.

»Mach dir keine Sorjen. Wir werden dat schon wieder jradebiejen, verlaß dich drauf!«

»'abe schon gemacht erste Schritt.« Mario grinste.

»Na fein! Dann is ja alles paletti!«

»Alles paletti, wenn ER sich kümmert um Kutscherpapiere.«

»ER wird sich kümmern«, versicherte Äßer.

»Jut«, sagte Bastone. Er übte schon mal den kölschen Dialekt. »Danne tschö!«

»Tschö«, erwiderte Äßer anstandslos.

*

Althoff sah aus wie ein Hofnarr kurz vor seiner Enthauptung. Er fühlte sich auch so. Er kauerte auf dem gepolsterten Schemel, der eigentlich für seine Füße bestimmt war. Das glitzernde Prinzenkostüm war ihm plötzlich viel zu groß geworden. Die weißbestrumpften Beine ragten staksig aus der Pluderhose heraus. Seine bleichen Hände lagen kraftlos auf den Knien und wirkten wie die aufgesteckten, filigranen Gliedmaßen einer Porzellanpuppe. Das seidengewirkte Stadtwappen auf seiner Brust war eingefallen und zerknautscht und das halb lockige, halb kahle Haupt schien auch ohne die Hilfe eines Henkers im nächsten Moment vom Hals rollen zu wollen.

Posser hatte sich abgewandt. Er schaute aus dem Fenster im neunten Stockwerk, wo die Prinzensuite lag, hinunter auf die Dächer der Stadt. Althoff tat ihm leid. »Dä Typ es fäädisch!« dachte er mit Wolfgang Niedecken, und was die Sache noch verschlimmerte: Althoff konnte nichts dafür. Er war das Bauernopfer in einem Spiel, in dem er nicht mitspielen durfte.

»Wir haben keine Wahl jehabt!« beschwor ihn Posser. »Er hat uns einfach erpreßt!«

Althoffs Kopf sank noch tiefer auf die Brust. Er hob eine der Porzellanhände und schob die Brille auf dem Nasenrücken zurecht. Eine Träne tropfte von seiner Wange. Posser stand da, peinlich berührt, die Hände hilflos in den Hosentaschen vergraben, und wandte Althoff den Rücken zu. Althoff schniefte. Endlich drehte sich Posser um.

»Nun nimm et doch nit esu schwer!«

»Du häs jut reden! Weiß du eijentlich, wat dat hier für mich bedeutet?« Althoff zupfte am seidenen Stadtwappen auf seiner Brust. »Nä, ich kann et nit maache.«

»Denk doch mal an all die Fahrzeuge, die mir bei euch versichert haben, un all die Zugwagen, du nimms uns ja die Vertrauensbasis. Un außerdem wird dich der Bastone anjemessen entschädijen.«

»Wat heißt hier anjemessen?! Dat kann man jar nit abschätzen, wat ich verliere! Allein der Bekanntheitsjrad! Un die Publicity!« Althoff schluchzte. »Un, nich zu verjessen, der emotionale Schaden! Wie will der mich dafür entschädijen?« Althoff zupfte ein Taschentuch aus den Falten des Kostüms und tupfte die Tränen vom geschminkten Gesicht.

»Ich denke, wir werden eine jroßzüjije Rejelung finden.«

Althoff schwieg und dachte nach. Prinzenwürde hin oder her, der Entschluß war offensichtlich unumstößlich, also hieß es, sich so gut wie möglich aus der Affäre ziehen.

»Un övverhaup, wie wollt ihr dat dann der Öffentlichkeit erklären, dat dr Prinz jefeuert is?«

Posser atmete auf. Endlich konnte man Nägel mit Köpfen machen! Er setzte sich Althoff gegenüber und sah ihm in die rotgeränderten Augen.

»Wie wör et, wenn du dich aus jesundheitlichen Jründen ... ?«

»Dat kommmt schon mal jar nit in Frage«, unterbrach ihn Althoff. »Da bin ich jeschäftlich erledigt. Dat klingt zu sehr nach Herzinfarkt!«

»Hmm. Un wie wär et mit persönlichen Gründen?«

»Wat soll dat dann heißen?«

»Nichts Bestimmtes. Es kann alles mögliche heißen. Zum Beispiel, dat deine Mutter im Sterben liegt, dat deine Frau dem Streß nit mehr jewachsen is, dat dinge Tochter e Kind kritt ... «

»Nä, nä, nä!« Althoff schüttelte entschieden den Kopf. »Dann sagen nachher alle, ich würd nur minger Famillisch noh dr Pief tanze! Nä, nä, so jeht dat nit!«

Posser strich sich nachdenklich über die Haare.

»Ich darf nit als der Dumme dastehn, verstehst du?« erklärte Althoff. Possers Hirn arbeitete auf Hochtouren.

Was wir brauchen, ist ein Unfall! dachte er. Ein netter, kleiner Unfall in der Öffentlichkeit, der nicht den Geruch einer Finte an sich trägt. Nichts allzu Ernstes, aber doch ernst genug, den amtierenden Prinzen glaubwürdig in den vorzeitigen Ruhestand zu schicken. Posser schlug sich auf die Schenkel. »Ich hab's, du brichst dir ein Bein!«

Althoff sprang entsetzt auf und zeigte Posser einen Vogel: »Bist du verrückt! Weißt du eijentlich, wie weh dat tut?«

Posser hob beschwichtigend die Hände. »Aber doch nit richtig! Wir inszenieren einen kleinen Sturz, am besten auf offener Bühne! Et muß nur echt aussehen! Danach kris du dann e Jipsbein verpaßt, zur Tarnung, un schon sin mer parat!«

Althoff stand unschlüssig im Raum herum, wie ein Ballettänzer, der seinen Einsatz verpaßt hatte. »Wenn dat nur jut jeht«, bangte er. Sein Blick fiel auf die prächtige, straßbesetzte Narrenkappe mit den langen Fasanenfedern, die auf einem Perückenkopf parkte. Er riß die Kappe vom Styroporkopf und pfefferte sie in die Ecke.

»Dat jeht jut, mach dir keine Sorjen«, sagte Posser. Er erhob sich und strebte zum Ausgang, ehe Althoff es sich anders überlegen konnte. »Ich kümmere mich darum, dat du weich fällst!«

Althoff stand wie angewurzelt in seiner Suite und verabschiedete sich von einem schönen Traum. Erst als die Tür hinter Posser zuschnappte, erwachte er zu neuem Leben. Er wirbelte herum und lief hinterher. Er erwischte ihn vor den Aufzügen.

»Et darf nit weh tun, hörst du!«

Posser warf ihm einen Blick zu, der beruhigen sollte. Doch Althoff wurde nur noch blasser um die Nasenspitze.

Es klingelte. Die Aufzugtüren glitten leise summend auseinander. Posser verschwand in der Kabine.

»Un denk dran, mit dem Bastone über einen anjemessenen Schadensersatz zu sprechen«, brüllte ihm Althoff nach. Dann rauschte der Aufzug auch schon abwärts.

⋆

»Jetzt bin ich aber mal gespannt«, sagte Margot und breitete den *Express* auf Friedrichs Schreibtisch aus. Friedrich suchte die Schlagzeilen ab. Kein Wort von den *jecken Jecken*.

»Naja, für einen Aufmacher ist es vielleicht nicht skandalös genug«, beruhigte sich Margot. Sie schlug die Zeitung auseinander.

Friedrichs Blick blieb am prallen Busen auf Seite drei hängen. Margot blätterte um. Auch auf den folgenden Seiten: Fehlanzeige. Das Papier raschelte immer schneller in Margots Händen. »Das muß doch irgendwo ...« stammelte sie vor sich hin.

Sie war auf der letzten Seite angelangt.

»Das versteh ich nicht...« murmelte sie. Mit fahrigen Fingern blätterte sie die Zeitung noch einmal von hinten nach vorne durch.

»Tja, mit solchen Methoden kommst du gegen Lex Luthor nicht an!« sagte Friedrich.

»Hör doch endlich auf mit deinem blöden Geschwätz!« fuhr sie ihn an. Sie war wieder auf der Seite Eins angelangt. Mit bebenden Händen griff sie zum Telefon. Friedrich wandte sich kopfschüttelnd ab.

»Guten Tag, hier spricht Margot Herbst von der Firma Kutscher und Söhne. Ich hätte gerne Herrn Jungbarth gesprochen.... Ja, ich warte.«

Friedrich ging mit unsicheren Schritten auf das Bild seines Vaters zu. Margot beobachtete ihn. Je näher er dem Porträt kam, desto stockender wurden seine Schritte. Schließlich blieb er mit gesenktem Kopf, das schmale Kinn auf die Brust gepreßt und die Hände hinter dem Rücken gefaltet, vor Wilhelm Adolf stehen.

»Was soll das heißen, er ist für mich nicht zu sprechen? Und der Chefredakteur? Ja, bitte ...« Margot hielt die Muschel mit einer Hand bedeckt. »Sie wollen mich verdammt noch mal nicht mit ihm sprechen lassen«, flüsterte sie Friedrich zu. Friedrich rührte sich nicht.

»Ja, hier spricht Margot Herbst, Kutscher und Söhne. Ich hatte auf Ihre Empfehlung hin Herrn Jungbarth einige Informationen zukommen lassen ... Ja ...? Was soll das heißen, nicht aufrechtzuerhalten? Das ist ja lächerlich! Hören Sie ... Hallo? Hallo?« Margot ließ den Hörer auf die Gabel sinken. »Ich bin mir sicher, freiwillig hat dieser Jungbarth nicht auf den Artikel verzichtet! Du hättest ihn sehen müssen ...«

»Wahrscheinlich ist er längst tot«, flüsterte Friedrich. Er trat einen Schritt an das Porträt heran, umfaßte dann den Rahmen und nahm es mit einem beherzten Ruck von der Wand.

»Was tust du da?« schrie Margot auf. Sie fiel ihm in den Arm. »Das Bild hängt da seit dreißig Jahren!«

Friedrich ließ sich nicht beirren. »Er hat gesagt, er kann es nicht mit ansehen, wenn seine Firma vor die Hunde geht.«

»Du läßt das Bild gefälligst hängen!« Margot versuchte, Friedrich den Rahmen zu entwinden. Doch Friedrich hatte seine dürren Finger in die barocken Schnörkel gekrallt. Margot wunderte sich, woher er plötzlich die Kraft nahm. Mit einer eleganten Bewegung stieß sie ihm ein Knie in den Unterleib. Friedrich schrie auf und ließ das Bild fallen. Der Rahmen krachte auf den Boden, das Glas zersplitterte, doch die Leinwand blieb unbeschädigt. Margot kniete sich vor Friedrich, nahm seinen Kopf in beide Hände und bedeckte sein Gesicht mit Küssen. »Verzeih mir bitte! Ich kann es nur nicht ausstehen, wenn du dich so aufgibst ... «

Friedrich zog ihre Hände von seinem Gesicht. »Ich will mich jetzt aber aufgeben! Ich habe keine Lust mehr auf diesen Kampf! Das hat doch alles keinen Sinn!«

Margot stand auf, strich ihren Rock glatt und sah stolz auf Friedrich hinunter. »Es hat immer Sinn, für sein Recht zu kämpfen!«

»Ich will aber nicht kämpfen!« heulte Friedrich auf. »Ich bin kein Held!«

»Aber du kämpfst Seite an Seite mit Superman!«

Friedrich sah zu ihr auf und verzog den Mund zu einem schrägen Lächeln. Er erhob sich, strich seine Cordhose glatt, klemmte das Bild des Vaters unter den Arm und ging dann zum Porträt des Großvaters hinüber. Margot ließ es zu, daß er Großvater von der Wand nahm.

»Und was willst du jetzt tun?« fragte sie.

Friedrich nahm den Großvater unter den anderen Arm.

»Verkaufen.«

»Feigling!« zischte Margot. »Du überläßt Luthor das Feld!« Friedrich ging an ihr vorbei zur Tür.

»Ich werde nicht an Luthor verkaufen.«

»Sondern?« Margot lächelte spöttisch.

Friedrich schob mit dem Fuß die Tür auf und ging zur Treppe. »Da wird sich schon jemand finden.«

Margot rannte ihm hinterher. »Du bist ein gotterbärmlicher Feigling!« Sie blieb oben an der Brüstung stehen. Friedrich war schon auf dem Weg nach unten.

»Du wirst das gar nicht schaffen, ohne meine Hilfe!« schrie sie zu ihm hinunter. Aber Friedrich drehte sich nicht einmal um. Er verschwand mit den Gemälden im Keller.

★

Althoff hatte den Fall bis zur Perfektion geprobt. Bauer Peter und Jungfrau Alfridia, seine närrischen Mitstreiter, durften nicht wissen, daß Althoff seinen Abgang vorbereitete. Da sie aber die angrenzenden Suiten im *SOS-Hotel*, wie sie ihre Fünf-Sterne-Residenz scherzhaft nannten, bewohnten, blieben ihnen die Vorbereitungen nicht ganz verborgen. Althoff hatte eine spezielle Falltechnik entwickelt, die einen schmerzlosen Aufprall versprach. Er hatte herausgefunden, daß die Landung auf Bauch und Brust, bei angewinkelten Unterarmen und angespannter Muskulatur nicht die geringste Verletzungsgefahr in sich barg. Um die Technik zu perfektionieren, hatte er in den letzten Tagen, so oft es ging, die Matratze vom Bettgestell gezerrt, sie vor dem Bett auf dem Boden ausgebreitet und sich dann vom unteren Bettrand aus einen guten Meter weit in die Tiefe gestürzt. Immer und immer wieder. Selbst bei einem leichtgebauten Menschen wie Althoff konnte diese Übung nicht unbemerkt vonstatten gehen. Von Bauer und Jungfrau auf das rhythmischen Rumsen angesprochen, das aus seiner Suite dröhnte, redete sich Althoff vage mit einer besonderen Gymnastik heraus.

»Muß sich um eine Art Bibelweitwurf handeln«, vermutete Jungfrau Alfridia in ihrer humorigen Art. Althoff fiel herzhaft in ihr Gelächter ein, und damit war die Sache erledigt.

Der Ernstfall aber nahte unerbittlich. Posser hatte ein Heimspiel, die Herrensitzung der Ehrengarde nämlich, für die *Aktion Prinzensturz* ausgewählt. Hier war man unter sich. Knoll, der natürlich eingeweiht war, würde die Sitzung leiten, und der übrige Elferrat war, so hoffte Posser, zu stumpfsinnig, um irgendeinen Verdacht zu schöpfen.

Althoff hatte an diesem Abend Lampenfieber wie noch nie. Seit Beginn des neuen Jahres hatte er nun schon gut zwei Dutzend Male auf der Bühne gestanden, gut zwei Dutzend Male seine frohsinnige Rede samt musikalischer Beilage gehalten, und immer war er gut angekommen. Eigentlich schade, daß er einen solchen Abgang bekommen mußte.

Der Einzug des Dreigestirns in den Gürzenich, den altehrwürdigen Kölner Festsaal, war triumphal. Die anwesenden Herren standen zwar nicht auf den Stühlen vor Begeisterung, wie das häufig bei Mädchensitzungen vorkam, aber immerhin begleitete man den Auftritt des närrischen Trifoliums mit ausgelassenen Klatschbewegungen.

Knoll in seiner Aufgabe als Sitzungspräsident wälzte sich von seinem Amtsstuhl herunter und eilte Althoff mit ausgebreiteten Armen entgegen. Er hatte im Laufe des Abends schon einiges zu sich genommen und daher Schwierigkeiten, den Schwung seines mächtigen Körpers unter Kontrolle zu halten. Althoff warf sich ihm mit der vollen Wucht seiner zierlichen Statur entgegen, damit sie nicht schon vorzeitig und zudem auf der falschen Seite von der Bühne kippten. Knoll richtete sich an ihm wieder auf und begrüßte ihn lauthals. Dann hielt Althoff seine kurze Ansprache an das närrische Volk. Langsam sickerte der Angstschweiß unter seiner hoheitlichen Narrenkappe hervor.

Daß ihm die Worte etwas stockender als gewöhnlich von den Lippen kamen und auch der Gesang bei weitem nicht so fröhlich klang wie sonst, bemerkte zu dieser späten Stunde niemand mehr. Als er geendet hatte, brandete der gewohnte Jubel auf. Die Ehrengarde feierte ihren Prinzen. Doch Althoff fiel es an diesem Abend schwer, den Beifall zu genießen. Er blickte sich immer wieder nervös nach allen Seiten um und versuchte, sich auf den entscheidenden Moment zu konzentrieren. Dann entdeckte er den Unglücksengel, der sich mit einem Dschungel aus drei riesigen Blumensträußen auf die Bühne schlich. Althoffs Herz stockte bei dem Anblick.

Ehe er sich wehren konnte, hatte Knoll ihm einen der Sträuße in die Hand gedrückt. Althoff streckte verzweifelt das fulminante Gebinde von sich. Das Zellophanpapier, das die überwiegend gelben Nelken umhüllte, hatte die Ausmaße eines Fesselballons. Er versuchte, den Strauß an ihre Lieblichkeit Jungfrau Alfridia weiterzureichen. Die aber lehnte dankend ab; sie hatte mit ihrem eigenen Ballon zu kämpfen. Althoff fühlte sich am Ellenbogen gepackt und zur Empore des Elferrates gezogen, wo er für den Rest der Sitzung neben Knoll thronen sollte. Doch dazu durfte es nicht mehr kommen ...

Althoff stolperte über die Stufen auf die Empore. Er bemühte sich, das Blumendickicht zur Seite zu pressen, um besser sehen zu können. Durch einen gelbgrünen Zellophanschleier konnte er die Matratze erahnen, die verabredungsgemäß hinter dem Platz des Sitzungspräsidenten, und damit unsichtbar für das Publikum, bereitlag. Althoff maß die Höhe. Es mochte sogar etwas weniger sein als die Probehöhe, die er bei seinen Übungen im Hotel problemlos weggesteckt hatte. Wenn nur dieser verdammte Strauß nicht wäre! Das Zellophan knisterte an seiner Brust. Nur noch wenige Schritte ... Wie wäre es, wenn er den Strauß im Fallen weit von sich schleuderte ... aber nein ... das sähe zu spektakulär aus. Wo war die Matratze? Schon vorbei? Nein, da war sie wieder! Jetzt!

Er trat ins Leere. Im Fallen preßte er den Strauß so fest es ging an den Brustkorb. Ein Schmerz im Finger – ein Rosendorn hatte sich hineingebohrt. Er verpaßte ganz knapp den Moment, in dem er seinem Körper die letzte, entscheidende Drehung geben mußte. Kurz vor dem Aufprall bemerkte er, daß seine Körperhaltung ziemlich erbärmlich war. Dann plumpste er wie ein Sack auf die rechte Seite. Seine Schulter knackte unerfreulich, und sein Kopf schlug raschelnd in den Zellophanballon. Rosendornen zerkratzten sein Gesicht. Aber das war nur ein leises Kitzeln verglichen mit dem Schmerz, der ihn von der Schulter her durchbohrte. Er hörte noch ein verblüfftes Raunen aus der Tiefe des Saales. Dann hörte er nichts mehr.

*

Heribert konnte sich eines leisen Unwohlseins nicht erwehren, als er das Krankenzimmer betrat. Diese spezielle Krankenhausaromamischung aus Blut, Leid und Desinfektionsmittel hatte ihm schon immer zu schaffen gemacht.

Althoff lag unter einem weißen Laken. Bis auf den rechten Arm, der senkrecht und eingegipst in die Höhe stach, war nichts von ihm zu sehen. Als Posser an der Bettkante stand und sich räusperte, kam Leben in den Wäschehaufen. Unter dem Laken erschien tastend ein zweiter Arm. Die Hand griff nach einem grauen Kästchen und drückte auf einen Knopf. Ein Elektromotor sprang an, und surrend hob sich das Kopfteil des Bettes. Erst als die Matratze fast senkrecht stand, fiel das Laken herunter und gab Althoffs Oberkörper frei. Posser sprang erschrocken einen Schritt zurück.

Althoff steckte von den Brustwarzen bis zu den Schultern in einem Gipskorsett. Der rechte Arm stand steif vom Körper ab, als würde er nicht dazugehören. Außerdem trug Althoff eine Halskrause, da nicht nur das Schlüsselbein gebrochen, sondern obendrein der zweite und dritte Halswirbel verrenkt waren.

Heribert versuchte zu lächeln. In der einen Hand trug er einen Blumenstrauß, in der anderen schwenkte er die neueste Ausgabe des *Express*.

»Wo soll ich die Blumen hinlegen?« fragte er. Seine Kehle war knochentrocken.

»Ins Klo, aber verjiß nit, abzuziehen!«

Posser verzog den Mund zu einem erbärmlichen Lächeln. Er legte den Strauß dort ab, wo Althoffs Füße sein mußten. Dann setzte er sich auf die Bettkante.

»Darf ich?« fragte er, als er schon saß.

Althoff versuchte, sich abzuwenden. Aber sein geschundener Körper erlaubte nur ein paar hilflose Zuckungen. »Wenn du willst, dat nit noch ein Unjlück passiert, dann donn die Blume fott!« zischte er.

Posser warf den Strauß auf den Boden.

»Manni, ich kann dir jar nit sagen, wie leid mir dat tut«, sagte Posser und legte seine Hand auf den geschienten Arm. Althoff versuchte, den Arm wegzuziehen, aber es wurde nur ein sinnloses Beben daraus.

»Dat wird teuer, sag ich dir, dat wird teuer!« grummelte er.

Posser schlug die Zeitung auseinander. *Tragischer Unfall. Prinz gestürzt* stand da in blutroten Lettern und, etwas kleiner, *Wer kann ihn ersetzen?*. Die halbe Seite war ausgefüllt mit einem Foto vom Ort des Geschehens. Das Bild war allerdings von Zuschauerraum aus fotografiert. Man sah lediglich die Mitglieder des Elferrats, die ratlos auf der Empore standen und hinter sich nach unten schauten. Rechts daneben ein kleines Foto von Manfred Althoff in glücklicheren Tagen, in Zivil mit Tochter und Ehefrau. Posser hielt Althoff die Zeitung unter die Nase.

»Ich will dat jar nit sehen«, flehte Althoff, während er die Seite mit den Augen verschlang.

»Dat is ne Schlagzeile, was? Ganzseitig mit Foto!«

Althoff antwortete nicht. Seine Blicke sogen sich an der Zeitung fest. Viel zu schnell nahm Posser sie wieder weg.

»Hör mal, hier«, sagte er und las vor: »Dieser Prinz wird nicht leicht zu ersetzen sein. Der Nachfolger wird es schwer haben, die Sympathien des närrischen Volkes, die Prinz Manfred dem Dritten überall nur so zuflogen, aufs Neue zu erobern.« Posser ließ die Zeitung herabsinken. »Mensch Manni, wenn dat keine Publicity is!«

Althoffs Augen glänzten. »Meinst du? Jlaubst du nit, die Lück werden sagen: Do kütt der jestürzte Prinz?«

»So ne Kappes! Du bis im Feld verwundet! Verwundet im Kampf um Ruhm und Ehre deiner Vaterstadt Colonia!«

»Meins du wirklich?«

»Bestimp!«

Althoffs Körper straffte sich, daß das Gipskorsett krachte. »Ja, der wird et schwer han, dieser Italiener, mich zu ersetzen!«

Posser atmete auf. Das war es, was ihn groß gemacht hatte! In jeder Situation der passende Ton! Er rückte sich auf der Bettkante zurecht. »Wir werden seine Ernennung morgen der Presse bekanntgeben. Heute tritt der Vorstand zusammen. Muß ja alles seine Ordnung haben«, sagte er beiläufig.

Althoff nickte stumm. Eine Weile saßen die beiden Männer schweigend nebeneinander und hingen ihren Gedanken nach. Dann fragte Althoff leise: »Heribert?«

Heribert wandte sich ihm zu.

»Die Ärzte sagen, ich käme eventuell in sechs Wochen schon wieder raus.«

»Na, wie schön für dich!«

»Dat heiß, dat ich vielleicht am Rusemondaach schon widder fit bin!«

Posser seufzte.

»Vielleicht kann ich ja doch noch irjendwo auf nem Wagen mitfahren? Oder nur im Baggagewagen ... Is doch nur eimol im Johr Rusemondaach!« Althoff sah ihn mit einem Blick an, der Steine zum Heulen gebracht hätte.

»Ich werde sehen, wat sich machen läßt ... « wich Posser aus.

»Dat wäre fantastisch!« jubelte Althoff.

»Ich han noch nix versproche ... «

»Danke!« Althoffs linke, freie Hand griff nach Heribert. Er erwischte ihn am Oberschenkel und drückte ihn. »Ich bin dir ja so dankbar!«

Heribert sprang auf. »Ich muß dann weiter ... jeschäftliche Termine, du weißt schon ... viel Arbeit im Moment ... « Heribert bewegte sich rückwärts auf die Tür zu.

»Trotzdem, schön, dat du vorbeijekommen bis!«

»Ävver dat war doch selbstverständlich. Tschö dann, un jute Besserung.«

Althoff winkte ihm freudig hinterher, bis die Tür ins Schloß fiel. Als Heribert draußen auf dem Gang war, schüttelte er verwundert den Kopf und strich sich die rot-weiß-gestreifte Krawatte glatt. Manchmal war ihm seine Wirkung auf Menschen fast ein wenig unheimlich ...

⋆

Heribert hatte beschlossen, nicht mehr zurück ins Büro zu fahren. Seine Mitarbeiter waren es gewohnt, daß der Chef während der Karnevalszeit kaum verfügbar war. Mit ruhiger Hand lenkte er den Mercedes über die Bonner Straße, Richtung Marienburg. Im Radio spielten sie den alten Bläck-Föös-Schlager, der inzwischen zur Kölner Lokalhymne avanciert war: *Mer losse dr Dom in Kölle*. Posser sang aus voller Kehle mit, reine Gewohnheit. Auf dem Beifahrersitz lag noch ein zweiter Blumenstrauß. Er war für Hermine bestimmt. Heribert hatte sich entschlossen, die Gunst seiner Frau zurückzugewinnen. Er war bereit, großzügig über dieses Techtelmechtel hinweg zu sehen, wenn Hermine die Affäre für beendet erklärte. Schließlich waren sie keine Kinder mehr. Außerdem konnte auch Heribert auf einige Fehltritte in den mehr als dreißig Jahren funktionierender Ehe zurückblicken. Er hatte immer einen Weg gefunden, sich sauber und ohne viel Aufhebens aus der Affäre zu ziehen. Warum sollte das Hermine nicht möglich sein?

Es regnete, wie so oft in diesem lauen Winter. Die wuchtigen Reifen der Limousine saugten sich schmatzend die Einfahrt hinauf. Posser hielt an und lauschte auf den Anti-Rhythmus, den der Regen auf das Dach trommelte. Es hörte sich nicht so an, als würde es in nächster Zeit aufhören zu regnen. Einmal mehr verfluchte er die Bauherren des Hauses, die ausgerechnet an der Garage gespart hatten. Posser griff nach dem Blumenstrauß, schwang sich aus dem Auto und hastete über die Steinplatten zum Haus. Er klingelte. Big-Ben ertönte, doch niemand öffnete. Mißmutig suchte er nach seinem Hausschlüssel. Nun wollte er Hermine einmal überraschen, und dann war sie nicht da.

Das Schloß schnappte auf. »Hermine?«

Keine Antwort. Heribert zupfte das Zellophanpapier in Form.

»Hermine?«

Wo konnte sie bloß um diese Zeit stecken?

»Schätzchen?«

Wenn sie selbst auf *Schätzchen* nicht reagierte, dann war sie nicht da, soviel stand fest.

Heribert legte die Blumen in die Küche. Er zog sein kariertes Jacket aus, hängte es sorgfältig auf einen Garderobenbügel und lockerte die stadtfarbene Krawatte. Irgend etwas war ihm ins Auge gefallen, das seinen Verdacht erregte. Doch was war es? Heribert sah sich im Flur um. Hermines Mantel! Er hing wie immer in der Garderobe! Und wenn er dort hing, dann war sie auch zu Hause.

Heribert streifte die Schuhe ab und machte sich leise auf den Weg nach oben. Die Treppe knarrte unter seinen Schritten, aber nichts rührte sich. Die Tür zum Schlafzimmer stand einen Spalt weit offen. Heribert schlich sich an. Als er nur noch einen Katzensprung von der Tür entfernt war, hörte er ein Geräusch. Heribert lauschte. Das klang wie Atmen! Nur schwerer! Ja, das waren lange, schwere Luftzüge!

Posser stürmte ins Schlafzimmer. Die Tür knallte gegen irgend etwas, daß es schepperte und klirrte. Hermine lag breitbeinig auf dem zerwühlten Bett. Sie war nur mit ihrem bordeauxroten Morgenrock bekleidet, der über den Oberschenkeln weit auseinanderklaffte. Heribert starrte wie hypnotisiert auf das schwarze Dreieck. Die kurzen, krausen Härchen reckten sich ihm entgegen. Fast hätte Heribert ihren Anblick erotisch gefunden, wenn nicht aus Hermines weitgeöffneten Mund Laute gedrungen wären, die man nur mit einigem Wohlwollen als menschlich bezeichnen konnte. Niemals hatte er seine Frau so schnarchen gehört.

Ungläubig trat er einen Schritt näher, beugte sich zu ihr hinunter und zuckte sofort zurück. Ihr Atem hätte selbst einen schottischen Whiskybrauer in die Flucht geschlagen. Heribert setzte sich auf die Bettkante und versuchte, sie mit abgewandtem Gesicht wachzurütteln. Dabei fiel sein Blick auf die leeren Flaschen, die im Zimmer verteilt herumlagen. Wodka, Whisky, Cognac, alles, was die Hausbar hergab.

Endlich zeigte das Rütteln Wirkung. Hermines Körper regte sich. Ihr Oberkörper richtete sich schwerfällig auf, dann ordnete sie ihre Beine und kletterte um Heribert herum aus dem Bett. Mit geschlossenen, oder zumindest nicht erkennbar geöffneten Augen wankte Hermine aus dem Zimmer hinaus auf den Flur. Heribert faltete die Hände und wußte nicht, ob er beten solle, daß sie die Treppe hinunterstürzt.

Laute Würgegeräusche, durch die Resonanz der Kloschüssel wirkungsvoll verstärkt, zeigten ihm an, daß sie das Bad erreicht hatte. Dann hörte er die Wasserspülung rauschen und setzte eine gestrenge Miene auf. Hermine kam in das Schlafzimmer zurückgetapst, schien ihn aber nicht zu bemerken. Heribert räusperte sich. »Hermine«, sagte er im vorwurfsvollsten Ton, der ihm zur Verfügung stand, »was soll das?!«

Hermine hatte sich schon wieder hingelegt. Sie streckte ihm ihr Hinterteil entgegen.

»Tu mir 'n Gefalln«, hörte er sie nuscheln, »unschüddll misch nischo. Davon wird mir nämsch schlescht.«

Heribert stand auf und verließ mit gesenktem Kopf ihr Zimmer. Den Blumenstrauß warf er in den Müll.

*

Äßer saß inmitten seiner pulsierenden Kölnisch-Wasser-Wolke und preßte die Fingerspitzen gegeneinander. Die Fingerkuppen wölbten sich fleischrot unter den abgeknabberten Nägeln hervor. Er hatte die Augen geschlossen und konzentrierte sich auf diesen nadelspitzenfeinen Schmerz, der von den Fingerspitzen ausging. Hin und wieder genoß er es, in eines dieser Schmerzbäder einzutauchen. Als das Telefon klingelte, dauerte es eine Weile, ehe er den Hörer abnehmen konnte.

»Äßer«, flüsterte er benommen in die Muschel.

»Wird auch Zeit!« polterte es ihm entgegen.

ER war wütend, das hörte Äßer sofort. Er duckte sich in den Sessel.

»Ich habe es langsam satt! Dieser Italiener macht, was ihm gefällt, und heraus kommt nur Scheiße!« dröhnte ER.

»Wat is denn passiert?«

»Das will ich dir sagen: Kutscher will verkaufen, aber nicht an uns, das ist passiert! Und Possers Ehe ist so gut wie hinüber, das ist passiert! Und Bastone, diese schmierige Schlange, schickt sich an, Kölner Karnevalsprinz zu werden. Das ist passiert! Weiter nichts!«

»Hm.«

»Das kannst du laut sagen! Wir hätten uns niemals mit ihm einlassen sollen!«

»Meinen Sie, er hat uns verarscht?« Äßer lutschte am linken Zeigefinger herum.

»Das wollen wir ihm nicht geraten haben!« SEINE Stimme war tief und kraftvoll. ER hätte Priester werden sollen! dachte Äßer.

»Ich finde, mer sollten ihn beichten lassen«, schlug er vor.

»Gute Idee!«

»Karnevalsprinz will er werden?« fragte Äßer. Warum hatte er noch nichts davon gehört?

»Er läßt sich schon das Kostüm schneidern!«

»Da han mer doch auch noch e Wörtsche mitzureden!« Äßer grinste gequält.

»Alles muß man selber machen!« raunzte ER noch, dann knackte es in der Leitung. ER hatte aufgelegt. Äßer wog nachdenklich den Hörer in der Hand. »Dieser Jauner! Dieser jottverdammte Jauner!«

*

Sabine hatte es nie für nötig gehalten, ihr Zimmer abzuschließen. Hermine hatte immer viel Verständnis für ihre Tochter gehabt und eine Menge Zeit und Mühe darauf verwandt, dieses Verständnis auch in Heriberts Hirn zu pflanzen.

Der Neue hieß Andreas. Andreas war Student an der Sporthochschule, Fachbereich Schwimmen. Sabine liebte athletische Körperformen. Sie genoß es, den Männern beim Ausziehen zuzuschauen, genoß es, wie sie Pfund für Pfund ihres Fleisches freilegten und es ihr stolz präsentierten. Und wenn sie dann diese harte, glatte Spannung, die die Schwimmer auszeichnet, auf sich spürte und in sich, dann ließ sie sich genußvoll zwischen den Muskelfelsen zermahlen, solange, bis sie nur noch Lust war, Lust und Bewegung.

Sie war hart an der Lustgrenze, als sie von der Tür her ein Geräusch vernahm. Sie zwang sich innezuhalten. Andreas blieb im Rhythmus. Er hatte anscheinend nichts gehört. Sein wuchtiger Oberkörper versperrte ihr die Sicht zur Tür.

»Andreas«, flüsterte sie.

»Sag jetzt nichts!«

Er hatte die Augen geschlossen. Ein dünner Schweißfilm lag auf seiner Haut. Er roch ein wenig nach Chlor.

»Andreas!«

Sabine war raus. Sie fühlte nichts mehr, außer der unbestimmten Ahnung, daß da noch jemand im Zimmer war.

»Andreas, da is jemand!«

»Nicht jetzt ...«

Sabine holte aus und ließ ihre Hände auf Andreas Po heruntersausen. Ein nasses Klatschen. Seine Pobacken wackelten unter ihren Fingern wie Götterspeise. Andreas riß die Augen auf: »Sag mal, spinnst du?!«

Sabine nutzte den Augenblick der Verblüffung, um seinen Oberkörper ein wenig zur Seite zu schieben. Der Blick auf die Tür wurde frei und Sabine stieß einen schrillen Schrei aus. Andreas wirbelte herum, von ihr herunter und versuchte, sich unter dem Bettlaken zu verstecken.

Im Türrahmen stand Hermine. Sie war nackt bis auf das Whiskyglas, das sie lässig in der linken Hand schwenkte. Mit dem anderen Arm hatte sie sich gegen das Holz gelehnt. Das braune Haar hing in Strähnen von ihrem Kopf herunter. Ihre Wangen waren eingefallen, sie hatte dunkle Ränder unter den Augen, als hätte sie nächtelang nicht geschlafen. Ihre Nacktheit war so erotisch wie die einer Leiche. Dennoch war sie sichtlich bemüht, verführerisch auszusehen. Ihr schmales Becken hatte sie in einem gewagten Schwung vom Rumpf abgeknickt.

»Was machst du da?« fragte Sabine stockend.

»Isch seh euschu.« Hermine hatte die Worte mühsam zusammengeklaubt.

»Ich will das nicht«, sagte Sabine, um Fassung bemüht. »Geh bitte und mach die Tür hinter dir zu!«

Hermine rührte sich nicht. Sabine versuchte, Andreas einen Zipfel des Lakens abzuringen. Doch Andreas hatte das Bettuch bis zum Kinn gezogen und gab nicht einen Milimeter davon frei. Er starrte Hermine an wie das Kaninchen die Schlange.

»Wasch glotschtu mischo an? Bisch wohl scharf auf misch?«

»Mama! Ich bitte dich!« Sabine hatte den Kampf um das Laken aufgegeben. Sie kletterte aus dem Bett und ging entschlossen auf ihre Mutter zu. Hermine musterte sie vom Scheitel bis zur Sohle. Schließlich ließ sie ihren Blick auf Sabines Scham ruhen. Sabine packte ihre Mutter am Oberarm und schob sie behutsam nach draußen.

»'schja schon gut, ich nehm ihn dir nisch weg!«

Hermine beugte den Kopf zurück und schickte den restlichen Whisky auf die Reise. Dann tippte sie mit dem leeren Glas an die Stirn. »Junger Mann, wenn Sie hier fertig sind ...«

Sie wandte sich um und torkelte von dannen, das leere Glas und ihre Hüften in weitem Bogen durch die Luft schwenkend. Sabine knallte die Tür hinter ihr ins Schloß und drehte den Schlüssel zweimal um. Erschöpft lehnte sie sich gegen das Holz.

»Was war das?« stammelte Andreas. Seine Nasenspitze lugte blaß aus dem Laken hervor. Sabine stieß sich von der Tür ab und kroch zu ihm unter die Decke. Andreas zuckte zusammen, als sie ihn berührte.

»Das war einmal meine Mutter.«

★

»Das ist aber schön, daß du mich im Büro besuchst!« Heribert eilte seiner Tochter mit offenen Armen entgegen. Sabine ließ sich lustlos an die Brust drücken.

»Wart's ab.«

»Wie lange ist es her, daß du das letzte Mal hier warst? Da warst du noch ein kleines Mädchen«, Heribert zeigte mit der Hand die mutmaßliche Größe. »Soooo klein.«

Sabine nahm einen Kaugummi aus dem Mund und warf ihn in hohem Bogen in den Papierkorb. »Lall nicht dumm rum, Papa! Wir müssen mal'n paar Takte ernsthaft miteinander reden.«

Heribert nickte. Das Lächeln verschwand aus seinem Gesicht. »Es geht um Mama, nicht wahr?« Er ließ sich in seinen Sessel fallen. Sabine setzte sich ihm breitbeinig gegenüber.

»Sie ist in letzter Zeit wohl ein wenig unglücklich ... «

»Ein wenig unglücklich!«, äffte Sabine ihren Vater nach. Dann zeigte sie ihm einen Vogel. »Die ist total ausgetitscht!«

Heribert saß wie versteinert da. »Aber was soll ich denn machen? Dieser Italiener hat ihr den Kopf verdreht!«

»Ach du liebe Kacke, Papa, was sollst du da wohl machen?« Sabine sah ihn vorwurfsvoll an. »Also entweder du läßt dich scheiden ... «

Heribert sprang wie von der Killerbiene gestochen aus dem Sessel.

»Bist du von allen guten Geister verlassen?«

»... oder du strengst dich ein bißchen an!«

Er ließ sich wieder zurückfallen.

»Hmm. Wie meinst du das?«

»Komm schon, Papa«, sagte Sabine, »nach zweiunddreißig Jahren ist eine Ehe so spannend wie eingeschlafene Füße! Mich wundert das nicht, daß der Signor Amore sie vom Hocker gehauen hat.«

»Er wird es nicht wagen!« sinnierte Heribert vor sich hin. »Wir haben eine Abmachung.«

»Eine Abmachung?« Sabine rutschte auf dem Sessel hin und her. »Du liebe Kacke, was soll das denn sein? Wenn Mama sich in den Kerl verknallt hat und der im Bett einigermaßen was drauf hat, kannst du dir deine Abmachung in die Haare schmieren!«

Heribert schoß das Blut in den Kopf. »Sag mal, wie sprichst du eigentlich über die Ehe deiner Eltern?«

Er fuchtelte hilflos mit ausgestrecktem Zeigefinger über den Schreibtisch hinweg. »Ich möchte so eine ungehörige Äußerung niemals wieder hören!«

»Also ehrlich Papa«, Sabine beugte sich nach vorne und zerrte eine zermatschte Kaugummipackung aus ihrer Gesäßtasche, »eure Ehe interessiert mich nicht die Bohne. Aber wenn meine Mutter anfängt, spätabends im Morgenrock zur nächsten Tankstelle zu fahren, um sich Nachschub für die nächste Dröhnung zu besorgen, dann interessiert mich das!«

»Sie tut was?« Heribert sprang aus dem Sessel und rannte zum Fenster. Sabine wickelte in aller Seelenruhe den Kaugummi aus dem Papier.

»Das ist noch so ziemlich das Harmloseste! Du solltest mal wieder zu Hause vorbeischauen ...«

Heribert starrte eine Weile auf die braune Brühe, die der Rhein vor seinem Fenster vorbeischob. Dann senkte er den Kopf.

»Du weißt doch, Karnevalszeit ...«

Sabine steckte sich den Kaugummi in den Mund. »Du mußt dich eben entscheiden.«

Heribert schwieg.

»Weißt du, hin und wieder so ein bißchen Abwechslung, das hält die beste Ehe auf Trab«, verkündete Sabine. »Nur wenn so was wie Liebe ins Spiel kommt, dann hat die Ehe ausgeschissen. Und ich fürchte, sie hat sich nun mal in den Typen verknallt. Und wenn der sie auflaufen läßt, um so schlimmer.«

Heribert starrte wieder auf den Rhein hinaus. Doch der schwemmte leider keine Lösung vorbei, wenn er auch sonst alles mögliche mit sich spülte.

Sabine erhob sich. »Auch wenn's mir persönlich schleierhaft ist, aber irgendwann wird dich die Mama wohl mal geliebt haben. Vielleicht schaffst du's ja, 'n bißchen davon aufzuwärmen ... «

Heribert rührte sich nicht vom Fleck. Sabine war schon fast draußen, als sie sich noch einmal umwandte. »Ach übrigens, ich ziehe zu Andreas. Kannst dir ja schon mal Gedanken machen, wieviel du so im Monat rüberschiebst. Tausend sollten schon drin sein.« Sabine zog die Tür hinter sich zu. Heribert konnte seine Augen nicht von der gleichmäßigen Trägheit des Flusses wenden.

Wer zum Teufel war Andreas?

*

Bastone hatte die Posser-Karosse im Rückspiegel sofort erkannt. Er kniff die Augen zusammen, konnte aber nicht ausmachen, wer hinter dem Lenkrad saß. Es war schon lange dunkel, und unaufhörlich prasselte der Regen auf die Stadt herab. Die Spiegelungen der Leuchtreklame verwandelten die Luxemburger Straße in eine einzige funkelnde Farbpfütze. Bastone hatte Mühe, die Fahrspur zu erkennen. Die Scheibenwischer kamen kaum noch nach. Italienische Autos sind für so ein deutsches Mistwetter eben nicht ausgelegt! Er trat aufs Gaspedal und beobachtete den Posser-Mercedes, der einen Satz machte und ihm nachpreschte, im Rückspiegel. Bastone wechselte auf die Überholspur. Der Mercedes tat es ihm schlingernd gleich. »Merda!« ärgerte sich Bastone und beschleunigte. Die Linksabbiegerampel zeigte glücklicherweise grün. Bastone bremste seinen Fiat scharf ab und bog auf den Militärring ab. Er beschleunigte wieder. Eine kurze Zeit war er allein in der Dunkelheit, dann tauchten die Scheinwerfer des Mercedes wieder im Rückspiegel auf. Der Wagen hatte sichtlich Schwierigkeiten, in der Spur zu bleiben. Bastone schlug wütend auf das Lenkrad. Ein aufsehenerregender Unfall hatte ihm jetzt gerade noch gefehlt!

Er setzte den Blinker, bremste den Fiat sanft ab und fuhr rechts an den Straßenrand. Der Mercedes schoß an ihm vorbei. Dann flammten grell die Bremslichter auf, die Reifen blockierten, der Wagen rutschte einige Dutzend Meter weiter und kam dann knirschend an einem Leuchtmast zum Stehen. Die Fahrertür öffnete sich und eine schlanke, lange Gestalt wankte heraus. Hermine!

Bastone schaltete das Warnblinklicht ein. Hermine kam torkelnd auf ihn zu. Mario öffnete seinen Gurt und sprang auf die Straße. Er schaute sich um. Weit und breit war kein anderes Auto zu sehen. Der Regen schlug ihm ins Gesicht. »Biste wohl verlasse von alle gute Geister?« schrie er ihr entgegen.

Statt einer Antwort fiel sie vor ihm auf die Knie. Das Wasser spritzte gegen seinen neuen grauen Anzug.

»Verlasch msch nsch!« flehte sie.

Bastone vermied es, in ihre glasigen Augen zu schauen. »Biste besoffe! Steh auf!«

In seinem Rücken hörte er ein Auto heranrasen. Als es vorbeirauschte, schwappte das Spritzwasser über Hermine hinweg. Bastone machte einen Satz zur Seite und sah dem Wagen hinterher. Er wartete darauf, daß der Fahrer anhielt, um nach dem Rechten zu sehen. Doch die Rücklichter entfernten sich schnell. Er wandte sich wieder Hermine zu.

Sie sah aus wie eine Meerjungfrau nach einem Tankerunglück.

»Frau«, sagte Bastone beschwörend, »geh nach 'ause zu deine Mann!«

Hermine heulte auf, ließ sich nach vorne kippen und fiel klatschend gegen Marios Beine. Im nächsten Moment hatte sie ihn fest umklammert. Bastone warf einen ratlosen Blick zum Himmel hinauf. Das Wasser rann an seinem Gesicht hinunter, teilte sich über dem Schnurrbart und tropfte zu beiden Seiten des Kinns auf Hermine hinab. »'ermine, sei vernünftig«, flehte er sie an. Bastone versuchte, sie abzuschütteln, doch Hermine klammerte sich an seine Beine wie eine Besessene.

»'sch liebe disch!« schrie sie. »Wenn du misch verläßt, dann bringschmschum!«

Mario fühlte einen Stich im Herz. Er schluckte zweimal, bevor er schrie: »Isse vorbei! 'au ab! Laß mich in Ru'e!«

Die Zeit lief ihm davon. Er mußte kurzen Prozeß mit ihr machen.

In dem Moment hämmerte Hermine ihren Kopf gegen seinen Unterleib. Bastone schrie auf. Er klappte nach vorne und drohte, auf Hermine zu fallen. Er schnellte zurück, um das Gleichgewicht wiederherzustellen. Hermine warf sich erneut gegen ihn. Mario kippte hintüber und klatschte in die Pfütze. Hermine warf sich auf ihn.

»Maledetta!« schrie er, doch dann verfingen sich ihre Haare in seinem Mund und er spuckte aus. Hermine preßte ihre Lippen auf seinen Mund. Der Alkoholgeruch machte ihn benommen. Er zappelte unter ihrem Körper wie ein Fisch am Haken. Ein weiteres Auto raste vorbei, so dicht, daß ihm die Gischt ins Gesicht spritzte. Er wußte keinen anderen Ausweg. Mit langen Fingern grapschte er nach ihrem Hals. Immer wieder glitt er auf der nassen Haut ab. Dann hatte er sie endlich im Griff. Er drückte zu. Hermine schnappte nach Luft. Sie schlug wild um sich. Bastone wandte sich ab, um ihr nicht in die Augen sehen zu müssen. Ihre Bewegungen wurden langsamer. Dann sackte ihr Körper kraftlos zur Seite. Sofort lockerte er seinen Griff. Vorsichtig ließ er ihren Kopf auf den Asphalt sinken. Er spürte ihren Atem an seiner Wange. Fühlte ihr den Puls. Dann hob er sie auf und trug sie zu ihrem Wagen. Er legte sie behutsam auf die Rückbank, schlug die Tür zu und lief dann zu seinem Fiat zurück. Im Laufen blickte er auf die Uhr: zehn Minuten über die Zeit! Er sah an sich hinunter und erschrak. Der neue Anzug war hinüber! Zum Glück war es Nacht.

Bastone schwang sich hinter das Lenkrad und fuhr mit durchdrehenden Reifen an. Im Vorbeifahren warf er noch einen kurzen, skeptischen Blick auf Hermines Wagen, der ungesichert in der Dunkelheit stand.

*

Als Bastone wenig später seinen Wagen auf den Parkplatz lenkte, streiften seine Scheinwerfer kurz den karamelfarbenen Rolls Royce. Mario schaltete die Lichter aus und ließ seinen Wagen rechts neben den Rolls Royce rollen. Der Parkplatz war dunkel und leer, einer der wenigen Parkplätze im Grüngürtel, auf dem sich der Straßenstrich noch nicht breitgemacht hatte.

Mario stieg aus, öffnete die hintere Tür des Rolls Royce und schob sich auf die Rückbank. Eine Kölnisch-Wasser-Wolke schlug ihm entgegen.

»Spät dran, Jung«, empfing ihn Äßer, der vorne auf der Fahrerseite saß und an den Nägeln kaute.

»Bin aufge'alte worde.«

Bastone betrachtete die dunkle Gestalt rechts vor ihm. ER war tatsächlich gekommen! Von hinten konnte Bastone SEINE mächtige Silhouette sehen, den breiten, leicht ausgedünnten Hinterkopf und den Nackenwulst, der sich über den Hemdkragen stülpte. ER sah starr geradeaus, zeigte nicht die geringste Regung.

Bastone fühlte sich unwohl. Er triefte wie eine Katze nach dem Ertränken. Zum Glück konnten sie nicht sehen, wie die Nässe in das Polster der Rückbank sickerte. Er kauerte sich tief hinter Äßer, bevor er es wagte, IHN anzusprechen: »Gut, daß Sie sind gekomme 'eute! Isse viel zu bespreche!«

ER schwieg. Äßer ließ von seinen Nägeln ab und erhob das Wort: »Wat is dat für en Jeschicht mit dem Karnevalsprinzen? Wat soll dat?«

»Musse rette meine gute Ruf!« verteidigte sich Bastone. »Will mache bisse Werbung für Onkel Mario!«

»Hättest du dat nit vorher mit uns absprechen künne?« fragte Äßer.

»'abt ihr auch nich abgesproche mit mir, was ihr 'abt gemacht mit italienische Detektiv!«

»Et war doch abjesproche, dat wir ihm e bißche Angst machen!« erwiderte Äßer.

»War ein Scheißidee zu spiele mit Angst vor Mafia!«

»Wir wollen jetzt nicht anfangen, uns Vorwürfe zu machen«, mischte ER sich mit dröhnender Stimme ein. »Sonst könnte uns einfallen, daß du ja eigentlich Posser auf deine Seite ziehen solltest und nicht seine Frau! Außerdem könnte uns einfallen, daß du den Kutscher so sehr vergrault hast, daß er alles andere lieber täte, als an dich zu verkaufen!«

»Isse nicht gewese Plan von Onkel Mario, zu mache ihm Angst!« Mario ergriff die Flucht nach vorn. »Ich 'abe geworfe Kutscher ausse Karnevalsgeschäft! Isse reif für verkaufe! Basta!«

Bastone sah, wie sich SEINE Nackenmuskeln spannten.

»Kutscher will zwar verkaufen, aber nicht an dich, das ist das Problem, das scheinst du zu vergessen! Du hast ihn der Konkurrenz in die Hände getrieben!« bellte er.

Bastone wollte zu einer Verteidigung ansetzen, aber ER durchschnitt mit einer knappen Handbewegung die Luft. Bastone ließ sich gegen die feuchte Rücklehne fallen.

»Unsere Zeit ist zu kostbar, um schmutzige Wäsche zu waschen«, SEIN Gesicht blickte starr in die undurchdringliche Wildnis des Grüngürtels hinaus. »Schauen wir in die Zukunft: Wir werden Kutscher einen anderen Strohmann schicken, der ihm ein Angebot unterbreitet, das er nicht abschlagen kann.« ER machte eine bedeutsame Pause. »Sobald die Transaktion abgeschlossen ist, erklärst du dem Festkomitee, daß du nicht in der Lage bist, die gewünschten Mengen zu liefern. Da Kutscher munter weiterproduziert, wird es für uns kein Problem sein, kurzfristig einzuspringen. So einfach ist das.« ER faltete zufrieden die Hände. Äßer knabberte schweigend an den Nägeln.

»Was isse mit Prinz Karnevale?« fragte Bastone vorsichtig.

ER schwieg lange. Dann drehte ER SEINEN gewaltigen Schädel ein Stück weit zu Bastone um. Bastone konnte SEINE fleischige Knollennase im Halbprofil sehen.

»Eines muß klar sein«, sagte ER, »Du steckst nie wieder deine Finger in den Karneval, ohne uns vorher zu fragen! Verstehst du? Nie wieder!«

»Aber isse okay für diese Male?« Marios Augen glänzten hoffnungsvoll.

»Wir können ja wohl schlecht noch einen Prinzen aus dem Verkehr ziehen«, grummelte ER. Äßer schnaubte verächtlich. Bastone rieb sich die Hände. ER gab Äßer ein Zeichen. Äßer ließ den Motor an. Mario rutschte eilig zur Tür.

»Danke und tschö zusamme«, rief er nach vorne.

Ohne auf die Antwort zu warten, warf er die Tür zu. Der Rolls Royce setzte augenblicklich zurück, wendete und fuhr schnurrend davon. Bastone sah ihm hinterher, bis sich die Rücklichter zwischen den Bäumen verloren. Es hatte aufgehört zu regnen. Ein eisiger Nordwind hatte die Wolken auseinandergetrieben. Der Mond verwandelte den Parkplatz in einen schwarzen, glänzenden Spiegel. Bastone sog die kalte Luft tief in seine Lungen, dann zuckte eine Melodie durch seine Beine, er machte einen Schritt nach rechts, einen Hüpfer nach links und fing an, eine Melodie zu pfeifen, die er erst kürzlich gelernt hatte:

»Ach wär ich nur/ Ein einzig Mal/ Ein stolzer Prinz/ Im Karneval.« Schunkelnd glitt er über den Parkplatz im Kölner Grüngürtel.

★

»Kacke. Ich kann meinen BH nicht finden!«

Sabine kroch nackt und auf allen Vieren über den Betonboden. Systematisch tastete sie jeden Quadratzentimeter des Lagerraumes ab. Ihre Finger stießen auf Styroporflocken und auf Papierschnitzel, auf Staubwölkchen und auf Pappkartons. Aber wo war nur der verdammte BH?

»Eine selten dämliche Idee, es hier zu tun!« schimpfte sie. Sie wühlte in einem Haufen knisternder Styroporflocken. Andreas lag obenauf und räkelte sich. »Laß doch den blöden BH«, sagte er, rollte sich auf die Seite und grapschte nach ihren wippenden Birnenbrüsten. Sabine richtete ihren Oberkörper auf und wartete geduldig ab, bis er sich sattgetätschelt hatte. Als er genug hatte, wälzte er sich seufzend auf den Rücken.

»Jetzt hilf mir wenigstens! Mir ist kalt!« beschwerte sich Sabine und setzte ihre Suche fort.

Andreas machte keine Anstalten, ihr zu helfen. Er verschränkte die Arme hinter dem Kopf und träumte vor sich hin. Seit dem Vorfall mit Hermine brachte er es nicht mehr über sich, in ihrem Elternhaus mit ihr zu schlafen. Er hatte dort ständig das Gefühl, beobachtet zu werden. Und schon am ersten Tag, als er den Studentenjob als Nachtwächter in dieser Fabrik angetreten hatte, hatte er davon geträumt, es in dieser Lagerhalle zu treiben, auf einem dieser Haufen aus Styroporflocken, die gewöhnlich dazu dienten, die Hohlräume in den Kartons auszufüllen. Andreas wühlte seinen Po tiefer in den knisternden Haufen und spürte den feinen, schwarzen Spitzenstoff unter der Pobacke. Nicht um alles in der Welt würde er ihr suchen helfen. Er wünschte sich nichts sehnlicher, als daß sie gleich wieder über ihn krabbeln würde, daß ihre steifen Brustwarzen über seinen Bauch streichen würden und sie ihren Körper auf der Suche nach Wärme an den seinen pressen würde.

»Yeah«, hörte er sie ausrufen.

»Hast du ihn?« fragte er ungläubig.

»Deine Hose«, sagte Sabine.

»Was willst du denn mit meiner Hose?«

Als er das Ratschen der Reibfläche hörte, wußte er, was sie vorhatte. Er sprang auf und schrie: »Nein!«

Aber da flammte das Streichholz schon auf. Für einen kurzen Moment erhellte es Sabines verdutztes Gesicht. Dann ließ sie das Hölzchen erschrocken fallen. Andreas machte einen Hechtsprung, um die verglimmende Flamme abzufangen, verfehlte sie aber knapp. Während er raschelnd in einem Haufen Styropor landete, machte sich das Flämmchen einen Spaß daraus, die ersten herumliegenden Ökopapierschnitzel in Brand zu setzen. Im Nu loderte ein kleines, munteres Feuer.

»Raus hier!« schrie Andreas. Er sprang auf und raffte ein paar Kleidungsstücke zusammen. Sabine saß verdattert auf dem Betonboden. Sie war unfähig, sich zu regen. Andreas sprang wie ein Feuerteufel zwischen den Flammen umher, die sich schnell durch die Halle fraßen. Dann griff er nach Sabines Arm und riß sie mit sich fort. Als sie in die rettende Kälte sprangen, zerplatzte krachend das erste Oberlicht.

Sabine brachte nur ein verdattertes »Wow« über die Lippen.

»Scheiße. Scheiße. Scheiße.« Andreas hüpfte auf seinem linken Bein herum, während er das rechte in die Blue-Jeans zwängte. Sabine stand staunend in der Kälte. Sie hatte ihre Arme vor dem Busen verschränkt und zitterte wie Espenlaub. Andreas knöpfte sich das Hemd zu. Von der Fabrikhalle her klirrte es wieder.

»Hau ab«, schrie Andreas, »zieh dich an und hau ab!«

Er warf ihr die Kleidungsstücke zu, die er hatte retten können: ihre Hose und ihre Schuhe. Sie hob die Sachen auf und lief davon, ohne sie anzuziehen.

Andreas sprintete zur nächsten Telefonzelle. Er sprang hinein, riß den Hörer von der Gabel und tastete seine Taschen nach dem Portemonnaie ab. Vergeblich. Ihm wurde übel. Der Widerschein des Feuers erhellte die Nacht. Das ganze Industriegebiet schien zu brennen. Der Boden der Telefonzelle vibrierte. Andreas hatte das Gefühl, im Erdboden zu versinken, da vernahm er von weitem das Wimmern der Sirenen.

*

Als Margot und Friedrich in Rodenkirchen ankamen, konnten sie nur noch die qualmenden Überreste dessen begutachten, was einmal ihre Fabrik gewesen war. Die Nacht flimmerte bläulich von den zuckenden Lichtern der Einsatzwagen. Enttäuscht standen die Helfer in Gruppen herum. Hier war nichts mehr zu retten.

Margot stieg aus und stützte sich auf das runde Dach des Käfers. Tränen standen ihr in den Augen. Friedrich starrte wie versteinert auf das qualmende, stählerne Gerippe der Produktionsstraße. Ein bauchiger Kessel thronte inmitten der Trümmer wie ein grinsender Buddha: der Kessel, in dem sie Sciffo gefunden hatten. Rußende Rauchschwaden drängten in die eiskalte Januarluft.

»Man sollte sich niemals mit Luthor anlegen«, flüsterte Friedrich tonlos.

Margot schluchzte laut auf: »Die Schweine!« Sie hämmerte mit geballter Faut auf das Autodach ein und zog damit die Aufmerksamkeit einer kleineren Menschengruppe auf sich, die unweit der Fabrik die Köpfe zusammensteckte. Friedrich sah, wie sich eine Gestalt löste, die beim Gehen mit dem Kopf wippte.

»Es tut mir furchtbar leid«, rief Mannhaupt schon von weitem. Margot sah ihm haßerfüllt entgegen: »Sparen Sie sich das! Auf Ihr Mitleid können wir gut verzichten!«

Mannhaupt kullerte mit den Augen, die nachts noch um einiges größer zu sein schienen. »Es gibt bisher keinen Hinweis auf Brandstiftung«, sagte er. »Der Nachtwächter, ein Sportstudent, will nichts Außergewöhnliches bemerkt haben. Seine Aussage ist allerdings noch ein wenig wirr – wahrscheinlich steht er noch unter Schock.«

»Natürlich war das Brandstiftung!« schrie Margot. »Sie wissen doch ganz genau, daß man uns aus dem Weg räumen will!«

Mannhaupts Eulenaugen musterten sie ruhig. »Ich muß mich auf die Indizien verlassen, und bislang gibt es kein Indiz, das auf eine Brandstiftung hinweist.«

Margot preßte die Zähne zusammen: »Suchen Sie nur weiter nach Indizien! Wir suchen nach Gerechtigkeit!« Sie drehte sich abrupt um, griff nach Friedrichs Arm und zog ihn mit sich fort.

»Es tut mir wirklich leid«, rief ihnen Mannhaupt hinterher, »aber wenn Sie versichert sind, dürfte das doch kein Problem sein.«

»Was wissen Sie denn schon!« schrie Margot zurück, während sie Friedrich auf den Beifahrersitz schob. Mannhaupt schien einen Moment unentschlossen, dann ging er zu Margot. Bevor sie auf der Fahrerseite einsteigen konnte, raunte er ihr zu:

»Geben Sie auf! Es ist zu gefährlich! Es hat keinen Sinn!«

Margot würdigte ihn keines Blickes. Wortlos stieg sie ein, startete den Motor und knatterte mit Friedrich davon.

*

Die kurzbeinige Schwester band Heribert den grünen Kittel auf dem Rücken zu. Sie war ein Stückchen kleiner als er, was sie wohl ihren Unterschenkeln zu verdanken hatte, die nur halb so lang waren wie die Oberschenkel. Sie reichte ihm einen Mundschutz. Während Heribert seine Hände sterilisierte, gab ihm die Schwester letzte Anweisungen: »Sie dürfen sie nicht aufregen. Sie kann nur unter großen Schmerzen sprechen. Das Beste wird sein, Sie sind einfach nur da.« Heribert nickte. Die Schwester führte ihn einen langen, grellweiß gekachelten Gang entlang. Heribert ging hinter ihr und starrte auf ihre nackten Unterschenkel. Sie trippelten mit schnellen, pinguinartigen Bewegungen über den Kachelboden und erreichten so eine erstaunliche Geschwindigkeit. Heribert hatte Mühe, mitzuhalten. Als sie um eine Ecke gebogen waren, konnte Heribert schon von Weitem das Piepsen der Herztonaufzeichnung hören.

Sie betraten ein hellgrün gekacheltes Zimmer, das in gleißendes Licht getaucht war. Heribert kniff die Augen zusammen. Die Schwester schlug raschelnd einen dunkelgrünen Plastikvorhang zur Seite. Dahinter lag Hermine. Ihr Körper war unter einem Gewirr von Schläuchen und Kanülen begraben. Um das Kopfende des Bettes herum war eine Armada medizinischer Geräte gruppiert. Eines stampfte, ein anderes piepste, und wieder ein anderes zirpte wie eine Heuschrecke. Mittendrin, auf einem blauen Zellstoffvließ, lag Hermines Kopf mit dünnen braunen Haaren, unter denen er ihr Gesicht kaum entdecken konnte. Einzig ihre Augen sprangen hervor. Das schien alles, was übrig war von Hermine. Der Rest war medizinisches Gerät.

Heribert war starr vor Schreck. Er versuchte zu schlucken, aber irgend etwas schnürte seine Kehle zu.

»Sie ist außer Lebensgefahr«, beruhigte ihn die Schwester. Sie trat an Hermine heran, streichelte ihr sanft über das Haar und sprach sie mit ruhiger Stimme an: »Frau Posser?«

Hermines Augenlider flatterten.

»Hier ist Ihr Mann.«

Die Schwester trat zur Seite, so daß Hermine Heribert sehen konnte. Sie schloß die Augenlider und öffnete sie wieder, zum Zeichen, daß sie ihn erkannt hatte. Die Schwester ließ die beiden allein. Heribert trat einen Schritt näher und quetschte eine Träne aus dem Auge. »Es tut mir so leid ...« begann er, aber Hermine verdrehte ihre Augen. Also schwieg er und trat verlegen von einem Bein aufs andere. Der erste Schreck verflog schnell, und Heribert dachte darüber nach, daß Hermine hätte tot sein können.

Die Polizei hatte ihm geschildert, wie etwa gegen Mitternacht ein Vierzigtonner auf Hermines abgestellten Mercedes aufgefahren war und ihn wie eine Streichholzschachtel zusammengepreßt hatte. Der Fahrer hatte seit sechzehn Stunden am Steuer gesessen und Hermines Wagen hatte ungesichert am Straßenrand gestanden. Nach eineinhalb Stunden konnte die Feuerwehr Hermine aus dem sauber gefalteten Wrack befreien. Niemand hatte erwartet, daß sie noch am Leben war. Noch verwunderlicher allerdings war die Tatsache, daß man sie nicht auf dem Fahrersitz, sondern auf der Rückbank fand. Außerdem hatte der Notarzt Würgemale an ihrem Hals festgestellt. Man vermutete zunächst ein Sexualdelikt. Die gynäkologische Untersuchung konnte diesen Verdacht allerdings nicht bestätigen. Eine Kommissarin hatte Hermine noch in derselben Nacht, als sie außer Lebensgefahr und ansprechbar war, befragt. Doch Hermine hatte beharrlich geschwiegen. Selbst einfachen Ja-Nein-Fragen, die nur durch Kopfnicken zu beantworten waren, verweigerte sie sich.

Posser blickte auf. Hermine hatte ihn die ganze Zeit über nicht aus den Augen gelassen.

»Hatte Bastone seine Hände im Spiel?« fragte er sie mit belegter Stimme. Ihre Augen flohen zur Zimmerdecke.

Heribert beugte sich über sie und drängte sich in ihr Blickfeld.

»War es Bastone?« fragte er mit Nachdruck.

Hermines schreckensweiten Pupillen flogen hektisch hin und her. Heribert ließ ihr keinen Ausweg. Ihr Herzschlag beschleunigte sich. Das Piepsen der Herztonmaschine schien sich zu überschlagen.

Heriberts Hände wühlten sich durch die Schläuche. Er bekam einen Zipfel des Bettuches zu fassen und zog es herunter. Er erblickte ihren langen, schlanken Hals und die dunkelblauen, fast schwarzen Flecke dicht über dem Brustbein.

»Das Schwein!« keuchte Posser.

In dem Moment schrie Hermine los. Es war ein gellender Schrei, den man ihrem kraftlosen Körper nicht mehr zugetraut hätte. Er übertönte alle Geräte, brachte sämtliche Piepstöne auf der Intensivstation zum Schweigen und fuhr allen, die ihn hören konnten, direkt in die Seele. Heribert prallte zurück und sah sie verwundert an. Die Schwester kam mit trippelnden Schritten herbei, riß Heribert von seiner Frau fort, schubste ihn aus dem Zimmer und zog den grünen Vorhang zu. Das Schreien erstarb augenblicklich und Heribert hörte noch, wie die Krankenschwester mit sanfter Stimme auf Hermine einredete. Er riß sich den Mundschutz vom Kinn, warf ihn in eine Ecke, ließ den Umhang auf den Boden fallen und rannte über den Gang davon.

*

»Das Schlitzohr ist erledigt!« dröhnte es Äßer entgegen. »Er hat Kutschers Produktionshalle abgefackelt! Und dazu einen Großteil der Lagerbestände!«

»Nit möglich!«

»Das wird der noch bereuen!« ER war außer SICH. Äßer hatte ihn noch nie so wütend erlebt. Seine dünnen Augenbrauen zogen sich zusammen. Die Hand fuhr zum Mund.

»Er meint, er kann uns verarschen!« schimpfte ER. »Aber wir werden ihm zeigen, daß wir uns nicht verarschen lassen!«

Äßer strich sich über die pomadisierten Haare. »Dat is mir en Rätsel! Ich hatte den Eindruck, dat Bastone nach unserem letzten Treffen eher einjeschüchtert war ...«

»Mein lieber Ralph« dröhnte er, »Sie sind doch lange genug im Geschäft, Sie kennen doch die Brüder! Zwischen dem, was sie sagen und dem, was sie tun, liegt meistens die Straße von Messina! Nein, nein, der Fall ist für mich klar: Bastone will sein Schärflein ins Trockene bringen und uns ins Abseits manövrieren! Er will Krieg! Den kann er haben!«

»Aber dat Fastelovendsjeschäft künne mer ihm nit mehr streitig mache!« gab Äßer zu bedenken. »Ohne Kutschers Lagerbestände künne mer niemals die benötigten Mengen liefern ...«

»Wir werden dafür sorgen, daß er nicht viel Freude an diesem Sieg hat!«

⋆

Die Begleiter umschwirrten Bastone wie die Drohnen ihre Bienenkönigin. Und tatsächlich hatte es etwas Majestätisches, wie er sich im Prinzenkostüm bewegte. Schneider Bückel, der die Kostüme seit Jahrzehnten in mühevoller Handarbeit anfertigte, war stolz auf sein Werk. Er hatte diesmal einige Nachtschichten einlegen müssen, denn Bastone war der erste Prinz Karneval, der sein Kostüm innerhalb von zwei Wochen benötigte. Dafür galt es aber diesmal, eine richtige Prinzenfigur zu gewanden! War es sonst Bückels Aufgabe, Bierbäuche zu kaschieren und Fettpölsterchen wegzupolstern, so konnte er diesmal ein schlankes Leibchen zurechtschneidern, das die makellose Taille erst recht zur Geltung brachte.

Mario drehte begeistert Pirouetten vor den mannshohen Spiegeln der Gürzenichgarderobe. Er konnte sich an sich selbst kaum sattsehen. Aus den edelsten Stoffen hatte Bückel einen Märchenprinzen in Rot-Weiß gezaubert, der, goldfadendurchwirkt, dem hohen Amt gebührenden Glanz verlieh. Wahrlich, dieses Kostüm war seinen Preis wert! Bastone sah aus wie ein junger Faun.

Der Adjudant des Prinzen, Martin Merkel, ebenfalls Mitglied der Ehrengarde und Inhaber der aufstrebenden Marketingfirma *Image-Innovation*, trat von hinten an Bastone heran und drückte ihm weihevoll die Prinzenkappe auf das graumelierte Haupt. Die langen Fasanenfedern wippten würdevoll. Merkel brach in spontanen Beifall aus. Jungfrau Alfridia Martinek, seines Zeichens Verkörperung der Colonia, und Bauer Peter Karlian, Sinnbild der ländlich-deftigen Umgebung der Stadt, traten hinzu und fielen in den Applaus ein. Oben aus dem Saal donnerte ein dreifach kräftiger Tusch hinunter. Dann dröhnten tausendfache Fußstampfer durch den Gürzenich. Die Stimmung trieb unweigerlich dem Höhepunkt entgegen, und der Höhepunkt, das war der triumphale Einzug des närrischen Triumvirats.

Bauer Peter und Jungfrau Alfridia hatten die Prozedur schon etliche Male überstanden, aber für Prinz Mario I. würde es der erste öffentliche Auftritt sein.

Mario Bastone konnte sein Lampenfieber nur schwerlich verbergen. Die Vorbereitungszeit war denkbar kurz gewesen. Seit dem Ausfall von Prinz Manfred III. waren nur vier Tage vergangen. Vier lange Abende waren Bauer und Jungfrau als Restdreigestirn zu zweit aufgetreten, ein bislang einmaliger Vorgang in der Kölner Karnevalsgeschichte, der vom närrischen Volk nur widerwillig hingenommen wurde. Bauer und Jungfrau brachten die Malaise auf die humorvolle Formel: »Lieber ein Zweigestirn als kein Gestirn!«

In diesen vier Tagen war Mario auf seine Aufgabe getrimmt worden wie ein amerikanischer Präsidentschaftskandidat auf den Wahlkampf. Marios Beraterteam bestand aus Franzjosef Knoll, der als Präsident der Ehrengarde sowieso darauf bestanden hätte, seine Finger im Spiel zu haben, weiterhin aus dem Posser-Intimus Hartmut Reinertz, der selbst einmal als Tanz-Offizier an vorderster Linie der Gute-Laune-Front gekämpft hatte, und schließlich Martin Merkel, einem jüngeren Zugewinn der Garde, der als anerkannter Marketingspezialist und Imageberater den nötigen Zeitgeist und Sachverstand einbringen sollte. Merkel war fest entschlossen, Mario zum Karnevalsprinzen der dritten Generation zu stylen, richtungsweisend für mindestens das nächste Jahrtausend, modern und ansprechend. Allerdings hatte es innerhalb des Teams ziemlich bald Auseinandersetzungen darüber gegeben, was modern war. Martin Merkels Schlagwort war: »Karneval als Entertainment-Event«. Seine Vorschläge zur Inszenierung des Prinzenauftritts reichten vom direkt in den Saal einschwebenden Fallschirm nach dem Motto »Es ist noch kein Prinz vom Himmel gefallen«, bis zur computergesteuerten High-Tech-Laser-Light-Show-Performance.

Das Vorhaben scheiterte am heftigen Einspruch Knolls, dem sich Reinertz vorbehaltslos anschloß. Man einigte sich darauf, den Auftritt in der bewährten Form weitgehend beizubehalten und stattdessen die Ansprache an das närrische Volk ein bißchen aufzufrischen. Der Vorgänger Althoff hatte in dieser Hinsicht schließlich neue Maßstäbe gesetzt. Der frustrierte Merkel wurde mit der Koordination der vorbereitenden Pressekampagne ruhiggestellt.

Die Presse sprang hervorragend auf Mario I. an. Posser wurde als *Gorbatschow des Kölner Karnevals* gefeiert, da er es möglich gemacht hatte, daß ein Ausländer dieses wichtige öffentliche Amt innehaben konnte. Die Kölner hatte einmal mehr Gelegenheit, sich und ihre Toleranz zu feiern. Freilich, es hatte ein paar unfreundliche, ja ausländerfeindliche Zuschriften an das Festkomitee gegeben; einige Ewiggestrige hatten sogar Kartenvorbestellungen für Sitzungen storniert, aber das blieben Einzelfälle.

Vorsichtshalber hatte Merkel Bastones Biographie frisiert – schließlich wollte man die kölsche Toleranz nicht auf die Nagelprobe stellen! Nach Merkels Version lebte Mario seit dreißig Jahren in Köln, hatte jegliche Verbindung mit der sizilianischen Heimat abgebrochen, war mit einem escht kölsche Mädsche verheiratet, hatte drei Kinder mit ihr, einen deutschen Paß und wünschte sich seit frühester Kindheit nichts sehnlicher, als Karnevalsprinz von Köln zu werden. Die Kölnerin und die drei Kinder ließen sich problemlos auftreiben. Größere Schwierigkeiten bereitete allerdings Bastones Akzent. Nachdem sich ein Sprechtrainer drei Tage lang vergeblich bemüht hatte, Bastone die Vokale am Wortende aus- und die gemächlich schlingernde kölsche Satzmelodie einzutreiben, beschloß das Beraterteam, die unvermeidliche Ansprache von einem echten Kölschen auf Band sprechen und bei Bedarf im Playback-Verfahren abspielen zu lassen. Zudem hielt man die wörtliche Rede an das närrische Volk so kurz wie möglich und kombinierte sie, aufbauend auf Althoffs Pioniertat, mit ein paar kölschen Liedchen. Knoll und Reinertz feierten diese Neuerung als »bahnbreschend für die neue Bedeutung des Karnevals auf dem Unterhaltungssektor«. Seitdem das Privatfernsehen den Sitzungskarneval als Werberahmen entdeckt hatte, mußte man sich ohnehin bemühen, die altbackenen Veranstaltungen auf einen akzeptablen Show-Standard zu hieven.

Ein paar Standardsätze hatte Bastone dann doch einstudiert, falls es einmal Probleme mit dem Playback geben sollte. »Liebschen, isch danke dir« und »isch liebe eusch alle« lagen im akzentfreien Kölsch bereit, vor allem für den Nahkampf mit den weiblichen Narren. »Jot jemaach«, »lo mer jon« und »lo mer ens lure« würden jede nur vorstellbare Situation überbrücken, bis der Adjudant zur Stelle war. Und für den äußersten Notfall hatte Mario noch ein »Jeck loß Jeck elans« auf Lager.

»Et is soweit«, rief ihnen Merkel vom Treppenabsatz aus zu. Mario riß sich von seinem Spiegelbild los. Gemeinsam mit Bauer, Jungfrau und deren Adjudanten machten sie sich auf den Weg in den großen Saal des altehrwürdigen Kölner Festbaues, dessen Außenmauern noch aus dem Mittelalter übriggeblieben waren. Der Innenausbau des Gürzenich allerdings stammte aus den fünfziger Jahren, und die autobahnbreite, leicht geschwungene Treppe, über die der obere Saal zu erreichen ist, protzte in der zaghaft-spießigen Dekadenz der Wiederaufbaujahre.

Auf eben dieser Treppe befanden sie sich gerade, als ein kleiner Tumult ihre Aufmerksamkeit auf das Eingangsfoyer lenkte. Alle wandten sich um und erkannten Heribert Posser, der sich mit zwei Einlassern stritt. Nach einem kurzen Handgemenge schlug er sich durch und rannte mit Kriegsgeschrei die Treppe hinauf, geradewegs auf die staunende Gruppe zu.

»Du Schwein, ich bring dich um!« hallte es durch das Foyer. Die drei Gestirne und ihre Begleiter sahen sich fragend an. Die lange Treppe schwächte Heriberts Eifer zusehends. Er näherte sich keuchend. Kurz bevor er sich auf Bastone stürzen konnte, traten ihm Reinertz und Merkel entgegen.

»Wat soll dat?« fragte ihn Reinertz. »Wills du den hier auch noch ins Krankenhaus bringen!«

»Das kannst du wohl annehmen!« schrie Posser. Vor lauter Aufregung vergaß er, Kölsch zu sprechen.

Reinertz, der Riese, packte ihn an beiden Schultern und schob ihn Stufe für Stufe wieder die Treppe hinunter. »Ich halte dat für en Schnapsidee«, sagte er ruhig. »Wir brauchen einen Prinzen, un zwar jetzt un nit ers am Aschermittwoch!«

»Aber euer Prinz ist ein Mörder!« brüllte Posser. Er machte einen kläglichen Versuch, sich aus Reinertz Griff zu lösen. »Laß mich los«, zischte er, »ohne mich würdest du hier heute gar nicht stehen!«

Reinertz drängte ihn ungerührt weiter die Treppe hinunter. Possers Widerstand wurde schwächer. »Euer Prinz ist ein Mafioso! Ein Mörder!« schrie er an Reinertz vorbei.

Mario I. schüttelte nur den Kopf. Er wandte sich an Bauer Peter und Jungfrau Alfridia und bedeutete ihnen mit einer Geste, was er von Possers Zurechnungsfähigkeit hielt.

»Wir haben keine Zeit mehr, wir sind gleich dran«, mahnte Merkel von oben. Die drei Obernarren und ihr Troß drehten sich folgsam um und strebten dem Saal zu, wo heftiges Getusche, Geklatsche und Alaaf-Rufe das Ende eines Programmpunktes anzeigten.

»Er ist gemeingefährlich«, redete Posser auf Reinertz ein.

»Jut möglich«, sagte Reinertz. »Nach Aschermittwoch. Bis dahin is er unser jefeierter Prinz Karneval!«

Posser befreite sich mit einem Ruck aus Reinertz Klammergriff. Reinertz ließ es geschehen. Sie waren ohnehin am Fuß der Treppe angelangt.

»Hartmut«, sagte Posser mit einem tragischen Gesichtsausdruck, »das wird uns der Kölner Karneval niemals verzeihen!«

Reinertz zuckte mit den Schultern, drehte sich auf dem Absatz um und eilte die Treppe wieder hinauf, um sich dem Troß anzuschließen, der sich vor der Saaltür aufgestellt hatte. Die Prinzengarde hatte sich zu ihnen gesellt, um das Dreigestirn in den Saal zu eskortieren.

»Macht euren Scheiß doch ohne mich!« rief Posser ihnen hinterher. Niemand beachtete ihn.

Oben an der Tür zum Saal intonierte das Tambourmusikkorps der Prinzengarde ein paar Marschtakte, um den Jecken im Saal das große Ereignis anzukündigen. Sie verfielen in die Prinzenerkennungsmelodie: »Ach wär ich nur ein einzig Mal ...« Dann marschierten sie in den Saal ein, dem Standartenträger hinterdrein.

Mario schwitzte unter seiner Kappe, die weißbestrumpften Knie wurden weicher und weicher. Hundertmal hatte er sich den Vorgang auf Video angeschaut, war auf alle Eventualitäten vorbereitet, eigentlich konnte nichts passieren.

Endlich kam das Zeichen von Merkel. Mario setzte sich in Bewegung. Er zog das breiteste Lächeln über sein Gesicht, das ihm zur Verfügung stand, und schritt entschlossen durch die weit geöffneten Flügeltüren. Er sah die ersten erwartungsvollen Gesichter, Frauengesichter, lächelnd, neugierig, freundlich. Es waren ausschließlich Frauen im Saal. Knoll war der Ansicht gewesen, daß Marios Debüt auf einer Mädchensitzung die besten Chancen habe.

Und wirklich, kaum hatte er zwei Schritte in den Saal hinein getan, da stürzte auch schon das erste *Mädsche* auf ihn zu, um ihm ein Bützsche abzuverlangen. Mario lieferte den Kuß auf die Wange, vergaß zwar das einstudierte »Liebschen, isch danke dir!«, hielt sich aber dennoch gut. Die buntgeschminkte Unbekannte ließ mit himmelwärts verdrehten Augen von ihm ab. Offenbar war sie die Vorkosterin gewesen, denn nun stürzte sich eine Dame nach der anderen auf Bastone. Mario wußte, er hatte keine andere Wahl: Er würde sich bis zum Podium durchküssen müssen. Er beschmatzte eine Wange nach der anderen, kam aber trotzdem kaum voran. Reinertz erkämpfte ihm einen Stuhl. Mario kletterte darauf und warf einige Handküsse in den Saal. Das verschaffte ihm ein bißchen Luft, während die *Mädschen* ungeduldig an seinen Strümpfen und Hosenbeinen zupften. Am liebsten wäre er auf dem Stuhl stehengeblieben. Der Ausblick war atemberaubend. Der ganze Saal hüpfte und tanzte in einem eigenen, orgiastischen Rhythmus. Irgendwo im Saal spielte die Kapelle: »Wo mag er sein?/ Wo mag er bleiben?«

Mario war berauscht. Er hüpfte vom Stuhl, direkt in den nächsten Frauenpulk hinein. Alle würde er sie küssen, alle, alle, alle!

»Isch liebe eusch!« schrie er mit sich überschlagender Stimme. Der Saal antwortete: »Alaaf!«

Reinertz tippte ihm auf die Schulter und wies ihm die Richtung zur Bühne. Das Programm mußte schließlich weitergehen, sie hatten nicht ewig Zeit. Reinertz bahnte ihm Schritt für Schritt einen Gang durch die wogenden Leiber, Mario folgte, heftig um sich küssend. Das Korps der Prinzengarde, nebst Bauer und Jungfrau, war schon lange auf der Bühne angekommen. Sie standen an der Rampe, schunkelten, weil sie nichts Besseres zu tun hatten, Arm in Arm mit dem Elferrat und hielten Ausschau nach ihrem närrischen Prinzen. Die Kapelle stimmte ein weiteres Mal »Wo mag er sein?/ Wo mag er bleiben?« an. Mario bützte hier, bützte dort, tanzte zwischendurch mit einigen Frauen einen wilden Reigen und schaffte es dennoch, sich langsam aber sicher der Bühne zu nähern.

Als er dort ankam, fiel ihm der Sitzungspräsident erleichtert um den Hals. Mario küßte vorsichtshalber auch ihn, bevor er sich wieder dem brodelnden Saal zuwandte, der ihn, und nur ihn allein, hochleben ließ! Mario strahlte über das ganze, buntgescheckte Gesicht. »Isch liebe eusch alle!«

Am nächsten Morgen priesen die einschlägigen Lokalblätter wie aus einem Munde die karnevalistischen Qualitäten des neuen Prinzen, ja man verstieg sich sogar zu der Behauptung, Bastone sei der überzeugendste und einnehmendste Prinz Karneval dieses Jahrzehnts! Merkel hatte gute Arbeit geleistet.

Nur Manfred Althoff ließ in seinem Krankenbett den *Express* auf das Bettzeug sinken und verstand die Welt nicht mehr. Eine einsame Träne löste sich, kullerte die Pausbacke hinunter und tropfte auf das halbseitige Porträt Bastones im Prinzenornat.

⋆

Weiberfastnacht war ein Tag, an dem bei *Kutscher und Söhne* traditionellerweise nicht gearbeitet wurde. Das war die einzige Reminiszenz an den Karneval, die Wilhelm Adolf jemals zugelassen hatte. Das Haus war daher still und verwaist. Wie ein Totenschädel lag es mitten in der vor Lebenslust strotzenden Stadt. Margot saß in der kalten Empfangshalle, gehüllt in ihre Pelzweste, und versuchte, klare Gedanken zu fassen.

Die Lage war hoffnungslos. Nachdem die Produktionsanlagen und ein Großteil der Lagerbestände verbrannt waren, war das

Karnevalsgeschäft endgültig verloren. Die für den Rosenmontagszug vorproduzierten Süßigkeiten waren in Flammen aufgegangen, wenige Tage, bevor mit der Auslieferung begonnen werden sollte.

Nachdem Margot die kompletten Akten mehrfach geprüft hatte, mußte sie sich mit der Erkenntnis abfinden, daß die Rodenkirchener Anlagen nicht versichert gewesen waren. Wilhelm Adolf hatte in seinem Geiz darauf verzichtet. Jetzt blieb ihnen tatsächlich nur noch der Verkauf. Die Angestellten hatten die Nachricht mit Fassung vernommen. Sie hofften, daß die Firma unter neuer Leitung zu altem Glanz geführt werden würde. Nur Margot wußte nicht, worauf sie hoffen sollte. Sie sah ihre Sparbücher durch und entschied, daß sie sich den Ausstieg aus dem Berufsleben leisten könne. Sie hatte niemals auf großem Fuß gelebt. Ihr kleines Vermögen würde ausreichen, irgendwo auf einer fernen, sonnigen Insel ein bescheidenes Domizil einzurichten. Margot hatte seit Jahren keinen Urlaub mehr gemacht, und ihr Herz schlug schneller bei dem Gedanken. Sobald sie die Firma ihrem neuen Besitzer übergeben hätte, würde sie den Plan in Angriff nehmen.

Nur eine Unbekannte gab es noch in ihren Berechnungen: Friedrich. Ja, sie liebte ihn, aber würde er sich lieben lassen? Seine Comics reichten ihm offenbar zur völligen Zufriedenheit. Er würde wahrscheinlich nie in der Lage sein, ihre Liebe zu erwidern. Sollte sie so jemanden mitnehmen auf ihre Sonneninsel? Wozu? Die Zeiten, da sie hin und wieder einen Mann brauchte, waren sowieso bald vorbei. Und auf einer sonnigen Insel würde sich wohl für den Notfall jemand finden lassen.

Margot hörte seine Schritte in ihrem Rücken. Natürlich war er auch noch da! Allein dafür würde sie ihm gerne einen Kuß geben.

Sie wandte sich nach ihm um und sah ihn gesenkten Hauptes die Treppe hinunterschleichen. Sie musterte ihn nachdenklich. Das dünne, rote Haar stand noch wirrer als sonst durcheinander. Die blassen, zerbrechlichen Hände tasteten sich zaghaft über das Holzgeländer. Die braune Cordhose war so lang, daß sie beim Gehen über die Stufen schliff.

»Friedrich?«

Friedrich hob nur kurz den Kopf. Eine rote Strähne war ihm in die Stirn gefallen, direkt zwischen die Augen. Margot hatte vergessen, was sie sagen wollte. Friedrich sah durch sie hindurch, wandte sich wieder ab, schlurfte unter ihren Blicken quer durch die Halle, öffnete die Kellertür und verschwand dann im schwarzen Schlund der Kellertreppe.

Eine ganze Weile blieb er verschluckt, sie wollte ihn schon suchen gehen, als sie hörte, wie sich seine Turnschuhe langsam wieder die Treppe hinauftasteten. Dann erschien er im Türrahmen. Unter dem linken Arm trug er das Gemälde des Großvaters, unter dem rechten das des Vaters. Die breiten Holzrahmen machten ihm zu schaffen. Er schnaufte unter ihrem Gewicht. Mit dem Fuß drückte er die Kellertür hinter sich zu. Dann schlich er an Margot vorbei nach oben.

»Friedrich, was machst du da?«

Er murmelte irgend etwas von »Tradition«. Margot konnte ihn nicht genau verstehen. Seine Gesichtshaut war von der Anstrengung leicht gerötet. Es war ein ähnliches Rot, wie das, das sich über seine blasse Haut gelegt hatte, als sie miteinander schliefen. Margot hatte nicht gewußt, daß er noch Jungfrau war, obwohl sie es sich hätte denken können. Sie seufzte. Die ganze Zeit über hatte er sich zwischen ihre Brüste verkrochen, hatte nicht gewagt, sie anzuschauen. Und doch war es schön gewesen. Er hatte so eine harmlose, unsichere Art zu lieben ... wie ein Kind – er war ein Kind! Dieser zähe Eifer, mit dem er die schweren Bilder aus irgendeinem unerfindliche Grund nach oben schleppte, das war der Eifer eines Kindes, das sein Spiel ernstnahm, mochte es auch in der Welt der Erwachsenen keinen Sinn haben. Und dieser suchende, staunende Blick, das war der Blick des Kindes, das in jeder Sekunde neu entdeckt, wie riesig groß diese Welt ist. Margots Herz wurde weit. Sie würde ihm diese große und wunderbare Welt zeigen! Er kannte ja nur seine stumpfen Comics!

Die Tür schlug mit einem lauten Knall hinter ihm ins Schloß. Margot schreckte zusammen. Ja, er brauchte jemanden, der ihn hinausführte in die Welt, jemanden, der bedingungslos für ihn da war, bis er, eines fernen Tages, sein Leben selbst in die Hand nehmen konnte. Wer außer ihr konnte das sein? Es war ihr egal, ob er sie ebenso liebte. Ein dankbarer Blick von Zeit zu Zeit, ein scheuer, unschuldiger Kuß nur hin und wieder, das würde ihr genügen. Mehr würde sie nicht fordern. Er würde immer um sie sein und sie würde ihn lieben. Weiter nichts.

Margot erhob sich und ging zur Toilette. Ein Blick in den Spiegel bewies ihr, daß sie keine schrullige Alte war, sondern eine reife, selbstbewußte Frau.

Sie zog eine Augenbraue hoch und zwinkerte ihrem Spiegelbild zu. Sie rubbelte noch einmal ihre Stoppelhaare aufrecht und machte sich dann auf den Weg.

Friedrich, willst du mich heiraten? Nein. Zu kitschig. Friedrich, lieber ein Ende mit Schrecken als ein Schrecken ohne Ende! Nein. Zu abschreckend. Friedrich, hast du Lust, mit mir auf eine Insel zu kommen? Klang das glaubwürdig? Oder einfach nur hoffnungslos romantisch? Mußte man sich bei Friedrich überhaupt Gedanken machen, was man sagte? Was würde Superman sagen, wenn er eine Frau wäre?

Als sie ihre Pelzstiefel auf die oberste Stufe setzte, gellte der Schuß. Einen Moment lang stoben alle Gedanken und Träume, alle Erinnerungen, Gefühle und Erfahrungen aus ihr heraus und kreisten über ihrem Kopf. Sie schrie auf.

*

Friedrich hatte die Ahnen vor sich auf dem Schreibtisch aufgebaut. Links der Großvater, rechts der Vater, so wie sie seit Urzeiten an der Wand gehangen hatten. Den Vater stützte er mit der Schreibtischlampe. Den Großvater mit einer Kaktee vom Fensterbrett.

»Los, sagt schon, was wollt ihr von mir?«

Beide schwiegen lange. Fast schien es, als wollten sie ihre Münder diesmal geschlossen halten. Doch dann hörte Friedrich leise, kaum hörbar, seinen Vater zischeln:

»Du weißt es, Friedrich. Du mußt tun, was du tun mußt!«

»Das ist typisch für dich!« ärgerte sich Friedrich. »Kannst du mir nicht einmal klare Auskünfte geben? Immer diese geheimnisvollen Andeutungen! Die kotzen mich an!«

»Du hast ja bloß Angst«, mischte sich der Großvater ein. »Du weißt genau, was dein Vater meint!«

»Ja, verdammt nochmal, ich habe Angst, ich bin kein Held! Ich weiß nur nicht, wovor ich Angst habe!«

Helden sind unsterblich!

»Ich bin aber kein Held!« rief Friedrich.

»Eben«, sagte der Vater.

Friedrich pfiff durch die Zähne: »Jetzt verstehe ich, was ihr vorhabt!«

»Gut«, sagte der Großvater. »Aber du hast es selbst vor.«

»Und wenn ich nicht will?«

»Du willst!« sagte der Vater.

Tu es nicht! Trage die Verantwortung für dein Leben!

»Was ist das denn überhaupt, Verantwortung? Selten so ein hohles Wort gehört!« rief Friedrich.

»Verantwortung ist, das zu tun, was getan werden muß!« sagte der Vater.

»Schluck«, sagte Friedrich und zog die oberste rechte Schublade des Schreibtisches zur Hälfte heraus. Er fuhr mit der Hand in die Öffnung und tastete an der oberen Seite nach dem Vorsprung im Holz. Als er den Hebel gefunden hatte, fiel ein Holzkasten in die Lade. Er nahm in vorsichtig heraus und öffnete ihn. Da blitzte sie ihm entgegen, die gute, alte Mauser, eine Armeepistole, die der Großvater in den zwanziger Jahren billig erstanden hatte. Friedrich nahm sie aus dem Futteral und wog sie in der Hand. Sie war schwer und kalt und ein wenig glitschig. Der Vater hatte sie regelmäßig gefettet. Übermäßig offenbar, denn Friedrich hatte sich nie um die Waffe gekümmert, und trotzdem schien sie noch voll funktionstüchtig zu sein.

»Das ist nicht euer Ernst!« sagte Friedrich und lachte. Aber das Lachen kam ihm unsicher von den Lippen.

Vater und Großvater schwiegen.

Hör nicht auf sie! Sie haben kein Recht dazu!

»Ihr habt kein Recht dazu!«

Der akkurat gestutzte Schnurrbart des Vaters zitterte. »Jetzt mach aber mal halblang! Entweder du handelst, wie ein Kutscher handeln muß, oder du hast von uns nichts mehr zu erwarten!«

Pfui! Ein Vater tut so etwas nicht!

Friedrich setzte sich die Mündung der Pistole auf die Stirn. Der Großvater lachte meckernd.

»Jetzt schau dir diesen Tolpatsch an! Noch nicht einmal das kriegt er hin!«

»Meine Güte! Du mußt sie an der Schläfe ansetzen!« schimpfte der Vater.

Aber du bist doch unschuldig!

Friedrich setzte die Pistole wieder ab. »Seid endlich still! Ich kann euer blödes Gerede nicht mehr hören!« schrie er.

»Jaja, ist ja schon gut«, lenkte der Vater ein. »Mach schnell, du hast nicht ewig Zeit! Nachher kommt jemand!«

Warte!

»Wer soll denn schon kommen?« fragte der Großvater.

»Na dieses Flittchen! Hätte ich sie damals bloß nicht eingestellt!«

»Sagt nichts gegen Lois!«

Sie liebt dich!

»Genug diskutiert! Beeil dich!«

War da nicht ein Geräusch? Kam da nicht jemand die Treppe hinauf?

Rettung!

»Da kommt jemand!«

»Jetzt aber schnell, sonst ist es zu spät!«

Ja, zu spät!

»Los, Junge, es muß sein!«

Friedrich setzte die Mauser erneut auf die Stirn. Seine Hand schwitzte, die Finger zitterten.

Nein!

Der Zeigefinger krümmte sich am Abzug. Er spürte einen harten Schlag gegen die Stirn und hörte einen furchtbaren, schrillen Schrei.

Als Margot ins Zimmer stürzte, war er schon weit weg. Der Körper hing schlaff im Sessel. Der Kopf war auf seine Brust gefallen und die Hände hingen kraftlos über die Lehnen.

Margot nahm seinen Kopf in beide Hände und küßte seinen Mund. Er war warm, fast heiß. Tränen liefen über ihre Wange. Ein schmaler Blutstreifen rann aus dem Loch auf seiner Stirn und vermischte sich mit ihren Tränen. Ihre Hand fuhr zärtlich über seinen Hinterkopf. Margot drückte ihre Lippen panisch auf die seinen. Als sie von ihm abließ, spürte sie einen verschwindend schwachen Hauch auf ihrer Haut. Konnte es sein, daß er noch atmete?

Innerhalb von Sekunden hatte sie den Notarzt angerufen. Als sie sich wieder Friedrich zuwenden wollte, stieß sie mit dem Fuß gegen etwas Hartes. Der Gegenstand polterte über den Teppich und rutschte in ihr Blickfeld. Es war die Pistole!

★

Am Karnevalssonntag erwachte Friedrich aus dem Koma. Margot saß neben ihm und hielt seine Hand, als er die Augen aufschlug.

»Friedrich? Friedrich, hörst du mich?«

Friedrich drehte langsam den Kopf. Seine Augen blickten in ihre Richtung. Aber der Blick ging starr durch sie hindurch.

»Friedrich? Erkennst du mich?« Margot zog den Mundschutz herunter und lächelte. In diesem häßlichen grünen Kittel, das Haar unter der Haube und den Mund hinter dem Zellstoffschutz verborgen, konnte er sie ja nicht erkennen!

»Friedrich ...«

Die Augenlider flatterten. Langsam spannten sich seine Mundwinkel. Ein Lächeln zog sich auf sein Gesicht. Margot standen Tränen in den Augen. »Du kannst dich doch nicht so einfach aus dem Staub machen!«

Friedrichs Lächeln zog sich immer weiter, verrutschte zu einem dümmlichen Grinsen. Dann kam ein hohes, kicherndes Glucksen über seine Lippen. Margot schreckte zurück. »Friedrich, sag doch etwas!«

Er gluckste wieder. Der närrische Gesichtsausdruck wollte nicht verschwinden. Margot rief die Schwester. Sie fühlte Friedrich den Puls und den Blutdruck und rief dann den Chefarzt. Margot mußte auf dem Flur warten, bis sie Friedrich einer Reihe Tests unterzogen hatten. Margot wartete ganze zwei Stunden, ehe ihr der Chefarzt mit bitterer Miene das Ergebnis verkündete:

»Es ist eingetreten, was wir befürchten mußten. Der Durchschuß hat wichtige Abschnitte der Großhirnrinde beschädigt. Für den Rest seines Lebens wird er auf der Bewußtseinsstufe eines Kleinkindes stehenbleiben. Er wird immer ein Pflegefall sein. Sie sind mit ihm verheiratet?«

Margot schüttelte den Kopf. Der Arzt zog die Stirn in Falten.

»Aber Sie sind ein ... Paar?«

Margot zögerte. Dann nickte sie.

»An Ihrer Stelle würde ich mir sehr genau überlegen, ob Sie die Belastung auf sich nehmen wollen. Er braucht jemanden, der ständig um ihn ist, immer für ihn da ist, bis ans Ende seines Lebens. Der ihm die Windeln wechselt, der ihn wäscht, ihn füttert, ihn beruhigt, wenn er schlecht geträumt hat, der vielleicht nächtelang an seinem Bett sitzt. Können Sie das?«

Margot zuckte mit den Schulter: »Was passiert, wenn ich mich nicht um ihn kümmere?«

»Wir werden ihn in ein Pflegeheim einweisen. Man wird für ihn sorgen.«

Margot nickte versonnen und schwieg. Der Arzt räusperte sich: »Sie können jetzt wieder zu ihm. Und ... überlegen Sie es sich gut!«

Margot betrat die Intensivstation und zog den grünen Vorhang beiseite, der Friedrich von der Umgebung abschirmte. Er strahlte ihr entgegen. Ein Speichelfaden kroch zäh über sein Kinn.

»Friedrich Kutscher, hast du erreicht, was du wolltest?«

Margot meinte, ein Nicken zu erkennen. Es hätte aber auch nur ein nervöses Zittern seiner Nackenmuskeln sein können. Plötzlich vernahm Margot ein heftiges Stöhnen aus der anderen Ecke des Raumes. Margot erschauerte. Friedrichs Grinsen begann sie anzuekeln. Sie wandte sich ab und zog den grünen Vorhang hinter sich zu. Dann hörte sie wieder dieses Stöhnen. Es klang fast bittend hinter einem Nachbarvorhang hervor. Schon wieder! Margot ging auf das Geräusch zu. Irgend etwas zog sie magisch an. Sie atmete tief durch und zog mit einem Ruck den Vorhang beiseite.

Die riesigen, braunen Augen schienen ihr vor Freude entgegenzuhüpfen. Das eingefallene Gesicht sank zufrieden in die Kissen zurück. Eine schmale, feingliedrige Hand streckte sich ihr entgegen und winkte sie heran. Margot kannte die Frau mit den dünnen, braunen Haaren nicht. Dennoch ließ sie sich bereitwillig näher bitten und auf die Bettkante ziehen. Hermine lächelte mühsam. Sie deutete auf das Gestell in ihrem Mund, das ihr nicht erlaubte zu sprechen. Margot nickte.

Hermines Augenlider sanken ein wenig hinunter. Ihr Gesicht nahm einen ruhigen Ausdruck an. Dann begannen ihre Augen eine Geschichte zu erzählen. Margot wollte sich abwenden. Sie wollte nichts hören vom Leid anderer, und auch nicht von ihrem eigenen. Doch dem Bann dieses Blickes konnte sie sich nicht entziehen. Hermine hielt ihre linke Hand umklammert. Und Margot spürte einen Strom durch diese Hand in ihren Körper fließen, eine Energie, die sich in ihrem Herzen mit der Geschichte verband, die Hermines Augen erzählten.

Hermine hatte ihre Geschichte beendet. Ihre Augenlider fielen erschöpft zu. Ihre Porzellanhand erschlaffte und sank auf das Bettuch. Margot strich Hermine sanft über die Stirn. Dann erhob sie sich und ging leise davon.

*

Posser rülpste laut. Er hob die Flasche an die Lippen, legte den Kopf weit in den Nacken und spülte das Bier durch seine Kehle. Dann klammerten sich seine glasigen Augen wieder an den Bildschirm. Da stand er auf dem Podium, der bestgehaßte Vorgänger, und lächelte und schunkelte und tat, als wenn nichts gewesen wäre. Bah! Posser spuckte auf den Teppich. Äßer!

Posser hatte sich geweigert, die Prunksitzung des Festkomitees, die vom WDR aufgezeichnet und am Karnevalssonntag ausgestrahlt wurde, zu leiten. Er hätte es nicht ertragen, den grinsenden Bastone mit wohlgesetzten Worten auf der Bühne zu empfangen und ihn im Namen der Kölner Närrinnen und Narren zu ehren. Nie und nimmer! Posser hatte immer geglaubt, ein Spezialist auf dem Gebiet der kleinen Gemeinheiten zu sein. Aber dieser Bastone hatte ihm tatsächlich neue Horizonte der Dreistigkeit eröffnet. Und dann sollte er vor einem Millionenpublikum auch noch vor ihm auf die Knie fallen? Niemals! Lieber würde er sich die Farce im Fernsehen anschauen und sich köstlich amüsieren! Sollten sie ihn doch am Arsch lecken! Aber daß sie es gewagt hatten, ausgerechnet den Äßer aus der Versenkung zu holen und die Sitzung leiten zu lassen, das würde er ihnen nie verzeihen!

Posser nahm noch einen tiefen Schluck aus der Flasche und rülpste wieder. Dann zückte er die Fernbedienung und stellte auf volle Lautstärke. Mit der Durchschlagkraft eines startenden Düsenjägers dröhnte ihm die öffentlich-rechtliche Ausgelassenheit um die Ohren. Es war niemand da, der sich beschweren konnte. Hermine lag im Krankenhaus und Sabine war, wie jedes Jahr in der heißen Phase des Karnevals, in Skiurlaub geflohen.

Die Prinzengarde zog mit lautem Tamtam in den Saal ein. Die Paukenschläge landeten direkt in Possers Zwerchfell, seine Herzkammern flimmerten im Takt. Posser lag ausgestreckt auf dem Sofa und konnte es nicht verhindern, daß seine Füße zuckten. Der Marschrhythmus hatte eine beinah hypnothische Wirkung auf ihn. Als Äßer mit sich überschlagender Stimme das »Kölsche Dreijestirn« in den Saal rief, plumpste Posser vor innerem Aufruhr vom Sofa. Auf allen Vieren kroch er an das Fernsehgerät heran, eine leere Bierflasche mit sich schleifend. Die erste Großaufnahme von Bastones breit strahlendem Gesicht schimmerte bläulich vor ihm auf. Posser spuckte ihm ins Gesicht und nahm noch einen Schluck aus der leeren Flasche. Der Einzug in den Saal schien Stunden zu dauern. Bastone schickte sich an, alle anwesenden Damen persönlich zu begrüßen. Hilflos schnitt der Bildregisseur zwischen Bastone und Äßer hin und her. Bastone, Äßer, Bastone, Äßer ... Das teuflische Pingpongspiel brachte Posser endgültig um den Verstand. Schutzlos war er den überdimensionalen Visagen seiner ärgsten Feinde ausgesetzt. Er wand sich auf dem Teppich. Sein Blick aber klebte am Bildschirm wie Fliegendreck.

Dann fielen sie sich auf der Bühne in die Arme: der abgehalfterte Vorgänger, der ihm die Show, und der listige Einschleimer, der ihm die Frau gestohlen hatte. Posser drückte sich die Nase auf dem Bildschirm platt, verschmierte seine Spuckespur quer über die Mattscheibe und schrie gegen die Lautsprecher an:

»Ja, feiert nur! Feiert nur, daß ihr den alten Posser kaltgestellt habt! Feiert nur!«

Er warf sich vor dem Fernsehgerät auf den Boden und streckte alle Viere von sich. Dabei stieß er ein gutes Dutzend leere und halbvolle Kölschflaschen um. Sie kullerten durch den Raum und hinterließen eine nasse Spur im Teppich. »Ohgottogottogott«, lallte Posser und versuchte, das Bier aus den Fasern zu lutschen.

Währenddessen bat Äßer den Prinzen, einige Worte an das närrische Volk zu richten. Bastone übernahm das Mikrophon:

»Leev Fründe, leev Fastelovendjecke«, erscholl es in reinstem Kölsch. »Als ich noch als kleine Knubbel in minger Weech loch un nit woß, wat dat Leeve noch alles met mir fürhätt, do hätt ming Moder zo mir jesaach: Jung, sieh zo, dat du noh Kölle küss. Do jit et jet, dat fings du nur do, dat es dr Kölsche Fasteleer!«

Lauter Jubel im Saal, Tusch. Bastone wartete geduldig, bis sich die Begeisterung gelegt hatte.

»Un als ich dann endlich laufe kunnt, do han isch misch direk op de Söck jemaht, hehin, noh Kölle.«

An dieser Stelle des Vortrags schmiß ihm ein Helfer vom Bühnenrand eine Gitarre zu. Bastone fing sie elegant auf, schnallte sie sich um und intonierte die ersten Töne eines Liedes: »Ich möch zo Foß noh Kölle jonn!«

Die Kapelle stimmte ein, und nach ein paar Takten sang bereits der ganze Saal mit.

Als der letzte Akkord verklungen war, brandete begeisterter Jubel auf. Doch Bastone war noch nicht am Ende:

»Un als ich dann he wor, da han ich direk jesinn: Ming Moder hätt räch jehatt! Nirjends op dr janze wigge Welt jit et e esu Völksche, dat dr Fastelovend fiere kann un esu e wig Hätz hätt wie die Kölsche!«

Die Kapelle spielte einen dreifachen Tusch, die Kamera fuhr im Saal umher und fing einige Narren ein, die ihre Rührung nicht mehr bändigen konnten und verzweifelt nach Taschentüchern suchten. Doch Bastone hatte kein Mitleid. Er griff erneut zur Gitarre und leierte mit Inbrunst den nächsten Karnevalsevergreen herunter:

»Dat Hätz vun dr Welt, jo, dat is Kölle!«

Frenetischer Jubel.

Posser kaute an den Sofa-Fransen. Bastone wollte einfach nicht zum Ende kommen:

»Un wat soll isch üsch sage, ich han mi Hätz an uns Kölle verloore, un an die Minsche, die die Stadt zu dem jemaat han, wat et hück es: die Hauptstadt vum Laache un vun dr juten Laune, vun dr Lebenslust und vom Spaß han! Loß die in Bonn odder Berlin doch rejiere, mer fiere un fiere un fiere un fiere!«

Dreifacher Tusch, tosender Beifall. Posser wollte sich die Ohren zuhalten, konnte aber seine Hände nicht finden.

»Isch sagen üsch, isch kann et sowieso nit in Worte fassen, wat et für misch bedeutet, hück he für üsch ze stonn un met üsch fruh ze sin, dorum sing isch üsch jetz e letz Leedsche, un wer et kennt, der fläut e paar Tön met!«

Der Elferrat hatte sich im schunkelnden Halbkreis um Bastone versammelt, der jetzt einen Karnevalsdauerbrenner nach dem anderen herunterklampfte. Er reihte eine Perle der kölschen Liedkunst an die andere und glänzte sogar mit einer kurzen Stepeinlage. Die Leute tanzten auf den Tischen, und das nicht nur wegen der Fernsehkameras. Die Grundfesten des Gürzenich bebten. Die Archäologen, die auf dem benachbarten St. Alban-Viertel antike Mauerreste freilegten, mußten sich vor herabstürzenden Ziegeln in Sicherheit bringen.

Als Mario I. seinen Vortrag beendet und mehrmals »Isch liebe eusch alle« gerufen hatte, stand der Saal am Rande der Ekstase.

Posser knirschte mit den Zähnen. Endlich fand er seine Hände wieder, die sich in das Innere der Sofapolster gegraben und die Schaumstoffüllung in Fetzen gerissen hatten.

Äßer ließ eine Rakete, die höchste und ehrenvollste Form des Beifalls, abfeuern. Bei Stufe Eins griff Posser nach der halbvollen Bierflasche, bei Stufe Zwei schleuderte er sie ins Fernsehgerät. Die Mattscheibe zerbarst mit einem lauten Knall. Doch der Beifall toste weiter aus den Lautsprechern.

»Isch liebe eusch alle!«

»Und ich hasse dich!« brüllte Posser. Er erhob sich schwankend und trat in die Lautsprecherbox.

»Isch danke eusch!« höhnte Mario aus der anderen Box.

Posser wirbelte herum. Bevor er die zweite Box aus dem Fenster warf, schoß Äßer noch eine Bemerkung ab:

»Kölle Alaaf! Wir sehen uns am Ruusemondaach!«

Die kalte Luft wehte durch das zerbrochene Fenster herein. Die Überreste des Lautsprechers hingen trostlos im Fenstergitter. Die Alarmanlage zeterte die Nachbarschaft auf die Straße. Posser ließ sich auf das Sofa fallen. »Wir sehen uns am Rosenmontag ...« klang es ihm im Ohr. Die Alarmanlage verstummte. Nachbarn riefen nach ihm. Doch Posser hörte nichts.

»Wir sehn 'nss 'm Rosnmontag!« lallte Heribert. »Und wie wir 'nsss snnn!« Er rülpste ein letztes Mal, bevor er einschlief.

*

»Als was sind Sie denn verkleidet? Als Schreckschraube?« Ein großgeschminkter Clownmund grinste Margot an. Ein Totengräber in schwarzem Frack, weißem Gesicht und einer Schaufel über der Schulter lachte meckernd. Margots rechte Hand lag in der Jackentasche und hielt die Pistole fest umklammert.

»Laßt sie doch in Ruhe! Ist halt nicht jedermanns Sache, sich zu verkleiden«, nahm sie eine junge Frau in Schutz, die sich zwei Pipi-Langstrumpf-Zöpfe gebunden und erbsengroße Sommersprossen über das Gesicht gesprenkelt hatte.

Der Bus war so voll, daß Margot sich nicht hätte festhalten brauchen. Die Leute standen dichtgerängt wie die Sardinen in der Dose. Der Totengräber drückte ihr den Stiel seiner Schaufel in den Rücken. Margot schwitzte in ihrer Jacke. Ihr Gesicht glänzte feucht, und dunkle Ränder umrahmten ihre Augen. Sie hatte nicht eine Sekunde geschlafen. Zwei leuchtende Augenpaare waren die ganze Nacht lang um ihr Bett herumgetanzt: die blaßgrünen Augen Friedrichs, die jeden Blick verloren hatten und nur noch kleine, runde Tore ins Nichts waren, und die weißen, hervorquellenden Augäpfel Hermines, voller hilflosem Haß.

Margot hatte die Pistole von einer Seite des Bettes auf die andere geworfen. Sie spürte, wie die Waffe dem Rosenmontag entgegenfieberte. Um sechs Uhr morgens hatte sie dann eine unbändige Energie aus dem Bett gezwungen.

»Rudolfplatz«, rief der Busfahrer.

Margot drängte sich durch die Kostümierten nach draußen.

»Viel Spaß, Schreckschraube«, rief ihr der Totengräber hinterher. Margot sprang vom Trittbrett in die Sonne hinaus. Die Stadt war frühlingshaft warm, und nur ein paar Wattewölkchen zogen über den Himmel. Margot knöpfte mit der Linken ihre Jacke auf. Die Rechte lag in der gefütterten Tasche, gerade groß genug für die Mauser und den Rest ihrer Hand.

Sie beschloß, nicht in die U-Bahn umzusteigen, sondern die paar Schritte bis zur Christophstraße zu Fuß zu gehen. Die Standuhr am Rudolfplatz zeigte kurz vor Zwölf. Sie hatte nicht die geringste Ahnung, wann der Prinz Karneval am Aufstellplatz erscheinen würde. Auf jeden Fall wäre es gut, vorher da zu sein.

Sie beschleunigte ihre Schritte. Die offene Jacke fächelte ihr beim Gehen ein wenig Luft über die Haut. Sie überholte eine Gruppe Flicken-Clowns, die ein Fäßchen Kölsch im Kinderwagen spazierenfuhren.

»Höösch Mädsche, höösch!« rief man ihr zu. Margot reagierte nicht. Je näher sie dem Aufstellplatz kam, desto dichter wurde das Gedränge. Auf dem Ring wurde sie ständig von blumengeschmückten Festwagen überholt. Musikgruppen marschierten vorbei. Ein Meer von kostümierten und maskierten Menschen wogte um sie herum: Paradiesvögel, Zauberer und Elfen, aber auch Gewichtheber im drallen Dress und rußgeschwärzte Schornsteinfeger, und über allem schwebte ein Lachen und eine Fröhlichkeit, die zu Herzen ging.

Margot gab sich Mühe, nicht aus dem Rahmen zu fallen. Rosenmontag war zugegebenermaßen nicht der günstigste Tag für einen Mord. Er war aber auch nicht der schlechteste. Es gab genug Touristen, die ebensowenig verkleidet waren. Etliche versteckten sich verschämt hinter ihren Fotoapparaten. Andere hatten sich eine rote Nelke ins Knopfloch gesteckt oder sich ein rotes Herz auf die Wange pinseln lassen, als Zeichen des guten Willens. Von eingefleischten Verkleidungskünstlern allerdings wurde man in solch einem Aufzug nur belächelt.

Die ganze Christophstraße hinauf zog sich die Schlange der Festwagen. Die Fußgruppen drängten sich dazwischen, und immer noch kamen neue Wagen und Gruppen vom Ring heraufgezogen. Margot fragte sich, wie sie Bastone in dem Gewühl ausfindig machen sollte. Sie kannte sein Bild aus der Zeitung, und das Prinzenkostüm war als Tarnung ungefähr so gut wie ein Blaulicht auf dem Kopf. Ihn zu erkennen, war nicht das Problem, sondern ihn zu finden.

Margot betrachtete die verschwenderisch herausgeputzten Festwagen der Karnevalsgesellschaften, die sich an Aufwand und Pracht kaum unterschieden. Lediglich die Grundfarben der Blumengebinde waren, je nach Vereinsfarben, unterschiedlich. Das Beste würde es sein, herauszufinden, welcher der Prinzenwagen war, und dort einfach auf Bastone zu warten. Denn dort, wo der

Prinzenwagen war, würde wohl oder übel auch der Prinz irgendwann auftauchen.

Jubel erscholl in Margots Rücken. Sie wirbelte herum. Aber es war nur der Beginn des Umzuges, der lauthals begrüßt worden war. An der Einmündung der Mohrenstraße setzten sich die ersten Wagen in Bewegung.

Fährt der Prinz am Zuganfang mit? Oder am Zugende? Oder mittendrin? Margot war in karnevalistischen Dingen reichlich unbedarft.

»Endschuldigung, wo finde ich den Prinzen?« fragte sie einen Herren in blaugelber Uniform, mit einem riesigen Schnauzbart und einem flatternden, gelben Federbusch auf dem Kopf. Der Schnauzbart bog sich vor Lachen und wandte sich an einen kleinen, drallen Bierbauch, der in der Nähe stand: »Häste dat jehoot, Kallheinz? Dat Leckersche sööck ene Prinz!«

»Nimm doch misch esulang! Besser als ne Frosch bin isch allemol!« brüllte der Dicke und spitzte schmatzend den Mund. Margot wandte sich wortlos ab. Von Karnevalisten war heute offenbar keine Hilfe zu erwarten. Sie wühlte sich weiter durch die Menge, die immer dichter und lärmender wurde. Sie stieß mit einem älteren Herrn zusammen, der aussah wie ein Mitglied der kanadischen Military-Nationalmannschaft. Auf seiner schwarzen Uniform prangten die versilberten Buchstaben *Zugordner.*

»Hören Sie, ich muß unbedingt den Prinzenwagen finden! Wo steht der?«

»Da sin Sie bei mir jenau rischtisch, dat kann isch Ihnen janz jenau sagen!« Der Zugordner drehte sich umständlich in verschiedene Richtungen, entschied sich dann für eine, nahm Margot am Ellebogen und sprach: »Sehn Se do hinge dr Wagen mit den Engelschen?«

Margot nickte.

»Dat is nit der rischtije. Do jon Se dran vorbei, dann noch e Stück wigger, un dann fragen Se noch ens!«

Margot bedankte sich und machte sich auf in die angegebene Richtung. Es war die Richtung, aus der sie gekommen war. Sie wühlte sich wieder an der Mündung der Mohrenstraße vorbei, wo das Zuggeschehen seinen Anfang genommen hatte und kaum noch ein Durchkommen war. Eine Ladung Kaustangen prasselte auf ihren Kopf. Ein kleiner Junge, verkleidet als Räuberhauptmann, hechtete nach den Süßigkeiten. Er verfing sich zwischen Margots Beinen. Sie stürzte und fing sich mit der linken Hand auf. Die Rechte ließ sie eisern in der Tasche stecken. Das Gelenk knackte beim Aufprall, und ein stechender Schmerz zog durch ihren Unterarm.

»Paß doch auf, wo du hintrittst, Oma!« zeterte der halbwüchsige Räuberhauptmann, während er sich so schnell wie möglich aus ihren Beinen befreite, um seine Beute in Sicherheit zu bringen. Margot blieb benommen auf der Straße sitzen und sah nicht, daß in ihrem Rücken das Reiterkorps Jan van Werth aufmarschierte. Sie hörte noch das Hufgetrappel in ihrem Rücken, und hätte sie nicht ein freundlicher Zugordner im letzten Moment von der Straße gezerrt, wäre sie sicherlich unter die Räder gekommen.

»Nit esu vill suffe, Mädsche, dann passiert su jet nit!« schrie er sie an. Margot scheuerte ihm eine mit der lädierten Linken, schluckte den Schmerz hinunter und machte sich aus dem Staub, ehe der Ordner sich besonnen hatte.

Endlich erreichte sie den Engelwagen. Sie stellte sich auf die Zehenspitzen, hielt nach einem Wagen Auschau, der eines Prinzen würdig war. Und tatsächlich erblickte sie von weitem ein wahres Prachtgefährt, alle anderen überragend, mehrgeschossig, mit einer erhöhten Plattform für den Prinzen, über und über mit Ornamenten aus weißen und roten Nelken bespickt und in einem goldenen Emblem über den elf Flammen und drei Kronen die Aufschrift: *Mario I.* Der Wagen stand unmittelbar vor der St.Gereons-Basilika. Margot war schon einmal dort vorbeigelaufen, ohne daß sie ihn bemerkt hatte. Wahrscheinlich war er erst später gekommen.

Mittlerweile schob sich ein Gefährt nach dem anderen zur Mohrenstraße hinauf, reihte sich in die Fuß- und Reitergruppen ein und ließ sich in den strudelnden Trichter hineinziehen.

Etwas Hartes knallte Margot vor die Brust und fiel ihr auf die Füße. Sie bückte sich, hob eine Pralinenschachtel auf und entzifferte unter dem roten Kußmund die buntgedruckten Buchstaben: *Tausend Küsse.*

Sie warf die Schachtel hinter sich und drängte sich auf den Prinzenwagen zu. Bastone war nirgendwo zu sehen. Wahrscheinlich würde er erst kurz vor dem Abmarsch am Aufstellplatz erscheinen. So konnte sie wenigstens in aller Ruhe nach einem Ort suchen, von wo aus sie ein freies Schußfeld haben würde. Der kleine Park vor der Gereonskirche erschien ihr ideal. Am günstigsten wäre es wohl, auf einen der Bäume zu klettern. Aber das würde natürlich die Flucht erschweren. Wollte sie überhaupt fliehen?

Sie atmete tief durch, biß die Zähne zusammen und kletterte auf eine der Parkbänke. Von dort aus griff sie mit der schmerzenden linken Hand nach einem der stärkeren Äste. Dann schwang sie sich hinauf. Sie klemmte den Ast zwischen ihre Beine und hangelte sich Millimeter um Millimeter zum Stamm hin. Als sie zur Astgabel gelangte, zog sie mühsam ihren Oberkörper herum. Sie ärgerte sich, daß ihre rechte Hand vollkommen unbrauchbar in der Tasche steckte. Doch dann dachte sie, daß die Stunde der Pistolenhand noch kommen würde.

Margot hatte gerade eine einigermaßen bequeme Sitzposition in der Astgabel eingenommen, als sich am Festwagen etwas tat. Eine weiße Limousine mit bunten Ballonaufklebern hatte sich im Schrittempo von hinten herangetastet. Sie hielt an, die hintere Tür öffnete sich und Bastone, unverkennbar Bastone im Kostüm des Oberclowns, schwang sich elegant heraus. Augenblicklich war er von einer Menschentraube umringt. Jeder wollte ihm die Hand schütteln und zu diesem wunderbaren Festtag gratulieren.

Der lächelnde Italiener wurde vom Gewühl verschluckt. Erst als ihm ein Helfer die Narrenkappe aufgesetzt hatte, konnte Margot an den wippenden, in weiten Bögen durch die Luft schwingenden Federn ungefähr abschätzen, wo sich der Prinz gerade befand. Ihre rechte Hand verkrampfte sich und drängte aus dem pelzgefütterten Versteck heraus, doch Margot zwang sich, abzuwarten. Noch waren zu viele Leute um ihn herum. Sie wollte keine Unschuldigen in Mitleidenschaft ziehen. Am günstigsten wäre es wohl, solange zu warten, bis er oben auf dem Wagen stand. Ein besseres Ziel konnte er kaum abgeben.

In der Gruppe um Bastone wurde Sekt gereicht. Man stieß auf das gute Gelingen des Zuges an. Langsam aber stetig verlagerte sich die Gruppe zum Prunkwagen hin. Der Menschenstrom schwemmte sie einfach mit sich. Jetzt war Bastone hinter dem Wagen verschwunden. Margot war der Blick versperrt. Ihr Herz raste. Die linke Hand stach mit tausend Nadeln auf ihren Unterarm ein. Die rechte konnte sie nur noch mit Mühe in der Tasche halten. Seit dem vergangenen Abend hatte sie nichts mehr gegessen. Ein leichtes Schwindelgefühl zeigte ihr an, daß ihr Körper die Strapazen satt hatte. Sehnsüchtig lenkte sie ihren Blick hinauf zu der blumenumrankten Balustrade, hinter der Bastone über kurz oder lang erscheinen mußte. Die Glocken von Sankt Gercon schlugen ein Uhr, als Margot zuerst die wackelnden Spitzen, dann die Fasanenfedern in ihrer ganzen Pracht und schließlich auch Bastones Kopf inmitten des Blumenmeeres erspähte. Endlich!

Er hatte sich zur anderen Seite über die Blumenkästen gebeugt und rief den Leuten auf der Straße etwas zu. Dann stellte er sich in die Mitte der Plattform. Sein Kopf und ein Großteil seines Oberkörpers lagen jetzt frei in Margots Schußfeld. Margot entließ die Waffe aus der Tasche. Die Mündung der Pistole schwenkte geradewegs auf Bastones Kopf zu. Margot nahm die schmerzende Linke zu Hilfe und stützte den Schußarm. Die Ellenbogen lagen ruhig auf dem Ast. Jetzt hatte sie Bastones Kopf genau vor der Mündung. Sie hörte aufgeregte Schreie. Sie dachte zuerst, man sei auf sie aufmerksam geworden. Schließlich hockte sie wie ein Guerillero mit der Waffe im Anschlag auf einem Baum! Aber die Schreie kamen von der anderen Seite, von der Straße her. Bastone war ebenfalls darauf aufmerksam geworden. Er wandte sich wieder der Straßenseite zu. Jetzt hatte sie seinen Hinterkopf im Visier. Der Zeigefinger krümmte sich. Der Abzug leistete mehr Widerstand, als sie erwartet hatte. Dann hallte ein Knall über den Platz, ein merkwürdiger Knall, wie die dumpfe Explosion eines schweren Sylvesterböllers.

*

Auch Heribert hatte nicht gut geschlafen. Den wenigen Schlaf, den er in der Nacht von Karnevalssonntag auf Rosenmontag bekommen hatte, hatte er dem Bier zu verdanken. Er fühlte sich daher nicht besonders frisch, als um elf Uhr der Wecker klingelte. Trotzdem sprang er unverzüglich aus dem Bett, rasierte und duschte sich, und schlich sich dann, in geripptem Unterhemd und langer Unterhose, auf den kalten Speicher. Dort hingen in einem alten Schrank sämtliche Karnevalskostüme, die die Familie jemals bei ihrem Karnevalshausausstatter hatte anfertigen lassen, und das waren etliche. Mit dem Griff des Kenners hatte Heribert schnell ein geschmackloses Kostüm beisammen: eine blutrote Samtpluderhose, die ihm bis zu den Knien reichte, eine weiße Strumpfhose, um die Unterhose zu kaschieren, ein weites, mit grünen und blauen Längsstreifen besticktes Hemd mit Rüschenkragen und einen breitkrempigen Hut. Dazu fischte er die braunen Stiefel mit dem umgeschlagenen, breiten Schaft aus einer Truhe. Außerdem einen alten, abgewetzten Ledergürtel. Binnen einer halben Stunde hatte sich Posser so ausstaffiert, daß er den Räuber Hotzenplotz allemal in die Flucht geschlagen hätte. Zur Vollendung steckte er sich eine weiße Feder an den Hut. Dann ging er aus dem Haus. Vor der Tür wartete schon das bestellte Taxi.

»Zum Haus des Kölner Karnevals, Antwerpener Straße, aber flott«, gab Posser an und ließ sich in die Polster sinken.

»Am Rusemondaach is flott ziemlich relativ«, grummelte der Fahrer und trat aufs Gas.

Innerhalb einer Viertelstunde waren sie am Sitz des Festkomitees angelangt, einem Gründerzeithaus im Belgischen Viertel mit Stadtwappen über der Eingangstür.

»Warten Sie hier auf mich«, befahl er dem Fahrer und schlüpfte behende aus dem Wagen.

Posser sperrte die schwere Tür auf und machte Licht. Das Haus war leer und roch muffig wie immer. Im dritten Stock gab es einen Museumsbereich, in dem allerlei Traditionskrimskrams, darunter auch einige alte Waffen der Kölner Stadtsoldaten, herumstanden. Auf die hatte es Posser abgesehen.

Die Waffen waren in Glasvitrinen aufgebahrt. Posser fand den Schlüssel für die Vitrinen nicht gleich und griff daher zu einer mächtigen Hellebarde, die an der Wand hing. Der Glaskasten zersplitterte. Zielsicher griff Heribert nach einer Muskete. Dann brach er eine Kommode auf, die Napoleon einmal in Köln stehengelassen hatte, nahm einen Plastikbeutel heraus und zog ein Lederfutteral hervor: Pulver und Bleikugeln.

Posser erinnerte sich noch gut an den Sommertag, als sie für die Fernsehdokumentation über die Stadtsoldaten mit den alten Waffen vertraut gemacht wurden. Der Direktor des Stadtmuseums persönlich hatte ihnen damals gezeigt, wie man lädt, wie man zielt und wie man schießt. Es sollte schließlich alles ganz echt aussehen. Natürlich hatten sie für das Fernsehen ohne Munition geschossen, aber theoretisch wußte Posser alles über den Gebrauch der Waffe. Zunächst ließ er Schießpulver in den Lauf rieseln. Er stopfte es mit dem Stopfstab fest, ließ dann eine Kugel hinterherkullern, stopfte noch einmal nach, steckte schließlich die Muskete in seinen Gürtel und machte sich auf den Weg.

Als Posser auf die Antwerpener Straße trat, zeigte sein Gesichtsausdruck grimmige Entschlossenheit. Der Taxifahrer wollte die Flucht ergreifen. Posser zog die Muskete aus dem Gürtel und hielt sie ihm unter Nase: »Zum Aufstellplatz!«

Der Taxifahrer trat aufs Gas. Das Taxi schlängelte sich im Schrittempo über den Ring. Dort, wo die Christophstraße auf den Ring stößt, war Endstation. Die Polizei hatte die Straße gesperrt und wies jedes Gefährt ab, das nicht in irgendeiner Weise nach Karnevalswagen aussah. Und das Taxi sah nicht im entferntesten nach einem Karnevalswagen aus.

Posser knallte dem Fahrer einen Hunderter auf die Hand und setzte seinen Weg zu Fuß fort. Niemand achtete auf ihn. Die Tarnung war perfekt. Er steckte die Muskete wieder in den Gürtel. Dann schob er sich zielstrebig, aber ohne verdächtige Eile bis zum Prinzenwagen vor. Er wußte, wo er zu finden war, vor Sankt Gereon, wie in jedem Jahr. Schon von weitem konnte Posser erkennen, daß Bastone noch unten vor dem Wagen stand. Er war umringt von Bauer und Jungfrau, einigen Mitgliedern des Festkomiteevorstandes und der Ehrengarde, also von Leuten, die Heribert Posser sofort erkennen würden. Und Erkenntnis war das letzte, was Posser gebrauchen konnte. Er mußte nahe genug an ihn herankommen, ohne daß ihm jemand in die Quere kam.

Bastone erhob sein Sektglas, kippte den letzten Schluck hinunter und machte Anstalten, in den Pappmachébauch des Wagens zu klettern. Posser mußte handeln. Wenn er erst einmal dort oben auf der Belle Etage stehen würde, unerreichbar weit entfernt, dann war es zu spät! Oder gerade nicht?

Posser sprintete zum nächsten Festwagen. Es war der des Festkomitees. Das traf sich ausgezeichnet!

Ein Flickenclown saß zusammengesunken auf der Zugmaschine, den zerlesenen *Express* vor sich auf dem Steuerrad, und blickte mürrisch in die Gegend. Posser trat an ihn heran.

»Hören Sie, junger Mann, ich bin Heribert Posser, Präsident des Festkomitees, Sie kennen mich bestimmt aus der Zeitung. Bitte fahren Sie diesen Wagen auf gleiche Höhe mit dem Prinzenwagen!«

»Aber der Zugordner hat mir diesen Platz hier angewiesen und ohne die Anweisungen des Zugordners darf ich mich nicht von der Stelle bewegen«, leierte der Clown herunter.

»Die Zugordner sind mir unterstellt! Los, fahren Sie!« schrie Posser.

»Kann ja jeder sagen! Außerdem kenne ich keinen ...«

Posser hatte die Muskete aus dem Gürtel gezogen und hielt dem verdutzten Clown die riesige, schwarze Mündung unter die Nase.

»Diese Waffe ist echt und sie ist geladen! Los, fahren Sie!« Verstört zündete der Clown den Motor und setzte das Gespann ruckelnd in Bewegung. Posser sprang flink auf den Anhänger und kletterte auf die höchste Plattform, die dem Präsidenten des Festkomitees vorbehalten war. Der Wagen des Komitees war traditionell nur einen halben Meter niedriger als der des Prinzen, das mußte reichen!

Die Zugmaschine näherte sich bereits dem Heck des Prinzenwagens, als Bastone ebenfalls auf der Plattform erschien.

»Näher ran!« schrie Posser dem Fahrer zu und winkte mit der Muskete in Richtung Bastone. Einige Zugordner sprangen herbei, um den Fahrer zum Anhalten zu bewegen. Aber als sie Posser auf dem Wagen sahen, nahmen sie an, das alles habe seine Richtigkeit. Nur einige Schaulustige riefen alarmiert: »Eine Pistole! Er hat eine Pistole in der Hand!«

Fotoapparate wurden gezückt. Erst jetzt wurde Bastone auf das Geschrei aufmerksam. Er war so überrascht, daß er nicht einmal versuchte, in Deckung zu gehen. Possers merkwürdiger Aufzug jagte ihm ein flüchtiges Lächeln auf das Gesicht.

»'eribert!« rief er und breitete die Arme aus.

Posser war höchstens zwei Meter Luftlinie von ihm entfernt, als er abdrückte.

★

Margot sah deutlich, wie Bastone herumgerissen wurde. Seine linke Hand fuhr an den rechten Oberarm. Der Kostümstoff riß auf der Höhe des Bizeps in Fetzen. Das Blut quoll zwischen seinen Fingern hervor. Bastone wankte zurück und stieß mit voller Wucht gegen die Brüstung. Sein Oberkörper kippte rittlings über die Blumenkästen, die schon mit Pralinenschachteln gefüllt waren. Er rutschte über die drapierten, rot-weißen Stoffbahnen nach unten. Einige Blumengebinde folgten ihm. Margot ließ die Waffe sinken. Ihre Finger öffneten sich, die Pistole fiel ihr aus der Hand.

Als Bastone mit dem Hinterkopf zuerst auf dem Bürgersteig aufschlug, hörte Margot das Knacken seines Genicks. Er blieb reglos auf den Steinplatten liegen.

Schon umringten ihn die ersten Gaffer. Margot zog es vor, zu verschwinden. Doch als sie sich aus der sicheren Verästelung löste, verlor sie für einen kurzen Moment das Gleichgewicht. Ihre Hände suchten Halt, griffen aber nur in die Luft. Sie spürte den starken Sog nach unten. Das ist nur gerecht! dachte sie, als sie stürzte. Sie schloß die Augen und erwartete den Aufprall. Doch der Aufprall kam nicht. Stattdessen spürte sie einen Ruck, wider Erwarten sanft und nachgebend. Sie öffnete die Augen. Ein junger Mann mit schwarzen Haaren und blauen Augen lächelte ihr freundlich ins Gesicht. Margot lächelte verwirrt zurück. Er stellte ihre Füße unendlich vorsichtig auf den sicheren Boden und entließ sie aus seinen kräftigen Armen.

»Danke«, stammelte Margot.

Der Jüngling lächelte noch immer, und in diesem Lächeln lag alle Zärtlichkeit der Welt. Sie vermeinte, eine leise Ähnlichkeit mit Friedrich in diesem Gesicht zu erkennen.

»Wir sollten besser von hier verschwinden«, sprach er mit einer tiefen und sanften Stimme. »Komm!«

Er nahm sie bei der Hand und rannte mit ihr fort. Sein blauer Umhang mit dem gelb-roten *S* flatterte im Wind.

★

Manfred Althoff kullerten die Krokodilstränen über die Wangen. Noch flimmerte der Düsseldorfer Rosenmontagszug über den Bildschirm, schwach und stimmungslos wie in jedem Jahr. Der Düsseldorfer Prinz war groß im Bild, und Althoff spürte schmerzhaft, was ihm entgangen war.

»Ach wär ich nur ein einzig Mal ein stolzer Prinz ... « summte er leise vor sich hin. Dann brach er in herzzerreißendes Schluchzen aus. Es klingelte.

»Liebschen, et hätt jeklüngelt!« rief er seiner Frau mit tränenfeuchter Stimme zu. Dann stellte er das Schluchzen ein und lauschte neugierig auf das aufgeregte Stimmengewirr, das vom Eingang her zu ihm drang. Er wischte sich mit dem Ärmel seines Bademantels über die Augen, für den Fall, daß die Besucher die Dreistigkeit hatten, ihn in seiner Trauer zu stören.

»Liebling, Besuch.« brachte seine Frau nur heraus, dann standen sie schon im Zimmer: Reinertz, Merkel und Knoll.

»Träck disch aan, Manni, mer bruche disch!« sagte Knoll mit einer Leichenbittermiene, die Althoff davon überzeugte, daß das Ganze ein Scherz war.

»Aanträcke? Wat soll dat? Wat soll isch aanträcke?« Althoff klopfte zum besseren Verständnis auf seinen Gipsverband. »Wollt ihr mich verarschen?«

»Der Prinz is ausjefallen«, erklärte Reinertz. »Du mußt einspringen!«

»Wie ausjefallen? Wie einspringe? Wat soll dat heißen?« Althoff blickte verwirrt von einem zum anderen.

»Seht ihr denn nit, dat isch krank bin?«

Knoll verlor die Geduld. Er lief zu ihm hin und zog ihn am Kragen seines grau-rot-gestreiften Frottier-Bademantels aus dem Sessel.

»Mensch Manni, mach flott, do machs uns jetz dr Prinz, un wenn mer disch mit enem Kran ob dr Wagen hevve müsse!«

Eine Viertelstunde später verließ Althoff, gestützt von Merkel und Reinertz, das Haus. Das Prinzengewand hing locker um seine

Schultern, die Sonne strahlte ihm entgegen, und Althoff gröhlte aus voller Brust:

Ach wär ich nur ein einzig Mal
Ein stolzer Prinz im Karneval!

*

»Ein tragischer Unglücksfall überschattete in diesem Jahr den Kölner Rosenmontagszug. Der Karnevalsprinz Mario Bastone, der berühmt geworden war, weil er der erste italienisch-stämmige Prinz im Kölner Karneval war (wir berichteten), erlag noch am Unfallort einem Genickbruch, den er sich in Folge eines Attentats zugezogen hatte ...«

Äßer ließ keuchend die Zeitung sinken. Lachtränen rannen ihm aus den Augen.

»Weiter! Weiter!« feuerte ER ihn an. ER warf sich in seinem Sessel hin und her und schnappte nach Luft. Es war das erste Mal, daß Äßer IHN lachen sah. Er fuhr fort:

»Wie mittlerweile bekannt wurde, hatte der Attentäter Heribert P. (62) von einem Verhältnis Bastones mit seiner Ehefrau Hermine P. (53) Kenntnis erlangt. Heribert P. sitzt mittlerweile in Untersuchungshaft ...«

»Das genügt, das genügt! Ich platze!« brüllte ER.

Äßer faltete die Zeitung zusammen und warf sie auf den Boden.

»So. Et fügt sich alles wie von selbs«, sagte er und rieb sich die Fingerspitzen. »Bastone sin wir los, Posser sin wir los ...«

»Und nicht zu vergessen: Kutscher!« fügte ER hinzu.

»Wie könnte ich den verjessen!« sagte Äßer mit gespielter Empörung. »Ja, den armen Friedrich sin mer auch los. Wir werden dafür Sorje tragen, dat er en vernünftijen Heimplatz bekommt. Wir sin ja keine Unmenschen ...«

SEIN Körper wurde von immer neuen Lachanfällen erschüttert.

»Einije vakante Positionen, die neu besetzt werden wollen«, bemerkte Äßer leise. SEIN Lachen erstarb. ER durchschnitt die Luft mit einer herrischen Geste. »Mach dir darum keine Sorgen, mein Lieber, ich habe meine Pläne.«

»Dat hatte ich erwartet. Und inwieweit betreffen diese Pläne meine Wenischkeit?«

ER beugte sich vor und sah Äßer forschend an.

»Köln oder Sizilien, mein lieber Ralph! Köln oder Sizilien.«

»Sizilien? Wieso Sizilien?«

ER lehnte sich zurück und rollte die wulstigen Lippen.

»Ich bin heute Morgen mit Bastones Sohn in Übernahmeverhandlungen eingestiegen. Er selbst ist in den Staaten engagiert und hat kein Interesse mehr an Sizilien. Es sieht ganz so aus, als würden wir uns schnell einig werden!«

Äßer war sprachlos. ER war einmal mehr als der strahlende Sieger aus einem großen Schlamassel hervorgegangen. Und wie immer hatte Äßer nicht die geringste Ahnung, wie ER das eigentlich angestellt hatte.

»Ich brauche einen Mann, der auf Sizilien die Zügel in die Hand nimmt. Also Ralph: Köln oder Sizilien?«

Äßer rieb sich lange die Fingerspitzen am Revers. Dann sagte er: »In Ordnung. Sizilien!«

ER reichte ihm die Hand. »Gratuliere! Das ist ein Wort!«

Äßer schlug lächelnd ein: »He in Kölle wet et mer langsam ze heiß!«

Der Autor dankt allen, die dazu beigetragen haben, daß dieses Buch zustande kam. Ein besonders herzlicher Dank geht an Alex, Christel, Hejo, Moritz, Samson und Volker.

Köln Krimis im Emons Verlag

1

ISBN 3-924491-01-1
142 Seiten, 16,80 DM

2

ISBN 3-924491-03-8
151 Seiten, 16,80 DM

3

ISBN 3-924491-07-0
144 Seiten, 16,80 DM

4

ISBN 3-924491-10-0
156 Seiten, 16,80 DM

5

ISBN 3-924491-16-X
204 Seiten, 16,80 DM

6

ISBN 3-924491-26-7
146 Seiten, 16,80 DM

www.emons-verlag.de